초판 1쇄 발행 2015년 3월 3일
초판 3쇄 발행 2015년 4월 7일

지은이 그레구아르 들라쿠르
옮긴이 이선민

펴낸이 이상순
주간 서인찬
편집장 박윤주
제작이사 이상광
기획편집 주리아, 김설아, 서한솔
디자인 유영준, 김혜림
마케팅 홍보 이병구
경영지원 박순주

펴낸곳 (주)도서출판 아름다운사람들
문학테라피는 (주)도서출판 아름다운사람들의 임프린트입니다.
주소 (413-756) 경기도 파주시 회동길 103
대표전화 031-955-1001 **팩스** 031-955-1083
이메일 books777@naver.com
홈페이지 www.books114.net

On ne voyait que le bonheur by Grégoire Delacourt
©2014 by Editions Jean-Claude Lattès
All rights reserved
Korean Translation © 2015 Beautiful people
Korean translation rights arranged with Editions Jean-Claude Lattès through Orange Agency

이 책의 한국어판 저작권은 오렌지에이전시를 통해 저작권사와 독점 계약한 (주)아름다운사람들에 있습니다.
저작권법에 의하여 한국 내에서 보호를 받는 저작물이므로 무단전재와 무단복제를 금합니다.

그레구아르 들라쿠르 지음
이선민 옮김

문학테라피

일러두기 이 책의 각주는 역주이며, 원주는 따로 표기하였습니다.

목차

1부 우리 인생의 가치는 얼마일까? • 10

2부 왜 당신은 날 먼저 쏘았나요? • 142

3부 행복만을 보았다 • 216

'날 흔들지 마요. 눈물이 넘쳐흐르잖아요'

앙리 칼레, 《곰 가죽》

한 사람 목숨의 가치는 대개 3만에서 4만 유로 사이를 오간다. 나는 그 가치를 매기는 일을 했다.

한 사람 인생이란. 10센티미터 정도 되는 자궁 경부, 짧은 숨결, 탄생, 피, 눈물, 기쁨, 고통, 첫 목욕, 젖니, 첫걸음마. 그리고 처음으로 내뱉는 말, 자전거 추락, 교정기, 파상풍 걱정, 서투른 짓, 친구, 휴가, 고양이 털 알레르기, 투정, 단것, 충치, 첫 거짓말, 째려보기, 웃음, 감탄, 성홍열, 가냘프고 홀쭉한 몸, 지나치게 커다란 귀, 변성기, 발기, 단짝, 여자 친구, 여드름 짜기, 배신, 선행, 세상을 바꾸고 얼빠진 놈을 모조리 죽이고 싶다는 열망, 숙취, 면도 거품, 사랑의 슬픔, 사랑, 죽고 싶은 마음, 바칼로레아, 대학, 레몽 라디게, 롤링스톤스, 록, 트리클로로에틸렌, 호기심, 첫 직장, 첫 월급, 첫 월급 기념 술 파티, 약혼, 결혼, 배우자의 첫 바람, 새로운 사랑, 갈구하는 사랑, 인생의 낙, 소소한 애정에 대한 중독, 지난 시간에 대한 추억, 갑자기 쏜살같이 흐르는 시간, 우측 폐 염증, 아침에 소변 볼 때마다 느껴지는 통증, 피부, 피부 결, 점, 불안, 절약, 열정, (어른이 되었을 때나, 다시 둘이 되었을 때와 같은) 다음을 위한 계획, 여행, 푸른 바다, 멕시코 혹은 또 다른 어딘가에 있는 발음하기도 어려운 이름의 호텔 바에서 마시는 블러드앤드샌드 한 잔, 미소, 새로 깔아놓은 침대 시트, 고유의 향기, 재회, 삐걱거리는 섹스, 비석……. 대략 이 정도.

  이미 나이가 든 목숨이면 3만에서 4만 유로 사이를 오가고, 만약 어린아이라면 2만에서 2만 5,000유로로 사이.

  만약 227명의 다른 목숨과 함께 비행기를 타고 가다가 추락한다면 10만 유로 추가.

  그렇다면 우리 인생의 가치는 얼마일까?

1부
우리 인생의 가치는 얼마일까?

5만 달러

어느 날 '자료화면'*에서 린드버그 사건**을 주제로 다룬 적이 있었어. 학교에서는 그다음 날까지 그 얘기가 이어졌지. 당시 나는 아홉 살이었어. 누군가 곱슬머리에 포동포동한 20개월짜리 아기를 납치해서 몸값을 요구한 사건이었어. 1932년 당시에 5만 달러면 제법 큰 돈이었지. 그런데 끔찍한 일이 벌어지고 만 거야. 몸값을 지불했는데도 불구하고, 납치된 아기는 두개골에 큰 골절을 입고 이미 부패가 될 대로 된 사체로 발견되고 말았지. 결국 범인은 잡혔고 전기의자에서 사형되었다고 했어.

그날 방과 후는 도무지 친구들과 장난칠 분위기가 아니었어. 집까지 뛰어서 가는 친구도 많았고. 나도 계속 뒤를 돌아보며 꽤 빠른 걸음으로 걸었어. 창백한 얼굴로 사시나무처럼 몸을 떨며 마침내 집에 도착했을 땐 온몸이 땀으로 흠뻑 젖어 있었지.

내 꼴을 보고 여동생들이 놀려댔어. 물에 빠졌네, 물에 빠졌어, 바보. 겨우 다섯 살짜리들이. 엄마는 나를 한심하다는 눈초리로 바라보더니 천천히, 심지어 마치 희열을 느끼듯 멘톨 담배를 납작하게 짓눌렀어. 내가 엄마 품에 와락 안겼더니 엄마는 흠칫 놀라며 뒤로 약간 물러섰어. 그리 화목한 가정이 아니었으니까. 서로 다정한 손길이나 말을 주고받는 일은 없었거든. 아무도 자신의 감정을 밖으로 드러내지 않았어.

난 떨리는 목소리로 엄마한테 물었지. 누가 날 납치하면 엄마랑 아빠가 그 사람한테 돈을 줄 거예요? 날 구해줄 거예요?

늘 어두웠던 엄마의 두 눈이 갑자기 반짝이며 커지더니, 빙긋이

● 1967~1991년에 방영된 프랑스의 토론 프로그램.
●● 1927년에 미국 최초로 대서양을 무착륙 횡단하여 영웅이 된 조종사 린드버그의 20개월짜리 아기를 유괴, 살해한 사건. 모든 미국인의 이목을 집중시킨 이 사건은 훗날 영화화되기도 함.

미소를 지어 보였어. 평소에 보기 힘든 미소여서 그랬는지, 그 미소가 더할 나위 없이 아름다워 보였어. 곧이어 엄마는 손으로 내 머리카락을 쓸어 넘겼어. 내 이마는 차가웠고 입술은 새파랬어.

　엄마는 속삭였지. 그럼 당연하지, 널 위해 우리 목숨도 내줄 거야.

　그렇게 내 마음은 진정되었어.

　살면서 한 번도 납치된 적이 없었고, 그래서 두 사람이 날 위해 목숨을 내준 일도 없었지. 결국 아무도 날 구해주지 않았어.

80유로

인터넷에서 찾은 곳이었는데, 처음엔 영 미심쩍은 탓에 겁을 먹었지. 혹시나 몰래 촬영해서 나중에 협박하려는 것은 아닌지, 아니면 내 얼굴을 후려치고 돈이랑 시계를 빼앗아서 박살내어 놓는 것은 아닌지 하고 말이야. 잔뜩 겁을 집어먹었어. 뭐, 사실 앙투안 너나 나나 지금 마흔을 내다보고 있으니 누가 때린다고 바보같이 맞고만 있을 나이는 아니잖아. 그런데 그땐 상황이 좀 다르더라고. 딱 도착했는데 정말로 두려운 거야. 디지털도어록이 달린 작은 현관에서 음산한 분위기가 풍기더군.

오전 11시, 음식물 냄새가 나는 습기 찬 계단을 오르는데 싸구려 영화의 한 장면이 떠올랐어. 목적지는 4층이었고 심장이 마구 뛰어 댔지.

4층까지 뛰어올라 가는데 서른여덟의 나이는 어쩔 수 없다는 생각이 들더군. 운동을 좀 해야겠어. 정 안 되면 자전거라도 타야지. 그러면 혈액순환에도 좋지 않겠냐. 심장이 터져버릴 것 같았어. 나는 속도를 좀 늦췄어. 3층 계단에 잠깐 멈춰 서서 숨을 한 번 고르게 쉬었지. 천천히. 사람들이 골탕을 먹이려고 일부러 엄청 멀리 떨어진 곳으로 던져놓은 테니스공 두 개 사이에서 잠깐 쉬고 있는 늙은 개처럼. 나는 개를 별로 안 좋아해. 비 오는 날이면 냄새가 나잖아. 게다가 엄청 빨리 늙고.

어쨌든 마침내 4층에 도착하니 문 네 개가 보였는데 어느 집인지 헷갈리더라고. 그런데 가만히 보니 문 하나가 열려 있더군. 활짝은 아니고 살짝. 조심스레 여전히 두려운 마음을 안고 발걸음을 옮겼어. 발기가 제대로 안 되면 어쩌나 하는 걱정이 들더군. 문 뒤로 여자가 보이는데 젠장, 엄청 작은 거야. 인터넷에 올려놓은 사진이랑은 딴판이더라고. 뭐, 그래도 웃는 모습은 예쁘더라.

안으로 들어서니 원룸이라고 말하기도 애매할 정도의 그냥 어두컴컴한 방에 침대만 하나 달랑 놓여 있었지. 그것 말고 있는 거라곤 컴퓨터 한 대랑 각 티슈 하나 정도.

여자한테 80유로를 건넸더니 단숨에 세어보고는 어디론가 재빨리 집어넣더군. 그러더니 앞으로 다가와 내 바지 지퍼를 내렸어. 바로. 나도 모르게 주변을 빙 둘러보았어. 아무것도 없더군. 빨갛고 작은 카메라 불빛도 없고 아무것도 안 보였지.

솔직히 아내가 이런 걸 싫어해서 다행이야. (침묵) 난 이런 걸 해달라고 말하는 게 썩 내키지 않거든. 입으로 해달라는 건 상스러운 것 같아. 이건 사랑을 속삭이는 말이 아니지. 오럴 섹스라는 말도 마찬가지. 있잖아 친구, '입으로 해줄 때' 야릇한 기분이 들어도 그건 사랑을 속삭이는 게 아니야. 아내를 사랑하는 남편으로서 아내에게 추잡한 말을 할 수는 없지. 난 마음 한구석에 꾹꾹 눌러놓기만 했던 말을 내뱉으려고 창녀를 찾아가는 거야. 비겁한 내 모습을 흐릿하게 지우려고. 너도 잘 알겠지만 우리 남자는 위태로운 처지잖아. 단돈 80유로면 격렬한 오럴 섹스를 받고 아내한테 상처 주지 않을 수 있다고.

스프프는 이야기를 마치고 마지막 남은 맥주 한 모금까지 모두 삼키더니 들릴 듯 말듯 카 하는 소리를 내뱉고는, 조심스레 잔을 내려놓으며 나를 쳐다보더군. 눈썹을 한 번 올리고 눈웃음을 짓더니 자리에서 일어섰어.

그냥 둬, 내가 살게. 스프프가 손을 주머니로 가져가길래 내가 말했지.

고맙다, 내일 보자.

그렇게 난 혼자 남았어.

담배 한 개비에 불을 새로 붙이고 깊게 빨아들였어. 담배 연기 때문에 내 입과 가슴이 타들어 갔지. 기분 좋은 현기증과 함께 말이야. 여종업원이 다가와서 우리가 비운 맥주 두 잔을 가져갔고, 난 맥주 한 잔을 더 주문했어. 집으로 돌아가 또다시 공허한 삶과 마주하고 싶지 않았으니까. 얼굴도 예쁘고 입매도 곱고 몸매도 좋은 여자였지. 게다가 나이도 딸뻘 정도로 어렸고. 하지만 난 용기를 내지 못했어.

5프랑

부모님은 하루빨리 제대로 된 가정을 꾸리고 싶은 마음에 아이를 하나 원하셨어. 누가 봐도 틀림없는 부부가 되려고 말이야. 결국 두 사람은 세상과 일정한 거리를 두고 싶어서 아이를 원했던 거야. 일찍이.

어머니는 산부인과에서 돌아오자마자 자기 방에 틀어박혀서 멘톨 담배를 피우고 프랑수아즈 사강을 읽으셨어. 금세 천부적인 재능을 지닌 스무 살 작가의 모습을 회복하셨지. 그러다가 가끔 야채나 분유, 담배를 사러 나갔을 때 누군가 아기는 잘 크냐고 물으면 (나 말이야) 잘 커요, 그런 것 같아요라고 대답하며 늘 미소로 대화를 마무리하시곤 했어.

    병원에서 태어나 처음 집으로 오던 날, 시트로앵 2CV를 탔어. 아버지는 무슨 깨지기 쉬운 물건을 싣고 온다는 생각으로 살살 운전하셨던 것 같아. 살과 장기 3.2킬로그램, 피 750밀리리터, 특히 열린 채 꿈틀거리는 숫구멍까지, 자칫 잘못하면 쉽게 깨질지도 모르는 것이었지. 아버지는 고물 차에서 내리지도 않고 그저 우리 두 사람을 집 앞에 내려주기만 하셨어. 차에서 내려 방에 있는 흰 요람으로 갈 때까지 혹시 생길지도 모를 위험을 걱정하며 날 안아서 데려갈 생각은 전혀 없으셨던 거지. 어머니 혼자 날 요람에 눕히고, 혼자 세상에서 가장 예쁜 아기를 하염없이 바라보고, 혼자 코는 할머니 닮고 입은 할아버지 닮은 사실을 알아보도록 내버려 두셨어. 아버지는 우리 두 사람을 거들떠보지도 않았고, 자기 아내를 한 번도 품에 안아주지 않았고, 춤을 추지도 않으셨어. 그냥 그 길로 1년 넘게 일을 봐주던 드러그스토어로 출근하셨지.

    가게 주인은 딸린 자식도 없는 홀아비였는데 아버지를 가게에 들이고 아주 기뻐했어. 주인 눈에는 아버지가 일을 아주 잘하는 것처럼 보였으니까. 아버지는 여드름 난 학생들한테는 4퍼센트짜리 과산화벤조일 크림을 조제해 주는가 하면, 불안 증세가 있는 부인한테는 쥐약 성분이 들어간 약을 조제해 팔았어. 오늘 밤 혓바닥에 세 방울만 떨어뜨리고 주무시면 내일 아침 라군에 와 있는 듯한 기분을 느끼실 겁니다. 가격은 5프랑입니다, 부인. 때마침 잘 오셨네요,

갓 만들어둔 게 있거든요. 자, 받으세요. 단돈 5프랑에 행복을 맛보실 겁니다. 감사합니다.

아버지는 시를 좋아하는 화학도셨는데, 언젠가 노벨상을 손에 거머쥐겠다는 당찬 꿈은 어머니가 등장한 뒤 날아가 버리고 말았지. 나중에 아버지가 냉정한 말투로 마치 '용해성'이나 '중합'을 얘기하듯 이런 얘기를 하신 적이 있었어.

네 엄마가 최면 상태에 빠져 있던 날 꿰웠지. 어머니는 아버지의 방향을 잃게 만들었고, 분별을 잃게 만들었고, 바지를 잃게 만들었고(그렇게 해서 내가 생겼고), 머리카락도 잃게 만들었던 거야.

두 사람은 어느 해 독립기념일에 캉브레 아리스티드 브리앙 광장에서 다시 만났어. 어머니는 자매와 함께였고, 아버지는 형제와 함께였어. 둘의 시선이 서로 마주치다 어느새 고정되어버렸지. 어머니는 키 크고 가녀린 몸매에 까만 눈동자, 베네치아 블론드 머리였지. 아버지는 키 크고 호리호리한 체격에 초록 눈동자, 갈색 머리였고. 눈은 서로를 유혹했어. 뭐, 사실 그 당시의 유혹이라고 해봤자 미소를 짓고 데이트 약속을 하고 손을 잡는 정도였지만.

둘은 바로 그다음 날 몽투아 카페에서 만났어. 어머니가 언젠가 나한테 말하기를 웅장한 음악도 불꽃놀이도 샴페인 잔도 없이, 한낮에 또렷한 정신으로 다시 보니 아버지가 덜 매력적이더라는 거야. 그래도 아버지는 어머니가 꿈꿔 오던 초록 눈을 가진 남자였지. 뭐, 물론 실험실 보조와 만나기를 꿈꾸는 사람은 아무도 없겠지만.

둘은 그 뒤로도 여러 차례 데이트를 하고 양가 부모님께 인사를 드렸어. 아버지는 화학도셨고 어머니는 그냥 학생이셨어. 아버지는 스무 살, 어머니는 열일곱 살이셨지.

둘은 다시 만난 날로부터 6개월 뒤에 결혼식을 올렸어. 1월 14일. 다행히도 결혼사진은 흑백으로 찍었더군. 그래서 새파랗게 질린 두 사람의 입술과 송장처럼 파리한 어머니의 얼굴, 가시처럼 곤두선 베네치아 블론드 털은 보이지 않았지. 싸늘한 냉기. 이 냉기는 그때 이미 두 사람의 사랑을 마비시켰고, 아버지의 초록 눈동자를 칙칙하게 만들었어.

내 기억을 아무리 더듬어보아도, 아무리 생각하고 또 생각해보아도, 아무리 애원해보아도, 아버지와 어머니는 서로를 사랑하지 않았던 것 같아.

27유로

맥주잔을 다 비우지도 못했는데 휴대전화 진동이 울렸어. 액정에 뜬 번호는 아버지가 새로 들인 부인이었지.

그녀의 목소리가 다급히 들려왔어. 목소리 톤이 얼마나 높은지

라흐마니노프의 〈보칼리제〉나 슈베르트의 〈아베마리아〉도 거뜬히 부르겠더라고.

그러다 갑자기 목소리에 맥이 탁 풀리더군.

병원에 다녀오는 길인데, 어찌 이런 끔찍한 일이, 뭐라고 어떻게 말해야 할지 모르겠어. 실은 네 아버지 말이다, 네 아버지가 말이지, 아직 확실한 건 아닌데 좋지 않대. 결장에 뭐가 보인대. 아무래도 문제가 있어 보인다고. 그래서 의사한테 물었어, 확실한 거냐고, 정말로 차마 입에 담을 수 없는 그 병에 걸린 거냐고. 그랬더니 의사가 애잔한 눈빛으로 날 바라보았어. 분명히 슬퍼 보였어. 좋은 의사야. 네 아버지를 오래전부터 봐줬던 터라 서로 아주 잘 아는 사이지. 그래서 아주 안타까워하는 눈빛을 보고 감을 잡았어. 난 둔한 사람은 아니니까.

내가 네 친엄마는 아니지만, 네 아빠를 진심으로 사랑하고 정성껏 돌본 건 너도 알잖니. 먹을거리엔 특히 신경을 쓰고. 너도 알다시피 내가 하도 걱정했더니, 네 아버지가 오래전에 담배도 끊었잖아. 그래서 폐는 괜찮은데 결장이라고, 의사 말이 결장에 문제가 생긴 것 같다고, 그런데 문제는 더 심각한 곳이 있다는 거야, 간 말이다. 간은 이미 4기까지 진행되었다고 심각하게 얘기했어.

이를 어찌해야 할지 모르겠어. 이미 끝난 거 아니겠니. 게다가 분명히 전이까지 될 테니 그저 울고 싶고, 머리카락을 쥐어뜯고 싶고, 가슴에 칼을 꽂고 싶은 마음뿐이야.

여태 네 아버지가 은퇴하고 함께 보낼 시간만을 기다려왔는데 다 틀려먹었어. 인생이 이렇게 허무할 수가 있는 거니. 불공평하고 구역질 나는 인생. 한 달 뒤에 르 투케*로 떠나려고 그곳에서 지낼 방까지 구해놓았는데, 그것도 네 아버지가 오르내리기 힘들지 않도록 1층으로 말이야.

나한테 전화 한 통 해줄래. 너무 괴로워. 세상에 병원에서 나오려는데 나더러 27유로를 내라고 하더라. 내가 사랑하는 사람이 죽어간다는 얘기를 듣는데 27유로를 내라니, 이게 말이 되니.

27유로.

맥주값을 내고 주변을 한번 둘러보았어. 어느새 카페테라스는 사람들로 가득 차 있더군. 웃고, 담배 피우고, 살아 있는 사람들. 더없이 평온해 보였지. 자리에서 힘겹게 일어섰어. 갑자기 아버지의 무게가 느껴졌거든. 아버지와 나, 우리 두 사람 사이의 무거운 침묵과 우리 두 사람의 비겁함이 내 어깨를 무섭게 짓눌렀어. 사실 암 덩어리는 몇 밀리미터밖에 되지 않는 아주 작은 부분이지만, 그것을 인생 위에 놓고 보면 아주 험난한 길이 되고 말지. 막다른 길. 핏빛으로 뒤덮인 높다란 벽.

여종업원이 내게 짓는 미소에 그만 그녀의 품에 안겨 울고 싶어졌어. 가슴속에 응어리 맺혀 있던 슬픈 말을 털어놓으며 말이야. 내

---

* 프랑스 북부의 해안 도시.

아버지가 죽어가고 있다고, 이제 난 고아가 될 거라고, 두렵다고, 홀로 남고 싶지 않다고, 쓰러지고 싶지 않다고, 그리고 그녀에게서 이런 말을 듣고 싶었지. 내가 여기 있잖아요, 내가 당신 곁에 있을게요, 더는 두려워 마요, 자, 여기 내 품에 기대요, 더는 아무 걱정 마요.

하지만 난 감히 그러질 못했어.

늘 그랬듯.

2프랑 20상팀

내가 아버지를 사랑했던 것인지 잘 모르겠어.

결코 밀리지 않는 아버지의 손이 좋았고, 탄산이 들어가 아버지표 레모네이드가 좋았고, 아버지가 실험할 때마다 풍겨오는 냄새가 좋았지. 실험이 잘되지 않을 때 들려오던 고함도, 잘될 때 들려오던 외침도. 아침마다 푸른색 부엌에서 신문을 펼치던 모습이 좋았어. 신문에 난 부고를 읽어 내려가던 그 눈빛도. '나랑 동갑이래, 이게 말이 돼?'라며 어머니한테 말하던 그 목소리도. 아버지는 자신이 여전히 살아 있다는 사실에 뿌듯해하셨지. 그러면 어머니는 아버지 말이 귀찮다는 듯 괜히 먼 산을 바라보셨어. 무심하게 핀잔주는 어머니의 모습도 예뻐 보였지.

학교를 마치고 저녁마다 드러그스토어 앞에서 아버지를 기다리는 시간이 좋았어. 창문 너머로 무언가를 설명하느라 이리저리 과장되게 손짓하는 아버지의 모습이 보였지. 아버지한테 푹 빠져 꼬리 치는 여자 손님도 보였고. 아버지는 미남은 아니었지만 호감 가는 인상이셨어. 흰 가운을 입고 있으면 왠지 지적인 분위기가 났지. 젊음도 한몫했어. 초록 눈도. 아, 초록 눈. 가게 주인은 뒤에서 쾌재를 불렀어. 장사가 잘되었으니까. 사람들은 아무거나 닥치는 대로 사러 왔어. 에틸렌부터 에탄올, 강력 접착제까지. 멀리서도 일부러 찾아올 정도였어. 레스메, 젱랑, 생토베르 같은 다른 지역에서도. 나의 아버지, 앙드레 씨를 보러 말이야.

그저 아버지를 한번 보겠다며 한껏 치장을 하고 와서는 줄을 섰지. 그러고는 신비의 명약이나 화장품, 슬리밍 밤을 달라고 했어. 떨지 않고 멋들어지게 약품을 조제하는 아버지의 두 손과 손가락 아래 놓여 있는 자신의 모습을 상상해보며 말이야. 여자들은 하나같이 아버지가 선택해주길 원했어. 결국 그 주인공은 실크 블라우스에 와인 얼룩을 묻히고 온 어느 아가씨가 되었지. 핏자국처럼 보이는 얼룩은 상처 입은 마음을 연상시켰어. 내일 다시 들러주세요, 아가씨. 그리고 그다음 날 아버지는 블라우스를 새것처럼 만들어줄 암모니아수로 만든 얼룩 제거제를 건넸어. 블라우스 아래 탄력 있어 보이는 가슴에 절로 시선이 갔고 입꼬리도 올라갔어. 아버지는 그 아가씨한테 몽투아 카페에서 만나자며 데이트를 신청했지. 그렇게 해서 두 사람은 거의 30년에 가까운 세월을 함께했어.

장장 30년 동안 아버지가 미소 짓는 모습을 거의 본 적이 없었어. 특히 가족과 함께하는 시간 동안은 단 한 번도 웃질 않으셨지.

내 나이가 거의 여섯 살이 될 무렵, 어머니께서 쌍둥이 여동생을 낳으셨어. 둘은 샴쌍둥이라고 할 만큼 꼭 닮은 모습이었어. 안과 안나. 7분 18초 뒤에 태어난 안나가 둘째 딸이자 막내였어. 어머니는 분만대에 누워 회음부를 절개했지. 엄청난 고통이 따랐어. 당시 아버지는 빛바랜 고동색 인조 가죽 시트가 장착된 베이지 색 시트로앵 GS를 몰던 때였고, 그 차로 병원에서 집까지 어머니와 쌍둥이 여동생을 데려왔어. 아버지는 집 앞에 주차를 하고 차에서 내려 분홍색으로 꾸며놓은 방까지 직접 올라가셨어. 어머니와 둘이서 꽃무늬 레이스 아기 침대에 딸 둘을 눕히고 오랫동안 바라보며 감탄했고, 심지어 눈물까지 실쩍 보이며 어머니를 품에 안고 춤을 추셨지. 아버지는 어머니의 귀에 대고 속삭였어. 고마워, 고마워, 애들이 정말 예뻐, 꼭 당신처럼. 그러자 이번에는 어머니가 속삭였어. 당신은 나에 대해 잘 알지도 못하면서 아무 말이나 막 하지.

아버지는 아래층으로 다시 내려와 거실에 앉아 있는 날 발견하고는 흠칫 놀라셨어. 아, 여기 있었구나. 올라가서 동생들 얼굴을 한번 보렴. 난 그 자리에 그대로 있었어. 난 그저 아버지의 품에 안기고 싶었어. 난 그저 아버지가 여전히 날 사랑하는지, 내가 여전히 존재하는지, 나에게 여전히 이름이 있고 아버지가 있는지를 알고 싶었어.

  자.

  그때 아버지의 손가락이 처음이자 마지막으로 떨렸어.

  자.

  여기 2프랑 20상팀이 있으니, 이 돈을 들고 가서 지탄 담배 한 갑만 사 오려무나.

  있잖니, 난 아버지를 사랑한 적이 있었는지 잘 모르겠구나.

  한 남자가 자신은 절대 영웅이 될 수 없다는 사실을 깨닫는 순간은 언제일까?

4프랑 50상팀

웃음과 새로운 만남. 스프프가 얘기한 80유로짜리 매춘을 뒤로하고 카페테라스에서 나와 소름 끼치는 어둠 속으로 빠져들었어.

  중간중간 벌레가 툭툭 튀어나왔지.

  아버지의 집에 도착하자 새어머니가 말했어. 방에 누워 계셔. 지금은 현실을 부정하고 계셔. 괜히 억지소리만 늘어놓고. 들러준 건 고맙지만 오늘은 그냥 가는 편이 낫겠어. 나중에 왔다고 말씀드릴게. 그럼 기뻐하실 거야. 자기 편들어 주는 사람이 절실하지 않겠니. 네 아버지가 얼마나 자존심 강한 사람인지 너도 알잖니. 앞으로 쉽지 않을 거야. 항상 자기가 세상 그 누구보다 강하다고 생각하는 사람인데, 정말 슬픔을 이루 말할 수가 없구나. 넌 내 마음을 다 알지 못할 거야. 들러줘서 정말 고맙다. 젠장, 울지 않으려고 했는데 나도 모르게 눈물이 나오네. 어쨌든 네 아버지가 이 모습을 보지 않아서 다행이다. 마스카라가 흘러내리는 모습을 보이면 안 되지. 그게 얼마나 무섭고 추한데, 그런 일이 벌어진다고 상상만 해도 끔찍하구나.

 난 새어머니를 품에 안고 오랫동안 울게 내버려 두었어. 순간 친어머니의 눈물이 떠올랐어. 어머니는 혼자 있을 때 이따금 자신은 제대로 된 인생을 살아본 적이 없다며 눈물을 흘리셨지. 하루는 어머니가 내게 이런 말을 한 적이 있었어. 초록 눈만 가지고 되는 건 아냐, 빠져들기는커녕 오히려 약간 무섭기까지 하니 말이다.

 쌍둥이 여동생이 태어난 뒤, 어머니는 아버지와 각방을 쓰셨어. 어머니가 말했어. 사랑에 굶주리는 것보단 아예 금욕이 낫지. 그런 어머니도 결국엔 애인을 여러 명 만나고 착각에 빠져 살았어. 그러다 큰일 날 거라고 주변에서 아무리 말려도 맥주를 달고 살았고, 절대 멘톨 담배를 끊지 못하셨지. 담배 연기 속에서 언젠가 눈앞에 펼쳐질지도 모르는 허황된 삶을 꿈꾸셨어. 바람결에 모자가 날리고 볼을 빨갛게 만드는 해변을 꿈꾸셨어. 가슴 아픈 말을 마음껏 내질러도 바람 소리에 묻혀 그 소리를 아무도 듣지 못할, 그런 완벽한 장소를 꿈꾸셨어.

쓸쓸함, 슬픔, 고통, 비겁함.

어머니는 행복을 누릴 수 없는 사람이었지. 자기 자신을 사랑할 줄 모르셨거든.

어느 날 밤, 어머니가 내 작은 침대로 다가와 곁에 누우셨어. 나는 벽 쪽으로 몸을 붙였지. 어머니가 내 곁에 누워 있다는 사실에 그저 행복했어. 어머니는 한참 동안 아무 말도 하지 않으셨지. 나는 마음을 평온하게 만드는 어머니의 숨결을 느껴보았어. 그러자 어머니가 거실에서 책을 읽거나 담배를 피울 때 곁에 앉아서 느꼈던, 평화로우면서도 더할 나위 없이 행복한 아주 드문 순간의 감정이 되살아났지. 나는 어머니가 피우는 담배 연기의 시큼한 향이 좋아서 매번 그 연기를 삼켜보려 애썼어. 멘톨은 어머니의 냄새였어. 그래서 그 냄새가 내 몸에 배어 있기를 원했지. 늘 어머니의 따뜻한 손길과 말 한마디, 눈빛이 그리웠으니까. 나중에 어머니가 떠나고 난 후, 나는 아버지한테 향수를 하나 만들어달라고 부탁드렸어. 멘톨 성분을 기본으로 후추 향 박하 에센셜 오일을 섞어 만든 향수 말이야.

어머니가 오랜 시간 가만히 내 옆에 누워 계시길래 잠드셨다고 생각했는데, 갑자기 진중하면서도 애정 어린 말을 내뱉기 시작하셨어. 아들아, 절대 네 아버지 같은 남자는 되지 마라. 박력 있고, 강하고, 제구실하는 남자가 돼라. 여자들을 휘어잡고, 여자들이 정신을 못 차리고 꿈꾸도록 만들어야 한다. 설령 네가 지킬 수 없는 약속이라도 해. 세상 모든 여자들은 현실이 아니라 희망을 바라보며 사니까. 현실만 바라보고 사는 건 바보나 하는 짓이야. 저녁 7시 30분에 저녁상을 차리고, 쓰레기를 비우고, 굿나이트 키스를 하고, 주일엔 몽투아 카페에서 4프랑 50상팀짜리 타르틀레트*를 사 먹는 동안, 한 여자의 인생은 너무 허무하게 무너져버리고 말지. 너무 허무하게.

 어머니의 눈물은 내 목을 뜨겁게 타고 흘러내렸고, 나는 자는 척하며 가만히 있었어.

 새어머니가 눈물을 훔쳐내고는 와 줘서 고맙다고, 마음 써줘서 고맙다고 다시 한 번 인사를 건넸어. 하지만 나는 마음 쓰인 게 아니라 비겁해서 아버지를 찾아갔던 거였어. 아프고 고통스럽고 늙어가는 게 두려워서. 버림받는 게 여전히 두렵고, 춥고 배고픈 게 두려워서. 은총과 사랑 없는 삶이 두려워서. 결국 난 어머니가 꿈꿨던 이상적인 남자가 되지 못했어. 그럴 용기가 없었어.

 그날 나는 새어머니를 한 번 안아준 뒤 집으로 돌아왔다.

---

* 동그랗고 작게 만든 타르트로. 보통 과일을 넣음.

3만 유로

공이 정원 담장 위로 넘어갔다. 공을 붙잡으러 나온 아이는 차가 오는지 보지도 않고 찻길을 가로질렀다. 바로 앞까지 와 있던 오토바이가 미처 아이를 피하지 못했다. 스키드 마크를 보니, 오토바이가 규정 속도를 넘어섰던 모양이다. 아이는 곤두박질쳤고, 넘어지면서 땅에 머리를 세게 부딪히고 말았다. 아이는 엿새 동안 혼수상태에 빠져 있었고, 운전자는 시속 180킬로미터도 넘는 속도로 달리던 오토바이 밑에 왼쪽 다리가 낀 상태로 30여 미터를 미끄러져 가는 바람에 다리를 절단해야만 했다.

나는 서둘러 사고가 난 혼다 호넷을 살펴보았다.

이게 바로 내 직업이란다. 사람들이 보지 못하는 것을 봐야 하고, 설명되지 않는 것을 설명해야 하지. 양쪽 보험회사의 입장에 서서 셈을 하는 거야. 이 사고에는 고려해야 할 사항이 상당히 많았지. 심리적 고통에 대한 보상금, (한쪽 다리 없이 살아야 하는) 신체적 피해, (이번에도 한쪽 다리 없이 살아야 하는) 심리적 피해, 직업적 손해, 치료 후 안정될 때까지 드는 의료 비용, 손상된 차량 가치에 해당하는 금액의 환불 또는 차량의 원상 복구 등.

그런데 오토바이를 살펴보니 배기통과 피니언 기어, 실린더헤드가 원래 부품이 아니었어. 한마디로 개조한 오토바이였던 거야. 사실상 불법 개조 차량이었어. 3만 유로 이하의 벌금 및 2년 이하의

징역에 해당되는 위법 사항이었지.

결국 오토바이 운전자는 보험금을 한 푼도 받지 못하고, 오히려 아이 부모에게 고소당할 처지에 놓였어. 자기 주머니를 털어 손해배상금을 물어줘야 할 판이었지. 한마디로 끝장난 인생이었어.

나는 타인의 인생을 바꿀 수 있다는 생각에 빠져 있던 때가 많았지. 잘하면 천사가 되었고, 못하면 의심할 여지없이 완벽한 괴물이 되었어. 이 사고도 마찬가지였단다. 오토바이를 개조했다는 사실에 대해 입을 다물어서, 고객으로 하여금 곤경에서 빠져나오게 할 수도 있었지. 그렇게 하면, 그 사람은 한쪽 다리 없이 살아야 하는 건 어쩔 수 없다 해도, 10만 유로 가까이 되는 보험금을 탈 수 있었을 테니까.

그렇게 새로운 인생을 향해 달려 태양 아래 자리를 잡고, 멕시코 같은 곳에서 발음하기도 어려운 이름의 호텔 바에 앉아 블러드앤드샌드를 마시는 거지. 누구나 꿈꾸지만 결코 누릴 수 없는 인생을 사는 거야. 어머니도 10만 유로를 손에 쥐면 정말 좋아하셨겠지, 아마도 화학자인 남편에게 우리 둘 사이엔 화학작용이 전혀 일어나지 않는다는 얘기를 하고 훌쩍 떠나버리지 않으셨을까. 멀리 달아나, 식인종한테 붙잡혀, 그들이 피운 뜨거운 사랑의 불길에 모조리 타버리지 않으셨을까.

하지만 나는 감히 그러지 못했어. 단 한 번도 용기를 내지 못했어. 나는 최소한의 돈을 지불하게 만드는 일로 돈을 받는 사람이었지. 그렇기 때문에 조난자에게 손을 내밀 권리가 없을뿐더러, 마음 한편에 연민이나 동정, 인정 같은 것을 놓아둘 자리도 없었어. 나에겐 생소한 단어. 절름발이가 된 고객의 인생도 끝장났겠지, 내 인생이 그랬던 것처럼. 처음부터(태생적으로).

레옹, 비겁함은 어디서 비롯되는 걸까? 어느 독립기념일, 아리스티드 브리앙 광장에서, 초록 눈동자에 계속 머물러 있던 어머니의 시선에서? 자신의 눈동자 색을 좋아하는 여자를 위해 세상을 바꾸겠다는 야심을 접은 화학도의 한숨에서? 서서히 정신을 마비시키고, 날마다 세상의 아름다움과 벽을 쌓게 만드는 박하 향 담배 연기 속에서? 자식이 홀로 크도록 내버린 손에서?

과연 어디서 비롯되는 걸까? 어머니의 자살, 아버지의 부재, 날 때리거나 내게 거짓말하는 어른까지 갈 필요도 없어. 꼭 비극이나 피를 봐야 하는 것도 아니야. 그저 하굣길에 선생님한테 들은 기분 나쁜 말 한마디, 애정이 담기지 않은 엄마의 입맞춤, 아무도 날 보고 웃어주지 않는다는 사실만으로도 충분한 거야. 날 사랑하지 않는 누군가만 있으면 되는 거지.

나는 내가 비겁한 사람임을 너무 일찍 알아버렸어.

50상팀

그래도 어렸을 땐, 강해지려고 애썼단다.
유도 수업을 등록한 적이 있었는데, 세 번째 수업 시간에 나보다 한두 살 많은 초록 띠 여자아이한테 팔가로누워꺾기 기술을 제대로 당하고 말았지. 치골로 꽉 조이는 힘이 엄청났어. 그래서 말로써 주먹처럼 사람을 때릴 수 있다는 사실을 알게 된 후에는 (어머니가 '당신한테 정말 실망이야' 같은 말로 아버지의 신경을 건드리는 모습을 보았거든) 학교 연극반으로 도망갔어.
그곳에서 호흡하는 법을 배웠어. 상황에 맞게 목소리를 내는 법. '꺼져'라는 말은 콧소리보다 아랫배에서 끌어올리는 소리로 내지르는 게 더 적절해 보였어. 게다가 허리를 구부정하게 꺾은 자세보다 꼿꼿이 세우고 말하는 자세가 더 위협적으로 느껴진다는 것도 알게 되었지. 사람들에게 깊은 인상을 줄 수 있어야 한다는 것도 배웠어.
하지만 난 강한 인상을 내뿜는 사람이 아니었지. 어머니의 이상형인 남자가 갖추고 있어야 할 무게와 비중이 내겐 없었어. 부모님은 내가 태어난 뒤로 한 번도 날 보고 황홀해한 적이 없었지.
그렇지만 난 꽤 인기가 있었어. 유혹을 받기도 했지. 여자들이 날 위해 죽을 수 있다고도 했고, 나랑 같이 살고 싶다고도 했고, 아이를 갖고 싶다며 애정을 갈구하기도 했어. 내가 등장하는 꿈을 꾸고, 나한테 여러 가지를 기대하고, 나와 같이 멕시코 같은 곳에서 칵테

일을 마시고 싶어 하기도 했어. 어디 그뿐인 줄 아니. 나의 행복을 빌어주는 여자도 있었단다.

이 모든 황홀함을 내게 안겨주기 이전의 일이었어. 연말에 공연할 페도의 〈패스!〉에서 나더러 짐꾼 1, 2 중 하나를 맡으라더군. 대사도 없는 배역을 말이야. 나는 창피했고 마음이 쓰라렸어. 좌절을 맛본 뒤 이대로 혼자 주저앉을 수는 없다는 생각이 들었지. 여전히 강해지고 싶었어.

운동장에 있는 프레데리크 프로망이라는 녀석이 눈에 띄었어. 알루미늄 테에 빙글빙글 렌즈가 달린 바보 안경을 낀 작은 새우 한 마리가 꼬물거리고 있는 것 같았지. 슈퍼마켓이나 해변에서 봐도 아무도 거들떠보지 않을 생김새였어. 내가 그 녀석한테 먼저 친구 하자고 했더니, 그 녀석이 날 위아래로 쭉 한 번 훑어보고는 진심으로 좋아하며 싱긋이 웃어 보이더라고. 순간 후회가 밀려왔어. 학교 마치고 우리 집에 같이 가서 간식 먹자고 했더니 아주 반가워하며 좋다고 했지. 지금까지도 내 말엔 뭐든 무조건 좋다고 하며 날 감동시키는 녀석이야.

집으로 가는 길이었어. 몽스트를레 정원을 지날 때였지. 숨겨졌던 나의 비겁함은 그곳에서 고개를 들고 말았어.

한 대 쳐봐. 갑자기 한마디 툭 내뱉었어.

뭐라고?

남자답게 한 대 쳐보라고.

주먹을 꽉 쥐고 자세를 잡으며 슬금슬금 다가왔어. 위협적이었지. 비겁했어. 아주 비겁했어.

자, 어서, 한 대 쳐봐.

그 녀석은 양팔을 필사적으로 움직였어. 난 팔 하나를 쭉 하고 잽싸게 뻗어 녀석의 입에 한 방 날렸지. 그 녀석의 이와 부딪히면서 내 손등이 찢어지고 말았어. 그 녀석도 나도 피를 흘렸어.

비겁한 나는 눈물을 보이며 말했어. 난 네가 나랑 친구 하고 싶어 하는 줄 알았지.

그러자 프레데리크 프로망이 가까이 다가와 피를 머금은 입으로 내 마음을 찢어놓는 말을 내뱉었어. 강하지 못하다는 게 어떤 건지 나도 잘 알아, 널 원망하지 않아. 나도, 나도 그래.

나는 빨개진 손으로 그 녀석의 손을 꼭 쥐었어. 그때까지만 해도 우리는 서로 친구가 될 운명이라는 걸 몰랐지. 하지만 우리는 친구가 되었고, 앞으로도 영원한 친구야.

나는 그레브퀘르 거리에 있는 빵집에 들러 50상팀짜리 초코바 하나를 사서 그 녀석에게 건넸어. 아주 미천한 사과였지. 그러자 그 녀석은 얻어맞은 강아지처럼 슬픈 눈을 하고 나를 바라보며 줄줄 새는 발음으로 얘기했어. 고맙지만 너 때문에 내 이가 하나 나갔잖아.

'스프프'●라는 별칭이 탄생한 날이 바로 그날이야, 레옹.

● '발음이 줄줄 샌다'는 뜻을 담은 애칭.

6프랑

어머니는 독서를 아주 좋아하셨어. 프랑수아즈 사강이나 마리 카르디날, 르네 바르자벨을 즐겨 읽으셨지. 아침에 눈뜨자마자 거실로 내려와 책을 읽었고, 그러는 동안 폴란드인 유모가 와서 날 돌봐 주곤 했지. 그러다가 시간이 되면 나는 크레슈*에 맡겨졌다가, 저녁에는 시간당 6프랑을 받는 베이비시터한테 보살핌을 받았어. 그때도 어머니는 여전히 거실에 계셨지. 어머니는 꼼짝도 않고 두 눈을 반짝거리고 계셨어.

아버지는 어머니가 우울증 때문에 그러는 것처럼 얘기했지만 난 알고 있었어. 아침부터 맥주를 마시는 일이 잦아서 그렇다는걸.

하루는 어머니가 내게 고백하신 적이 있어. 자기는 아이를 가지기엔 너무 어렸다고. 널 원하지 않았던 건 아냐, 어머니가 말씀하셨지, 날 원하지 않았던 거야. 난 무슨 말인지 알 수 없었어. 어머니는 내게 설명하려고 애쓰셨어. 자기는 어린 나이에 완벽한 엄마가 될 마음이 없었다고. 엄마가 되는 일에 관심이 없었을 뿐이라고. 그럼 나는요? 내가 물었어, 엄마는 날 사랑하긴 하는 거예요? 날 사랑해요? 레옹 너도 똑같은 질문을 한 적이 있지. 어머니가 대답하셨어, 아마도. 아마도? 이런 말도 안 되는 얘기가 또 어디 있겠어.

---

* 생후 3개월부터 3세 미만의 영유아를 돌봐주는 프랑스의 보육기관.

레옹, 나는 어머니의 냄새가 나지 않는 곳에서, 어머니의 품이 아닌 곳에서 컸어. 결핍 속에서 자랐지. 허전함에 마음의 상처를 입으면서 말이야. 오늘 밤, 너랑 조세핀, 나 이렇게 셋이서 함께 있고 싶은 것도 그런 이유에서야.

반면 쌍둥이 여동생 둘은 어린 시절에 많은 사랑을 받고 컸어. 모두가 두 사람한테 관심을 쏟았으니까. 늘 카메라에 둘의 모습을 담았지. 그래서 앨범을 보면 온통 두 사람뿐이었어. 부모님은 행여나 한 장이라도 잃어버릴까 봐 걱정하며 사진을 정리하기 바빴어. 두 딸에 관한 거라면 아이들이 그린 그림부터 머리핀까지 무엇 하나 빠뜨리지 않고 모조리 모아두셨어. 두 사람을 꼭 닮은 모습부터 백옥같이 하얀 피부에 초록 눈까지 그저 사랑스러워 어쩔 줄을 모르셨지.

내 눈엔 둘이 꼭 새하얀 도자기처럼 보였어. 둘은 늘 붙어 다녔지. 화장실 갈 때도 말이야. 난 둘이 놀고 있는 곳에 낄 자리가 없었어. 난 없는 사람이나 마찬가지였지. 그때 난 열두 살이었고, 둘은 너처럼 일곱 살이었어. 나한테 말을 거는 법도 없었고, 그저 둘이서 내 얘기를 속닥거리기만 했지. 냄새나, 스웨터가 별로야, 코 파고 있어, 이마에 뾰루지가 났네, 코에도, 손이 더러워서 그럴 거야, 이러면서 말이야. 다행히도 아버지가 약을 만드는 사람이셔서 직접 만들어준 크림을 바르고 금세 뾰루지가 가라앉긴 했어. 오빠가 있을 바에야 차라리 강아지를 키우는 게 낫겠다며 심한 말을 할 때도 있었어.

   그러던 어느 날 아침, 쌍둥이 여동생 중 하나가 깨어나질 않았어. 그 뒤로 온 집안이 풍비박산되고 말았지.

80상팀

아버지께 들렀다가 적막한 집으로 돌아왔어. 집은 텅 비어 있었지. 너희 둘이 엄마한테 가서 자고 오기로 한 날이었거든. 난 불도 켜지 않은 깜깜한 거실에서 꽤 오랜 시간을 가만히 있었어. 줄담배를 피우면서 말이야. 눈물은 흐르지 않더라고. 슬프지 않았나 봐. 그렇다고 화가 나지도 않았고. 지금도 두렵진 않아.

   아버지의 병은 고통을 동반하지 않았어. 엄청난 위선이지. 결장에서 퍼져 나온 종양이 림프절을 타고 간까지 전이되었는데도 아버지는 여전히 살아가실 수 있으니까.

   아버지, 괴로워하지 않으셔도 돼요. 아버지를 용서할게요. 우리 모두 아버지를 용서할 거예요. 쓸데없이 피할 수 없는 고통에 힘겨워하는 대신, 차라리 며칠 동안 코메 호수에 가서 요트를 타고, 벤틀리를 타고, 프로방스를 드라이브하고, 페트뤼스 1961년산이나

1990년산을 마시거나, 살아 있는 안나와 손주들과 함께 웃거나, 마지막으로 죽은 안의 사진을 보셔도 돼요. 지나간 세월을 한번 되짚으며 틀어진 관계를 바로잡고 용서를 구하셔도 되고요.

나는 웃으며 벌써 여러 개비째인 담배에 불을 붙였어. 문득 딱 한 번 아버지랑 단둘이서 저녁 식사를 했던 순간이 떠올랐어.

'카페 드 라 가르.'

아버지는 진지한 모습이셨어. 눈동자의 초록빛은 탁해졌고, 인상은 어두우셨지. 우리는 아무 말 없이 레물라드소스를 곁들인 셀러리를 먹었어. 잠시 뒤 아버지가 까칠한 면으로 만든 커다랗고 하얀 냅킨으로 천천히 입을 닦더니 마침내 운을 뗐어.

V 아무개라는 사람한테서 편지를 한 통 받았다. 자기 딸이 어떤 남자랑 하룻밤을 보냈다고 적어놓았더구나.

순간 나는 얼굴이 시뻘게졌어. 이미 앙트레를 완전히 삼킨 뒤라 다행이었지, 안 그랬으면 숨 막힐 뻔했지 뭐야.

그런데 이 남자가 바보 너라고, 이번 여름에 영국에서 그랬다고, 열네 살밖에 되지 않은 딸인데, 이 무슨 파렴치한 일이냐고 하더구나. 그리고 앞으로 한 번만 더 자기 딸이랑 만나거나, 딸한테 편지를 쓰거나, 전화를 하거나, 자기 딸을 단 1초라도 떠올리면 날 미성년자 유혹으로 고소하겠다고 하더구나.

아빠를요?

그래, 나를. 네가 성년이 될 때까지는 내 책임이잖니. 그러니까이 사람한테 그쪽에서 원하는 건 뭐든지 하겠다고 당장 편지를 써. 여기, 우표값 80상팀.

그때는 1980년대 중반이었어. 난 막 열다섯 살이 되었고, 퍼트리샤를 정말로 사랑했어. 작은 키에 밤색 머리카락, 비 오는 하늘의 잿빛을 닮은 커다란 눈동자, 완벽한 미소를 지닌 여자아이였지. 난 생처음 느껴보는 수줍은 감정 앞에서 웃고, 눈물도 흘리고, 입술이 바짝바짝 타들어 가서 어쩔 줄 몰랐어. 그러다가 느닷없이 칼침을 맞은 거였지. 이 80상팀이 바로 비겁한 남자로 태어나는 데 든 비용이야.

아빠, 좋았냐고 안 물어보세요? 아빠가 있는 남자의 세계에 나도 끼워주시면 안 돼요? 두 팔 벌려 축하해주지 않으실 거예요?

나는 수치심이라는 조그마한 문을 통해 유년기에서 빠져나왔어.

아니, 난 좋았냐고 묻지 않을 거다. 전혀 알고 싶지 않아. 그런 일은 애초에 없었던 거야.

그날 저녁은 내가 아버지를 잃어버린 날이었고, 우리 두 사람의 비겁함이 정점을 찍은 날이었어. 바로 그날 저녁, 난 고아가 된 거야.

나는 스테이크를 열심히 잘라서 씹어 먹는 아버지를 바라보았어. 겨자소스를 푹 찍어 드셨지. 난 더는 먹고 싶지 않았어. 핏물이 흐르는 고깃점도 아버지의 애정도. 그날 저녁, 난 완전히 버려진 느낌이었어. 그때 이후로 아버지의 그 어떤 행동과 눈빛과 말도 나의 고통을 누그러뜨리지 못했단다.

거의 다 태운 담배를 눌러 끄는데 눈물이 왈칵 쏟아졌어. 끝내 그 때 그 아버지를 향해 한탄했던 거지. 역 앞 식당에서 잃어버리고 만 그 아버지. 만약 그날 저녁, 아버지가 두 팔 벌려 날 안아줬더라면 우리 둘 사이가 어떻게 변했을지 상상하며 꿈꿔 왔던 그 아버지. 아버지가 날 남자로 대해주었더라면. 당신이 내게 물어봐 주었더라면. 그 여자애를 사랑하니? 그럼 가자. 자, 얼른 일어서. 그 여자애한테 데려다줄게. 만약 여자애 아버지라는 사람이 우리에게 면박을 주면 프로피온산 약병을 던져버리지, 뭐. 이렇게 끝낼 거야? 자, 어서. 난 이런 공상에 빠져서 웃었어. 웃었어.

650프랑 70상팀

장례식은 어느 화요일 오전 11시에 열렸지. 부모님은 가까운 사람들만 부른 간소한 장례식을 치르기 바랐지만, 교회에는 사람들로 꽉 들어찼어. 사촌부터 고모와 삼촌, 이웃, 지인은 물론이고, 아버지가 일하는 가게를 찾아오는 여자 손님들까지 한 명도 빠짐없이 왔지. 수치심에 빠졌던 자기들을 구해주고, 옷에 묻은 소스 얼룩, 진드기와의 전쟁, 녹슨 은 식기, 건드릴 때마다 아픈 종기 문제를 말끔히 해결해주었던 아버지를 찾아와 위로를 건넸어. 아버지가 고통스러워하는 모습을 보는 게 힘겨웠던 거지.

한편 어머니는 이 모든 상황이 얼른 끝나고 사라지기만을 바라셨어. 몸도 마음도. 어머니는 도대체 왜 12세 미만 어린이 시체를 보존 처리하는 데 650프랑 70상팀을 더 내라는 건지 납득을 못 하셨어.

죽었잖아, 죽었잖아, 어머니는 같은 말을 몇 번이고 되뇌었어. 죽은 아이를 무엇하러 보존하겠다는 거야. 죽은 아이는 결국 썩는다고, 모두 썩는다고, 그 아이를 사랑했던 사람들까지 모두 다.

아버지는 아무래도 백양목으로 된 18밀리미터 두께짜리 어린이용 관만 하는 게 좋겠다고 판단하셨어. 묘지로 가자 비가 내리기 시작했고, 부인들이 공들여 한 머리는 망가지기 시작했지. 리멜* 색조 화장품의 색이란 색은 다 모인 듯 눈에서는 검은색, 파란색, 초록색, 갈색, 오렌지색, 보라색 눈물이 흘러내렸어. 부인들의 얼굴은 마치 어린애가 그려놓은 그림 같았지. 자라다 만 나무에 거미줄, 햇살, 파란 빗줄기, 검은빛 밀 이삭을 마구 그린 듯했어. 미소도 있었고, 가끔은 웃음도 섞여 있었어. 슬퍼해야만 하는 것이 어쩐지 경쾌하고 상냥한 것으로 변해 있었지. 마치 어린 소녀의 영혼처럼.

여동생은 잠든 채 죽었어. 병원에 있는 의사도 법의학자도 사인을 알 수 없다고 했지. 어쩌면 자신의 반쪽짜리 인생이 싫어졌던 것

---

* 영국의 대중적인 메이크업 브랜드.

은 아닐까. 어쩌면 자기는 아무리 해도 양 날개 중 한쪽밖에 될 수 없다는 사실을 깨달았던 것은 아닐까. 결국 제자리를 빙글빙글 맴도는 운명이라는 것을.

장례를 치르고 모두 우리 집으로 왔어. 무슨 펠리니 영화의 한 장면 같았어. 얼룩덜룩한 얼굴을 한 여자들과 비에 홀딱 젖어 볼품없고 칙칙해 보이는 남자들. 사람들은 모여서 샴페인을 마시고 몽투아 카페에서 사온 작은 쿠키도 먹었어. 술이 들어가니 모두 말이 많아졌고, 어느새 스스럼없이 이야기하는 사이가 되었지.

어린 딸아이가 이렇게 허무하게 가버리는 일은 얼마나 큰 슬픔일까. 이제 겨우 일곱 살인데. 세상 그 어떤 부모도 자식이 먼저 떠나는 걸 받아들일 수가 없겠지. 나머지 한 명은? 나머지 쌍둥이 여동생은? 걔가 안이지? 아니. 안은 죽은 애고, 나머지 한 명은 안나. 안나는 어떨까? 둘이 정말 꼭 닮았던데. 앞으로 평생을 자기 모습 안에 있는 쌍둥이 자매의 부재를 짊어지고 살아야 할 텐데, 참 끔찍한 일이지.

그날 아침 두 사람을 깨우러 갔던 어머니가 죽은 딸을 알아보는 데 몇 분이 걸렸다는 얘기는 아무도 하지 않았어. 둘이 똑같은 잠옷을 입고 똑같은 선홍빛 손톱에 똑같은 밤색 곱슬머리였으니까. 긴 가민가하던 그 몇 분 안에 평생토록 잔인한 인생이 어머니를 덮쳐버렸지.

바로 그날 저녁, 어머니는 우리를 남겨두고 떠나셨어. 커다란 집,

파란 빛깔 부엌, 바게트와 꽁초가 수북한 재떨이, 샴페인 병과 술병, 크림이 묻은 몽투아 카페의 종이 상자, 죽은 여동생의 사진으로 가득한 작은 종이 관 같은 신발 상자 사이에 우리를 버려놓고 가셨지. 어머니는 개수대에 수북이 쌓인 접시와 바구니 안에 쌓인 빨랫감처럼 우리를 남겨놓고 가셨어. 더는 힘이 없어서, 아무것도 짊어질 수 없었으니까. 아버지는 어떻게든 어머니를 설득해보려고 하셨어.

여보, 끝났어, 끝났다고, 미안해. 그래도 당신은……. 아니야, 제발 날 그냥 놓아줘.

어머니는 물건을 몇 가지 챙겨 가셨어. 사강 책도. 내 뺨을 한 번 어루만지고, 살아 있는 여동생의 이마에 입맞춤을 하셨지. 여동생은 자기 반쪽이 깨어나지 않은 다음부터 멍한 눈빛을 하고 말문을 닫은 상태였어.

어머니는 떠나셨어.

그냥 그렇게.

문밖으로 나서면서 조심스레 현관문을 닫으셨지. 마치 자기가 마지막으로 내는 소리는 어딘지 모르게 감미롭길 바라기라도 한 것처럼.

그러자 아버지는 우리더러 자기 옆으로 오라고 하셨어. 거실에 있는 루이 15세 스타일의 소파에 앉아 계셨지. 어머니가 오렌지색 사이키 조명에서 모티브를 딴, 현대적인 감각의 천으로 리폼 하고 싶어 하셨던 소파에. 우리 둘을 꼭 끌어안으시더니 조용히 흐느끼셨어. 난 아버지의 나약한 모습에 괴로워졌어. 그리고 느닷없이 아버지를 때리기 시작했지. 마구 때렸어. 아버지는 내 주먹을 피하지 않고 가만히 맞고 계셨어. 가만히. 심지어, 언뜻 나락으로 떨어지는 것처럼 보였던 아버지는 나한테 맞는 걸 즐기시는 듯했어.

1조 8700억 유로

야, 넌 이게 말이 된다고 생각하냐? 하루가 멀다 하고 세금을 때리잖아. 네 주머니를 털어간다고. 이러다 팬티까지 뒤지겠어. 시치미 뚝 떼고 슬그머니 들어와 네 테이블에 자리 잡고 앉는다니까. 이건 뭐, 내 접시가 비었다고 남의 집에 가서 접시에 있는 음식을 슬그머니 집어 가는 거랑 뭐가 다르냐고.

두고 봐. 머지않아 못생긴 사람들을 불안하게 만든다며 잘생긴 사람들한테 과세한다는 얘기도 나올 거다. 어디 그뿐인가, 뚱뚱한 사람들은 다른 사람보다 똥 누는 양도 더 많으니 세금을 더 내라고 할 걸. 화장지도 물도 더 쓰니까. 먹는 양도 더 많고 자리도 더 많이 차지하잖아. 그러고 나면 또 날씬한 사람들한테 과세하겠지. 잘 먹지 않아서 소비를 잘 안 하니까. 결국 멍청한 사람들의 주머니를 털어서 엄청난 세수를 거둬들이는 거라고, 무지막지하게. 도대체 이게 뭐하는 짓이냐고.

내 말이 틀려? 공무원이나 택시 기사는 안 건드리잖아. 국회의원은 또 어떻고. 비행기표나 기차표 할 것 없이 죄다 공짜로 타고 다니잖아. 뭐, 결국 우리만 가만히 앉아서 멍청하게 당하는 거지. 이러다 등골까지 빼먹겠어. 사기 치는 기업가들이나 제약업계 사람들은 단 한 명도 감옥에 가는 꼴을 못 봤어, 내가. 레이더 개발하는 사람들도. 정력제나 우울증 약 개발하는 사람들도 마찬가지.

우리가 뭘 할 수 있지? 우리가 뭘 할 수 있겠어? 외곽 도로에 드러눕길 하겠어, 납세 거부 운동을 펼치길 하겠어, 비행기 뜨는 걸 막겠어, 테제베 운행을 잡아두길 하겠어? 사실 누군가 혼자서 탱크 앞을 가로막는 것은 중국에서나 벌어질 수 있는 일이라고. 우린 무능한 사람들이야. 우리한테 1조 8700억 유로라는 천문학적인 금액을 빚지워도 가만히 있잖아. 우리가, 내가 아무리 항의하고 소리 질러봤자 들은 척도 안 한다고. 콧방귀도 안 뀐다고. 그래서 미치겠어. 열받는다고. 가자, 앙투안. 우리 나가서 한잔해.

툴툴거릴 때의 스프프는 영락없는 불평꾼이었지. 그래도 날 웃게 해주는 친구였으니까 화를 내도 묵묵히 들어줬어. 그렇지만 나는 그 어떤 불평 한마디도 눈물도 밖으로 꺼내놓질 않았어. 감히 그러질 못했어. 감히 한 번도 그러질 못했지. 난 속으로 쌓아두는 사람에 속했으니까. 택시 기사가 제일 먼 길로 돌아가도, 계산대에서 할머니가 나이를 무기 삼아 슬쩍 내 앞에서 새치기를 해도 아무 말도 하지 않는 그런 사람.

내가 비겁한 건 스프프처럼 화를 밖으로 꺼내지 못하기 때문이야. 용서란 것은 이제껏 한 번도 인간적 특성이었던 적이 없어. 난 알아. 서로 싸워야 해. 다시금 기꺼이 짐승이 되어서 물어뜯고 스스로를 지킬 줄 알아야 해. 정 안 되면 숨어버리던가.

내가 자주 쓰는 수법이지. 숨어버리기.

별로 급한 일도 없어서 우리 둘은 대낮에 술 한잔하러 밖으로 나갔어.

있잖아, 이 세상 모든 어머니는 직접 인생을 쓰는 사람이야. 스프프의 어머니가 라비올리 통조림 안에서 형광 분홍색 오븐 장갑의 집게손가락을 발견해서 깜짝 놀라 사과 더미 위로 나자빠지고, 아들은 어머니가 죽은 줄 알고 얼른 달려갔던 그날도, 어머니는 직접 길을 헤쳐 나오셨지. 헐레벌떡 뛰어갔던 아들이 무안해지게.

정신 바짝 차리시 않으면 인젠간 초콜릿케이크에 똥이 들어가 있을지도 모른다고 스프프가 말했어. 아니면 소고기라자냐에 말고기가 들어가 있거나.

스프프는 엔지니어 공부를 마친 뒤 식품안전 전문가가 되었고, 나는 3년 동안 법 공부를 하고 1년 동안 자동차 기술 관련 교육을 받은 뒤 손해사정사가 되었지. 스프프는 시대적 운이 따랐어. 광우병부터 다이옥신 닭고기, 구제역, 조류독감, 대장균 검출 사태까지 벌어지는 바람에, 식품안전 전문가는 주목받는 직업이 되었으니까. 스프프는 프리랜서로 활동했고 나는 대형 손해보험사 두 곳에 소속된 직원이었지. 우리 둘은 공동 사무실을 썼어. 나중에는 파트타임으로 여비서도 한 명 들였고. 그러고는 둘이서 종종 한낮에도 술을 한잔하러 나갔어.

우리가 즐겨 마시던 250시시짜리 맥주를 카페 종업원이 가져왔지. 스프프는 한 모금을 쭉 들이키더니 아리송한 눈빛으로 날 쳐다보았어. 왜 그런 것 있잖니. 네가 정말 네가 아닌 것 같고, 내가 정말 내가 아닌 것 같다는 그런 눈빛. 그런 다음 다른 손님들의 웃음소리와 한숨 소리가 뒤섞인 정신없는 분위기 속에서 속삭였어. 넌 살면서 한 번도 꼭지가 돌았던 적 없냐?

자판기 커피 두 잔

열여덟 살 때 여자를 몇 명 만나보려 했어.

처음엔 엄청나게 비극적인 러브스토리를 꿈꿨지. 어머니 아버지와는 딴판인 사랑 말이야. 서로 헤어지고 헤어지면서, 남을 해치고 빈 술병에 둘러싸여 지내는 그런 사랑 말고.

짧고도 영원한 사랑을 꿈꿨어.

어느 날인가, 스케이트장에 갔다가 옷을 예쁘게 입은 금발 여자가 눈에 들어왔어. 자유자재로 스케이트를 타는 모습이 한 폭의 그림 같았지. 순간 알리 맥그로가 떠오르더군. 스케이트를 타고, 모차르트와 바흐와 비틀스 그리고 나를 사랑했던 여자. 내 입술은 파랗게 질려 있었고 손가락은 굳은 상태였어. 그런데도 담배를 입에 물고, 내 눈엔 왠지 모르게 아주 매력적으로 보였던 어머니가 담배 피우던 포즈를 그대로 따라 했지. 게다가 담배 연기로 링까지 만들어 보였어. 그 여자는 무려 스물일곱 바퀴를 돌고 나서야 나를 발견한 듯했어. 그 후 여자들은 첫눈에 모든 것을 내보이는 법이 없다는 사실을 깨달았지. 여자들은 여전히 일정 부분을 속에 담아두고 있는 거야. 반면 남자들은 굶주려 있지.

그 여자는 스케이트장을 한 바퀴 돌 때마다 나에게 미소를 지었어, 마침내 50바퀴째에 스케이트 날을 세우고, 자기 뒤에 하얀 얼음 가루를 양쪽으로 펼쳐 보이며 멈춰 섰어. 정확히 나랑 마주 보는 곳에. 그 모습이 정말 매력적이었어. 되돌리기엔 너무 늦어버린 상황이었지. 그녀는 이미 스케이트장에서 나와 내 옆에 서 있었어. 그래서 내가 자판기 커피를 두 잔 샀지.

5분 뒤, 우리는 커피를 들고 햇볕이 내리쬐는 밖으로 나왔어. 다시 몇 분이 또 지났을 때, 우리는 모카자바 향이 밴 서로의 혀를 음미하기 시작했어. 그녀의 혀는 놀라우리만큼 부드러웠고, 입술은 따뜻했고, 손가락은 촉촉했어. 그 순간 나는 꿈꿔 왔던 짧고도 영원한 비극적 사랑을 당장 집어치우고, 육체와 무게를 갈구했지. 남자를 미치게 만드는 것, 살인자로 만드는 그것을 원했어. 그녀의 스웨터 안으로 손을 집어넣었어. 그녀는 가만히 있었지. 그녀의 등. 오목한 척추. 보드라운 살결. 점. 가슴을 감싸고 있는 브래지어. 브래지어 훅이 생각처럼 잘 끌러지지 않은 탓에 손가락으로 이리저리 헤맸지. 그때 갑자기 그녀가 웃음을 터뜨리며 말했어. 바보같이, 앞에 있어! 나에겐 이런 기술을 가르쳐줄 큰 형도, 살아 있는 쌍둥이 자매도, 아버지도, 심지어 어머니도 없었던 거야. 카리스마 있게 여자를 덮치는 강한 남자가 되는 법을 가르쳐주는 사람도 없었지. 나는 그 길로 도망쳤고, 그녀는 날 다시 부르지 않았어.

레옹, 이미 눈치챘겠지만 심지어 그 여자한테 내가 누구인지 이름도 말하지 못했던 거야.

그 뒤 나는 잠시 자밀라와 사귀었어. 스프프의 열여덟 번째 생일 파티에서 만난 여자였지. 우리는 주로 내 공부방에서 데이트를 했어. 만나면 대화는 거의 하지 않고, 대신 몸으로 대화를 나누며 할퀴고 고함을 내질렀지. 우린 서로 너무 굶주려 있었거든. 다정한 어루만짐이나 수줍음 따윈 없었지. 굉장했어. 우리는 미지의 세계로 빠져 들어갔지. 자밀라는 여자를 황홀하게 만드는 느낌이 어떤 건지 내게 알려줬어. 그 전까진 한 번도 위험하고 아슬아슬한 줄타기를 해본 적도 없었고, 눈부시게 빛나는 분홍빛 살갗을 본 적도 없었고, 이런 황홀경에 도취된 적도 없었지. 우리는 서로의 육체를 느끼는 데에 집중했고 아주 좋았어. 죽어 있던 살갗과 하찮은 인간미와 어린 시절의 고통을 불태워 버렸지.

그러던 어느 날 아침, 우리 둘은 서로의 몸을 더듬는 일에 질려버렸고 헤어졌어. 둘 사이에는 슬픔이 조금도 없었고 그저 다정한 시선과 할 수 있는 최대한의 관용만 있었어. 우리는 서로에게 손만 한 번 흔들고 헤어졌어. 한두 마디 말도 오갔던가. 잘 살아. 너도. 난 '행복해'라고 말했던 것 같아. 그랬더니 자밀라는 빙긋이 웃으며 '그래, 그럼 안녕'이라고 말하고는 뒤돌아섰어.

나중에 자밀라가 두고 갔던 모디아노의 책을 발견했는데, 지금도 그 책을 가지고 있어. 내가 가지고 있는 자밀라의 유일한 사진인 셈이지. 그 뒤로도 '스쳐 지나가는 아름다운 밤들'[●]을 여러 번 만났어. 그중에는 네 엄마도 있었지, 나탈리.

그녀를 알게 되었을 때 난 진정한 사랑을 만났다고 생각했어.

● 알프레드 드 뮈세의 희곡 〈마리안의 변덕〉에 나오는 대사. – 원주

두 번에 300프랑

아버지는 곧 새 부인이 될 사람의 충고를 듣고 (당시 치과에서 간호조무사로 일했거든. 앙드레 씨, 이번만큼은 내 말대로 해요, 병원에서 오래 일했으니까요) 안나와 나, 우리 둘을 정신과 상담소로 보냈어.

안나는 어머니와 쌍둥이 자매가 동시에 자기 곁에서 떠나간 뒤 말문을 닫았고, 나는 아버지를 향한 화를 주체하지 못했지. 더는 아버지를 때리지 않는 대신 내 방 벽을 내려치기 시작했어. 매섭게 스트레이트를 날리고 나면 양손에 시퍼렇게 멍이 들고 말았지. 자전거에 올라타 페달을 마구 돌리거나 창문에 돌멩이를 던지기도 하고, 부모님의 흑백 결혼사진 액자나 내 치아 보조 장치, 시계처럼 깨지는 물건을 바닥에 내동댕이치기도 했어.

그때 난 시간이 멈추길 바랐어. 두 사람의 생기 있는 얼굴과 우아한 내음, 빛나는 눈, 분홍빛 입술이 영원히 그대로이길 바랐거든. 나는 날마다 조금씩 다가오는 공포가 두려웠어. 세상의 종말과도 같은 두려움 말이야. 어머니와 죽은 여동생에 대한 감각이 완전히 사라져, 살아 있는 것은 그 어떤 느낌도 남아 있질 않고 추상적 관념만 남게 되었을 때의 그 두려움. 더는 육체의 그 어떤 부분도 남지 않게 되었을 때의 그 두려움.

정신과 의사는 썩 괜찮은 사람이었어. 의사는 상담 두 번에 300프랑을 받고, 안나와 나에게 테스트를 먼저 받게 한 다음, 분리 불안과 죽음 불안에 대한 질문지를 작성하게 했어. 그리고 우리 마음속에 내재된 슬픔을 읽어내겠다며 그림을 몇 가지 그려보라고 했어. 화가 얼마나 축적돼 있는지를 알아보기 위해 (특히 나) 몇 가지 문제도 풀어보게 했지. 자기가 준비한 100가지 질문에 대한 답을 듣고, 우리 두 사람의 현실 거부 상태도 파악했어. 나는 저녁마다 바리움정 5밀리그램짜리 2분의 1알과 강장제를 복용하라는 처방을 받고, 매주 두 차례씩 상담받기로 하고 나왔어. 시간이 필요할 거다, 의사가 말했지.

약을 복용하다 보니 화가 내 배 속에 숨어버리고 더는 밖으로 나오질 못했어.

한편 여동생은 언어치료사한테 상담받기로 했어. 여동생도 마찬가지로 매주 두 차례씩. 그리고 정골요법사도 만나보게 했어. 혹시라도 구강 신경이나 익상근, 혀 아래쪽에 움푹 들어간 부분을 건드려주면 말문이 트일 수 있을까 하는 생각으로 말이지.

안나가 처음으로 상담받으러 가던 날, 내가 여동생을 바래다주었어. 크지만 텅 비어 있던 집을 나서자마자 안나가 내 손을 잡았어. 나의 커다란 손안에 안나의 조그마한 손이 포개졌지. 그 순간 내 심장이 마구 쿵쾅거렸어. 그 전까지 몇 년 동안 안나와 안은 단 한 번도 날 건드리거나 안아준 적이 없었거든. 둘은 주변에 벽을 치고 그들만의 세상 속에서 살았어. 두 사람과 교류할 수 있었던 사람은 어머니뿐이었어. 어머니의 다정한 손길이나 두려움을 해소시키는 따스한 어루만짐만이 가끔 그 벽을 뚫고 들어갈 수 있었지.

걸음을 멈추고 안나를 바라보았더니, 안나는 아름다운 초록 눈으로 날 올려다보며 미소 지었어. 안나는 겨우 일곱 살이었어. 안나가 그렇게 예쁜지 그 전에는 미처 알지 못했지. 안나는 고사리 같은 손으로 내 손을 더 꼭 잡았어. 그 순간 난 우리 둘이 친구가 되었다는 걸 깨달았지.

난 오빠가 내 좋아.

안나는 여전히 반쪽짜리 말만 했어.

560유로

최근에 협박을 받은 적이 있었어. 직접적인 것은 아니었고, 영화처럼 악당이 다가와 주먹을 들이밀며 '다음번에 또 걸리면 내 손에 죽을 줄 알아'라고 윽박지르는 식도 아니었어. 그냥 소심한 협박이었지. 못 같은 걸로 차를 긁어놓고, 똥(개똥처럼 보였어)을 사무실 사서함에 넣어놓고, 사무실 문에 해골 그림을 그려놓는, 뭐, 이런 것. 의심되는 사람이 있긴 했지만 뾰족한 수가 없었어. 스프프는 옆에서 일단 지구대에 신고부터 하라고 계속 말했지.

지구대에서는 이렇게 얘기하더라고.

조사가 제대로 안 될 겁니다. 지금 미처리된 신고만 해도 8,100건이 넘거든요. 사방에 CCTV를 달아놓았지만, 그래도 아무데나 낙서하는 사람이나 가방, 시계 소매치기를 잡기란 하늘의 별 따기인 실정입니다. 수법이 교묘해지고 있어요. 어찌나 교활하게 미꾸라지처럼 잘 빠져나가는지, 늘 저희가 한발 늦는 바람에 범인을 붙잡으러 현장에 나갔다가 길만 가로막고 욕만 잔뜩 들어먹고 돌아오기가 일쑤라니까요. 아무래도 선생님께서 말씀하시는 것처럼 개똥을 DNA 검사하는 건 무리입니다. 여긴 마이애미 과학수사대가 아니라 동네 구석에 있는 지구대아닙니까, 선생님. 신고된 걸 보면 별 추잡한 사건이 다 있습니다. 자동차 바퀴를 훔쳐간 사건부터 스쿠터 부품을 떼어간 사건, 여자를 때린 사건, 취객끼리 주먹다짐한 사건, 어린애가 마리화나를 피운 사건까지.

저도 한때는 평화를 지키는 경찰이 된다는 생각에 잔뜩 기대를 품었던 사람이었죠. 한번 생각해보세요. '평화를 지킨다'는 말이 얼마나 아름답게 들립니까. 그런데 막상 경찰이 되고 세상에 나와 보니 전쟁이 따로 없네요. 평화는커녕 아무것도 지키지 못하는 처지랍니다. 심지어 제가 꿈꾸던 환상조차도요. 모든 게 산산조각 난 채 흩어져버렸지요. 사정이 이런데도 여전히 선생님께서 신고를 하고 싶다면 저희야 말릴 수 있는 입장은 아니니까요. 원하시면 수습 순경을 한 명 불러드릴 테니 그때 조서를 꾸미시면 됩니다. 조서를 작성하는 데 시간이 좀 걸리실 겁니다. 지금 저희 컴퓨터가 고장 났거든요.

일전에 보험 사기 조짐이 보인다고 결론 내린 적이 있었어. 한 남자가 차를 타고 빨간불에 서 있다가 고의로 접촉 사고를 내고는, 자동차 뒤 범퍼가 나간 것도 모자라 목덜미 통증까지 호소했지. 전형적인 보험 사기 수법. 서류에는 이렇게 나와 있었어. 일시적 고도 후유 장애 7일 및 고통 정도● 2/7, AIPP(신체적 및 심리적 전체 상해) 비율●● 2퍼센트. 각 항목별로 계산해 합산하면 총 보상금이 7,000유로 정도였지.

그런데 피해자가 몰던 차량은 볼보 S70 1998년 형이었어. 이 차량은 안전벨트에 3중 안전장치를 해놓은 형태라서, 충격을 받는 즉시 팽팽하게 당기도록 되어 있어. 차가 멈춰 서기 전에는 튕겨 나올 가능성이 없는 거지. 그러니까 안전벨트가 팽팽해지면서 급작스레 운전석에 밀착되기 때문에, 몸이 앞으로 튀어나오지 못한다는 얘기야. 게다가 머리 받침도 인체 공학적으로 설계되어 있어서, 실제로는 머리 받침과 운전자의 머리 사이에 빈 공간이 없다고 보는 게 맞아. 뭐, 어찌되었건 그 남자도 그렇게 한 데에는 나름의 사정이 있었겠지.

● 고통 정도 항목은 1/7(아주 경미한 고통)부터 7/7(매우 심각한 고통) 등급으로 나뉨.
●● 해당 항목은 1~100퍼센트 등급으로 나뉨.

그렇지만 내가 하는 일은 연민을 느끼면 안 되는 일이니까, 난 그 남자에게 사설 형사(시간당 70유로)를 붙여 뒷조사를 시키기로 결정했어. 사설 형사는 4시간씩 두 차례를 감시한 뒤, 증거 사진을 몇 장 가지고 왔어. 그 남자가 마쿰바●●●에서 젊은 여자 두 명과 함께 춤추고 있는 모습이 선명하게 찍혀 있었지. 누가 봐도 한껏 흥에 취해 신나게 고개를 흔들고 멋지게 브레이크댄스를 추는 모습이었어. 사진이 아주 잘 나왔더군. 결국 난 그 남자가 제출한 보험금 청구 서류를 반려시켰고, 그 대가로 개똥을 받은 거였지.

됐어요, 그럼 신고는 관둘게요.

나는 집으로 돌아와 큰 잔에 와인을 따라 마셨어. 화를 주체할 수가 없었어. 속이 부글부글 끓어올랐지. 나는 십 대 때 바리움정을 복용한 뒤, 한 번도 화를 밖으로 분출시키지 못하고 속으로 삭이기만 했어. 그러면서 조금씩 비겁한 놈이 될 수밖에 없었지. 용기를 내어 그놈을 찾아가 얼굴에 주먹을 한 방 날리고, 이를 부러뜨리고, 목을 비틀고, 개똥을 그놈 입속에 다시 쑤셔 넣을 수도 있었을 텐데. 내 인생을 망쳐놓는 놈들을 모조리 찾아가서 은밀한 복수를 감행할 수도 있었을 텐데.

하지만 난 할 수 없었어. 결국 그렇게 하질 못했어. 사람들은 날 아프게 했지만, 그 상처를 더 헤집어놓은 건 나였으니까. 그날 밤,

---

●●● 프랑스의 유명 디스코텍.

나는 정적이 흐르는 집에서 홀로 줄담배를 피우며 술을 엄청 마셨어. 조세핀과 네가 함께 있었다면 좋았을 텐데. 그럼 내가 너희한테 용서를 빌고, 내게 자신의 나약함을 물려준 아버지를 용서해줬을 텐데. 하지만 용서는 우리 성격이랑 잘 맞지 않지.
   결국 술이 내 화를 잠재웠고, 대대로 내려온 비겁함이 다시금 되살아났어.
   그날 밤.

내가 가진 구슬 전부

네가 나에게 말을 잘 붙이지 않으려는 거 잘 안다. 네 상처가 무언지 아니까. 나도 네 나이 때 똑같은 상처가 있었고, 지금도 여전히 그 상처가 마음속에 남아 있으니까.
   난 그때 베개를 있는 힘껏 내려치고 피가 날 때까지 손톱을 물어뜯는가 하면, 구슬치기에서 딴 구슬 전부와 교환한 깨진 벽돌 조각을 자동차나 집 창문에 던지기도 했어. 유리 깨지는 소리가 좋더라고. 나도 같은 감정을 느꼈어. 두려웠어. 너처럼 두려웠어. 참 불공평하게도 하루의 고통이 1,000일의 행복을 지워버리는 법이지. 너랑 나랑 좀 더 많이 대화하고 좀 더 많이 서로에 대해 알았어야 했는데. 넌 짓궂으면서도 영특한 아이란다.

그거 알고 있니? 한번은 내가 아버지한테 비는 왜 내리냐고 물어본 적이 있었어. 그러자 아버지는 고개를 들어 하늘을 보더니, 어떻게 그리도 어리석은 질문을 하냐는 듯 어깨를 으쓱해 보이셨지. 아버지는 화학을 공부한 분이셨는데……. 분명 아버지는 비가 왜 오는지, 폭풍우는 왜 몰아치는지, 파도는 왜 치는지 다 아셨을 거야. 하지만 아버지는 대답해주지 않으셨어. 아마도 머릿속이 너무 복잡하거나, 아니면 내 질문이 왠지 사랑을 구걸하는 것처럼 들렸거나. 그래서 순간 겁이 나셨던 걸까. 레옹, 그런데 이게 그리 쉬운 질문은 아니더구나. 언젠가 혹시 네가 나한테 비는 왜 내리냐고 물을지도 모른다는 생각에 답을 찾아보았단다. 그런데 넌 내게 그 질문을 한 적이 없구나.

네 고모랑 나는 아버지랑 지냈어. 아버지는 오믈렛조차 만들 줄을 모르셨고, 딸아이의 머리를 땋을 줄도 모르셨고, 심지어 세탁기 작동법도 모르셨어. 그래서 하는 수 없이 가정부를 한 명 들였다가, 나중에는 아버지의 아내 노릇도 하고 집안일도 하는 여자를 한 명 들이셨지. 아버지와 나는 말을 거의 주고받지 않았단다, 너랑 나처럼.

우리가 슬플 때 절대로 날 위로해줄 만한 사람들을 향해 고개 돌리지 않는다는 걸 알아. 그래서 우리는 더 슬퍼지지. 부모님이 서로를 사랑해서 내가 이 세상에 태어났다고 믿고 있다가, 어느 날 부모님이 나와 함께 있는 걸 썩 바라지 않을 수도 있다는 생각을 하게 될 때가 있지. 어른이 된다는 건 우리가 생각만큼 사랑받지 못하고 있다는 사실을 깨닫는 거란다. 힘겨운 일이지.

나 역시 엄마 일을 생각하면 마음이 아프단다. 더는 우리가 한 가족이 될 수 없다는 사실에, 일이 이렇게 되어버린 사실에 마음이 아프구나. 세상 그 무엇도 영원하지 않음을, 사랑마저 비겁한 존재임을 두 눈으로 지켜보려니 슬프구나. 레옹, 넌 내가 오늘 밤 얼마나 지쳐 있는지, 얼마나 슬픈지 알지 못하겠지. 내가 지금 하고 있는 이 끔찍한 일 때문에 말이다.

이런 거야. 물은 햇볕에 증발돼. 액체에서 기체가 되면서 공기보다 가벼워지고, 위로 올라가서 구름을 만들지. 구름은 계속 위로 올라가고, 온도가 낮은 곳을 지나면서 수증기가 응결돼. 그리고 다시 액체 상태가 되어 아래로 떨어지는 게 바로 비란다.

비는 이렇게 해서 내리는 거야.

그런데 비가 내리는 원인은 하나가 더 있어. 너한테 꼭 말해주고 싶은 이야기이고, 난 이게 더 맞는 말이라고 생각해. 마오리족의 전설로 내려오는 이야기야.

세상이 창조되면서 랑기누이와 파파투아누쿠(또는 랑기와 파파)는 줄곧 서로를 감싸 안은 채 지냈지. 자식도 둘 사이의 아주 좁고 어두운 곳에 끼어서 자라도록 했어. 그런데 자식 중 '타네'라는 아들은 그 상황이 너무 싫었던 거야. 그래서 등을 아래로 하고 눕더니, 양다리로 랑기를 밀고 양팔로 파파를 밀어, 둘이 멀리 떨어지도록 만들었지. 그 뒤 랑기는 하늘의 아버지가 되었고, 파파는 대지의 어머니가 되었어. 하늘에서 내리는 비는 랑기의 말할 수 없는 슬픔인 거야.

미미한

네가 태어났을 때의 기쁨이 떠오르는구나. 네 누나가 태어나고 3년 뒤에 네가 생겼지. 둘째를 가진 네 엄마는 행복해 보였어. 출산 예정일을 세 달 앞두고는 오후에 외출도 하지 않고 집에서만 조용히 지냈단다. 마지막 몇 주 동안은 부엌이랑 방에 페인트칠까지 새로 했지. 마치 잡지에나 나올 법한 완벽한 가족의 모습과 닮아 있었어. 화목하고 다정한 그런 가족 말이야.

그때 사진을 보니 조세핀이 곧 태어날 남동생의 침대에 장난감 동물을 놓는 모습, 엄마의 불룩한 배를 껴안는 모습, 그림을 그려 반가운 새 가족한테 줄 선물을 만드는 모습, 거실에서 물구나무서는 모습, 엄마한테 인형극을 들려주는 모습이 있네. 참 예쁘구나. 네 엄마가 집 앞마당에 히아신스 뿌리를 심는 모습, 활짝 웃으며 세 배나 커진 가슴을 보여주는 모습, 나랑 키스하는 모습도 있고. 부엌에서 네 할아버지가 미소 짓고, 네 새 할머니가 할아버지한테 손을 내미는 모습도 있고 말이야. 한번은 네 엄마가 백리향을 넣고 농어소금구이를 했는데 생선이 탄 적도 있었지. 사진에는 탄 부분이 보이지 않는구나. 우리 사이에 '농어 요리, 정말 맛있었어'와 같은 인사치레는 없었단다. 우리가 새로 산 자동차도 보이고, 사람들이 새 차 옆에 선 나를 얼간이처럼 바라보는 모습도 보이고, 바비 인형 그림이 있는 세발자전거도 보이고, 네 누나랑 엄마가 같이 욕조에 들어간 모습도 보이고, 네 고모와 고모부가 앞마당에서 시든 히아신스 꽃 옆에 서 있는 모습도 보이는구나.

나의 엄마, 네 친할머니의 모습은 보이지 않고, 거짓말도 보이지 않고, 네 엄마가 여전히 나를 사랑하는지 아닌지 모르는 탓에 네가 생기기 1년 전에 지운 아기도 보이지 않고, 단순하면서도 무한하고 거대하면서도 비극적인 그 사랑도 보이질 않네. 당시에 내가 흘렸던 눈물도, 소파에서 뜬눈으로 지새웠던 무수한 밤도, 되살아난 야수의 모습도 보이질 않네.

그저 행복만을 보았어.

5유로 67상팀

웃음을 잃으셨어. 초록 눈동자는 색이 완전히 탁해졌고, 보드랍던 손은 죽은 살갗처럼 변해버렸지. 가끔씩 이마에 식은땀이 맺히기도 하고, 몸은 벌써 야윌 대로 야위었지. 새어머니의 아랫입술이 자기도 모르게 파르르 떨렸어. 두려움 때문에 생긴 일종의 틱 증상이었고, 쉽사리 밖으로 분출되지 못하는 외침이기도 했지. 한 사람의 아픔이 다른 사람의 두려움을 깨운 거였어. 몇 주 만에 아버지는 안색이 많이 안 좋아지셨어. 쪼그라든 노인이 되어 있었지.

병원에서 준 약 때문에 그래, 지금 몸이 많이 약해져 있대. 암 전문의가 말하기를 제대로 된 화학요법을 쓰면 몸이 버텨내질 못할 거라더라고. 여의사 선생님인데 아주 괜찮은 분이셔, 이야기도 잘 들어주고 아주 충실하지. 아, 내 마음을 찢어지게 하는 게 뭔지 넌 잘 모를 거야. 그래도 병원에 입원해 있는 것보다는 나랑 집에서 이렇게 지내는 게 낫겠어. 병원에 있으면 괜히 두려움만 커질 것 같아서. 지금 네 아버지는 기분 좋은 것만 계속 보는 편이 좋지 않겠니. 그래서 아버지한테 코미디뮤지컬을 많이 보여드리고 있어. 그걸 보면 마음이 좀 편안해지시는 것 같아. 대체로 해피엔딩이고 희망을 주는 메시지가 담겨 있으니까.

새어머니는 서서히 정신을 잃어갔어. 아버지는 그녀의 거짓말 속에서 살아남아 계셨지. 별거 아니에요, 양성이고, 조기에 발견한 케이스래요, 걱정할 것 하나도 없어요.

　새어머니의 아랫입술이 불안에 사로잡혀 있었어. 그녀를 생각하면 마음이 아팠어. 새어머니가 집으로 들어와 자기 물건으로 우리 어머니의 서랍을 채우고, 욕실 세면대의 절반을 차지하고, 여전히 남아 있던 카르디날과 바르자벨과 사강의 책을 지하 창고에 내려다 놓았을 때, 안나와 내가 못되게 굴었던 기억이 나더구나. 저녁만 되면 그녀의 방문 뒤에 숨어서 그녀가 흐느끼는 소리를 들었지. 새어머니가 흘리는 눈물은 어린 우리에겐 승리의 신호였던 거야. 아버지가 우리를 따로 불러 제발 새어머니한테 친절하게 대해달라고, 한 번만 기회를 주라고 부탁하실 때면, 우리는 소리치며 달아나곤 했지. 싫어요! 싫어요!

　우리는 새어머니가 너무 힘겨워서 버티지 못하고 떠나길 바랐어. 새어머니가 죽어 없어지길 바랐어. 언젠가 우리 어머니가 돌아올 날을 위해 새어머니의 흔적은 아무것도 남아 있지 않길 바랐어. 하지만 한쪽은 여전히 남아 있었고, 다른 한쪽은 끝내 돌아오지 않았어.

　어머니가 떠나신 뒤, 아버지는 맥주에 빠지셨어. 아버지는 저녁마다 푸른빛 부엌에서 조용히 맥주를 마시다가 결국 눈물을 흘리셨지. 그러면 안나와 나는 잠옷을 입고 어두컴컴한 계단에 앉아 아버지의 모습을 몰래 살폈어. 우리 역시 같이 울 때도 있었어. 그럴 때면 안나가 고사리 같은 손으로 슬그머니 내 손을 잡았어. 그러면서 말했지. '맹세 난 깨어날 거야, 왜 아니라 안.'

어떤 날은 아버지께서 접시에 얼굴을 묻은 채 테이블에서 잠이 드시기도 했지. 다음 날 아침, 우리가 눈을 떠 보면 아버지는 벌써 나가고 안 계셨어. 그럼 우리는 학교 가기 전에 아버지께서 일하는 가게부터 들러 아버지가 출근하셨는지, 아직 살아 계시는지부터 확인했지. 그럴 때마다 아버지께서는 외로운 여자나 얼룩진 옷을 입은 여자, 과부를 앞에 두고 자신이 만든 약품이 얼마나 효과가 좋은지를 자랑하며 허세 부리고 계셨어.

그러던 어느 날, 매력적인 가슴에 실크 블라우스를 입은 여자가 우리 인생에 끼어들었어. 그 후 아버지는 술도 끊고, 잠도 부엌이 아닌 침대에서 주무셨지. 그 여자는 아버지가 담배도 끊게 만들었어. 그뿐이 아니었어. 감자튀김도 소시지도 양고기도 야자유도 초콜릿도 지방이 그대로 든 우유도 끊게 만들었어. 남자라고는 아버지밖에 몰랐던 그 여자는 오랫동안 아버지와 함께하고 싶어 했지. 처음 우리 집으로 왔을 때 잔뜩 꿈에 부푼 모습으로 웃으며 말했어. 영원히 함께하고 싶다고.

그런데 그 영원이 30년 가까이 이어지다가 이제 물이 되어 끝나려고 하네. 눈물과 땀, 오줌, 침. 늘 아름다움 뒤에는 추함이 따라오는 법이지. 이제 더는 아름다운 것이 아무것도 남아 있지 않아.

난 아이를 가져본 적이 없는데, 네 아버지가 아픈 다음부터는 아이를 하나 돌보는 느낌이 들어 참 묘한 기분이야. 사람들은 무언가를 할 때, 그건 다 자신이 남에게 잊히지 않기 위해 하는 거라고 하지? 그렇지만 난 진실은 그게 아니라고 생각해. 사람은 누구나 늘 혼자인 거지, 그게 날 슬프게 해.

5유로 70상팀을 주고 사온 맥주 여섯 병 중 세 병을 땄어.

안 돼, 왜 그러니, 앙투안.

뭐가 안 돼, 괜찮아, 이렇게 셋이 모였는데. 아버지가 말씀하셨지.

우리 셋은 건배를 했어. 코미디뮤지컬을 위해. 전이를 위해. 서늘해진 날씨를 위해. 우리 셋은 무엇이건 닥치는 대로 건배를 했어.

인생이 우리 손가락 사이로 미끄러져 들어왔어.

1프랑

난 좋아.

안나는 이 말을 하면서 싱긋 웃었어. 안나의 초록 눈동자가 반짝였지. 무언가 아름답고 빛나는 것이었어. 우리 둘의 우애를 위한 세례식. 살아 있는 자들끼리의 동맹과도 같았지. 절대 소원해질 일이 없는 끈끈한 동맹.

난 의사 선생님이 좋아, 아니, 난 오빠가 날 데려다줘서 좋아, 아니, 아니, 난 오빠가 내 오빠라서 좋아, 맞아, 맞아, 맞아. 안나가 기뻐서 어쩔 줄 몰라 하며 날 바라보았어. 내 마음속에서도 갑자기 격한 기쁨이 일렁였지. 7년간의 무관심이 무색하게 우리는 서로에게 없어서는 안 될 친구 사이가 되었어. 안과 어머니의 부재가 우리를 하나로 만들어주었고, 우리는 서로 찰싹 달라붙은 채 유년기를 보내고 서로를 지켜주었어. 안나는 더 이상 두렵지 않았고, 난 더 이상 춥지 않았어.

난 오빠가 내 오빠라서 좋아.

난 네가 내 동생이라서 좋아, 안나.

안나는 내게 수수께끼를 푸는 열쇠를 주었고, 나는 그 수수께끼를 풀 수 있는 유일한 사람이었어. 다른 사람들처럼 빠진 단어를 수차례 추측해서 말하고, 가끔 짜증을 낼 필요도 없었지. 안나가 말하면 난 마음의 소리를 들었으니까. '맹세 난 깨어날 거야'라는 말은 '맹세해, 난 항상 깨어날 거야'였고, '왜 아니라 안'이라는 말은 '왜 내가 아니라 안이었을까'였고, '오빠는 우리가 엄마'라는 말은 '오빠는 우리가 엄마를 다시 만날 거라고 믿어?'라는 말이었지.

그날, 안나가 언어치료사에게 첫 치료를 받고 나오기를 기다렸다가 집으로 돌아오는 길에, 빵집에 들러 1프랑을 주고 안나한테 껌을 사 주었어. 안나의 방 색깔과도 같은 분홍색 껌이 다섯 개 들어 있었지. 열두 살이었던 내 생각에는 안나가 우물우물 씹고 또 씹고 또 씹다 보면 잃어버린 반쪽 말을 되찾을 수 있을 것만 같았거든. 하지만 잃어버린 말은 끝까지 죽은 여동생의 목구멍 안에 갇혀 있었어.

반쪽 말. '고마워 난 바보.' 내가 껌을 건넸더니 안나가 웃으며 말했어. 고마워, 그런데 내 생각엔 그래도 난 여전히 바보일 거야.

순간 끔찍한 생각이 들었어. 반쪽짜리 말만 하는 여자아이와 누가 친구를 하려고 할까? 먼 훗날 멋진 남자 친구를 사귈 수 있을까? 다정한 피앙세는? '널 가지고 싶어'라는 말을 '가지고'라고 말해도 러브스토리를 쓸 수 있을까? '날 떠나지 마'를 '떠나지'로, '내 품에 안겨'를 '내 안겨'라고 해도? 누군가와 헤어지면서 '더 이상 널 사랑하지 않아'라는 말을 하고 싶은데 '널 사랑하지'라고 말하면 어떻게 되는 거지?

그날 저녁, 집에 도착해서 보니 아버지가 부엌에서 우리를 기다리고 계셨어. 몽투아 카페에서 사온 치즈파이, 르 베르프레 가게에서 사온 샐러드와 호두 그리고 아이스크림이 테이블 위에 있었지. 죽은 여동생과 어머니 없이 처음으로 가족 식사 자리를 만들고 싶으셨던 거야. 우리만의 성찬이라고나 할까.

아버지의 두 눈이 빨개져 있었고, 초록빛은 벌써 엷어져 흙빛이 되어 있었지. 아버지는 우리를 즐겁게 해주려고 애쓰셨어. 다가올 여름휴가 얘기를 꺼내며 어디에 가고 싶냐고 물으셨지. 배를 타고 싶은지, 등산을 하고 싶은지, 멕시코나 과테말라 같은 외국은 어떤지. 이름만 들어도 여행자의 낙원과 같은 곳을 말씀하셨어. 바누아투, 잔지바르. 치즈파이 좀 더 먹을래? 정말 맛있구나, 너무 기름지지도 않고. 몽투아 카페는 버터를 절대로 과하게 넣지 않아. 버터가

섭씨 30도에서 녹는다는 걸 알고 있었니?

그때 잠자코 있던 안나가 마침내 입을 열었지. 소용없어, 치즈파이 아니, 집에서, 계단 오르고, 우리는 더 가족, 사랑 아니.

그런데 아버지는 무슨 말인지 못 알아들으셨어. 그래서 난 테이블 아래로 손을 뻗어 여동생의 손을 꼭 잡았지. 우리 둘은 외로웠어.

200유로 더

"거 참, 말이 안 통하시네, 거의 새 차나 다름없다고 말씀드리지 않았습니까."

"새 차요? 1985년 형 차가요?"

"그렇다니까요. 85년 3월이요. 오냉에시 세 차로 샀어요. 아주 깨끗하게 잘 탔지요. 긁힌 자국 하나 없고 녹슨 부분도 하나 없어요. 박은 자국도 하나 없고요."

"그러니까 22년 된 새 차라는 말씀이시네요. 그 말을 누가 믿겠습니까."

"이 차는 킬로 수도 얼마 안 돼요. 매일 아침 빵을 사러 갈 때나 타고, 일요일마다 드라이브를 다녀온 게 다예요. 그나마 비 오는 날은 드라이브도 안 나갔지요. 아, 딱 한 번, 제 아내가 마르판증후군●이라는 병을 앓는 바람에 차를 몰고 파리까지 다녀온 적은 있네요."

"유감입니다."

"어쨌든 그쪽이 제시한 2,000유로는 말도 안 되는 가격이에요."

"1,800유로요, 그제스코위엑 씨."

"그제스코위악이요, 앙투안 그제스코위악."

"네, 그제스코위악. 그마나 킬로 수가 적어서 1,800유로에 200유로를 더 쳐준 가격입니다."

"도대체 2,000유로 가지고 뭘 하란 얘깁니까! 그 돈으로는 살 수 있는 새 차가 없다고요. 난 노란색 푸에고 GTS를 원한다고요."

"사정은 알겠습니다만 전 데이비드 카퍼필드가 아니라서요."

"누구요?"

"아닙니다. 그런 마술사가 있습니다. 그러니까 그제스코위엑, 위악 씨께 드리고 싶은 말씀은, 이 금액이 제가 선생님께 최대한 쳐드릴 수 있는 보상금이라는 겁니다. 거래 가격 상한가에 200유로를 더했지 않습니까."

"내가 못 배운 사람도 아니고 여태껏 막말 한 번 안 해보고 산 사람인데, 이번에는 그냥 못 넘어가겠네. 그 잘난 2,000유로로 당신

● 지나치게 큰 키, 지나치게 기다란 손발과 손가락 등의 특성을 보이는 유전병. 심혈관·안구·골격을 비롯한 신체 기관에 여러 질병을 유발함.

밑이나 닦으시지! 내가 거의 새 차나 다름없는 차를 몰았는데, 이제는 그 차도 없고 새로 한 대 살 수도 없는 처지에 놓였으니, 원. 당신은 인정머리라고는 없는 형편없는 인간이구만. 어려움에 처한 사람들이 당신한테 와서 손을 내미는데, 당신은 아무것도 안 하고 있잖소. 오히려 더 깊은 수렁으로 빠뜨리고 있지. 평생 그렇게 헛살다 죽을 팔자구만. 잘 계시오."
내 인생살이를 그대로 보여주는 얘기지.

열 자릿수

살이 빠진 적이 있었지. 그래서 바지랑 셔츠를 몇 벌 새로 장만해야만 했어. 이제 '전문가'가 됐잖아, 힉생이 아니라. 그럼 옷차림도 좀 세련되게 해야지. 스프프가 놀려댔어.
결국 어느 토요일 오후에 프랭탕 백화점을 들렀어. 사람이 바글바글하더군. 여자, 어린이 할 것 없이 곳곳에 긴 줄이 늘어서 있었지. 계산대 앞에도, 피팅 룸 앞에도. 마침내 내 차례가 되었고, 피팅 룸에 들어가서 바지를 여러 벌 입어보았지. 그중 하나가 마음에 들었는데, 기장을 수선해야겠더라고. 그래서 피팅 룸에서 나와 가게 직원한테 가려 할 때였어. 한 여자가 피팅 룸에서 나왔지. 딱 붙는 흰색 원피스를 입고 있었는데 뒤쪽에 있는 기다란 지퍼를 잠그지 못했더라고.

우리 둘의 시선이 마주쳤어.

곧장 남자를 마비시키는 마력을 느꼈지. 매혹적인 눈빛에 내 몸은 그대로 얼어붙었어. 나를 중심에 세워두고 그 주변을 빙 둘러 훑어보는 시선을 견뎌냈지.

우리 둘의 시선이 마주쳤고, 난생처음 진심으로 갈망하고 간절히 원하는 마음을 느꼈어. 스스로를 내버린 내 모습이 더는 비겁함이 아니라 사랑에서 비롯된 것 같다는 생각이 들 정도였지.

우리 둘의 시선이 마주쳤고, 본능적으로 그녀에게 푹 빠질 거라 예감했어. 그렇게 재앙 같은 유년기를 버텨낼 수 있게 해줄 거라고.

그래서 처음으로 용기를 냈어.

팔을 쭉 뻗어서, 손을 펴고서 그녀 옷의 지퍼를 올렸어. 그 전까지 한 번도 해본 적 없는 동작이라 손가락이 덜덜 떨렸지. 그녀의 살결은 보드라웠고 연한 갈색이었어. 그녀는 피팅 룸 거울에 비친 자기 모습이 아니라 나를 응시했어. 내 눈동자에 비친 아주 작은 거울을 통해 자기 모습을 이리저리 살펴보았지. 요염한 포즈를 취하고 원피스의 어깨선을 내 눈높이에 맞추더니, 자기 모습을 나의 시선에 비춰 보았어. 눈부셨지. 그녀와 하얀 원피스.

그녀는 미소를 지으며 내 소매를 잡고 피팅 룸 안으로 끌어당겼어. 그러고는 양팔을 올리더니 목 부분부터 허리까지 지퍼를 내렸어. 난 과감히 그 동작을 이어받아 끝까지 지퍼를 내렸지. 그녀가 어깨와 엉덩이를 차례로 가볍게 툭툭 흔드니, 입고 있던 원피스가 단숨에 바닥으로 흘러내렸어. 바닥에 떨어진 원피스가 마치 하얀 약혼반지 같았지. 그녀의 가슴은 아름다웠어. 새하얗고 묵직했지. 매력적인 몸매였어. 그녀가 또 다른 원피스를 하나 입어보았어. 이번에는 검은색. 그러고는 자기를 바라보는 나를 응시했어. 매혹적이었지. 또다시 옷을 벗더니 이번엔 스커트로 갈아입었어. 감청색 펜슬 스커트. 스커트 옆에 달린 단추를 채우니 그녀의 몸매가 그대로 드러났지. 그 순간 전율을 느꼈어. 그녀는 양손을 허리춤에 가져다 대며 포즈를 취했고, 우리 둘의 시선은 서로에게서 떠날 줄 몰랐지. 뱀이 와서 물어가도 모를 판이었어. 그러거나 말거나 난 행복했으니까. 그녀는 아름다우면서도 살짝 진지한 목소리로 고맙다고 말했어.

  난 검은색으로 해야겠어요, 당신은 진녹색 바지로 하는 게 좋겠네요.

  그녀가 미소를 지었고, 난 고개를 숙여 기장을 많이 줄여야 할 바지를 바라보았어. 한창 허물벗기를 하고 있는 스물다섯 살 난 애송이였지. 과감했어야만 하는 건데. 그렇지만 우리 집에서는 결코 서두르는 법이 없었지. 뭔가 서두르거나 알아서 하는 법을 배우지 않았으니까. 우린 그저 상대방의 초대나 전화를 기다리는 법만 알았어.

  떨리는 마음을 안고 내 피팅 룸으로 돌아와 잠시 간이 의자에 앉아 있었어.

  조금 후에 연갈색 손과 매끈한 팔뚝이 피팅 룸의 커튼 주름 사이로 슬그머니 들어오더니, 손에 쥐고 있던 작은 쪽지를 떨어뜨렸지. 열 자릿수. 나는 빛의 속도로 바지만 다시 입고서 나머지 옷가지는 모조리 피팅 룸에 버려놓은 채 얼른 나왔어.

  이렇게 해서 나탈리, 바로 네 엄마를 만난 거란다. 하지만 물론 그녀는 이미 사라진 뒤였어.

어마어마한 돈

아버지는 가끔 어머니의 소식을 전해주셨지.

  잘 지낸대. 일을 구했다는구나. 아빠랑 엄마는 이혼했단다.

  안나의 눈엔 눈물이 차올랐고, 내 눈에선 눈물이 뚝뚝 떨어졌어. 이혼했다. 그 말 한마디가 한꺼번에 세 가지를 앗아갔어. 엄마, 어린 시절, 재회. 그때부터 여동생과 나는 빨리 자라야만 했지.

  바놀레에 산다더구나, 교외 부근 말이다. 지금 하는 일이 좋고, 남자 친구도 몇 명 사귀었다고 하더구나. 그리고 너희 둘이 그립다고 하더라. '우리 만나요, 아빠?' 내가 통역했지, 우리는 엄마를 언제 만나요, 아빠? 글쎄, 한동안은 힘들 것 같구나, 아직 혼자 있는 시간이 더 필요하대. 남자 친구들은 만나는데 우리는 안 된다고요? 아빠도 몰라, 앙투안, 곤란한 질문은 하지 마.

아버지의 왼손 약지에는 금으로 된 결혼반지를 꼈던 자국이 빨갛게 남아 있었어. 불에 덴 상처처럼. 난 그 자국 난 곳이 아파서, 엄청 아파서, 손가락이 썩어 문드러져 결국 떨어져 나가고 팔이랑 심장까지 차례로 괴사가 진행되기를 온 힘을 다해 바랐지. 우리 둘은 어머니의 손길을 느끼지 못한 탓에 잘못 자랐어. 삐딱하게. 가시덤불같이 날선 존재가 되었지.

어느 토요일, 안나와 내가 각자 언어치료사와 정신과 의사를 만나고 오는 길에, 집으로 가지 않고 역까지 걸어간 적이 있었어. 에드위그 페닉의 가슴을 적나라하게 그린 거대한 최신작 포스터가 붙은 르 팔라스 영화관 앞을 지나, 바람이 쌩쌩 부는 역의 중앙 홀로 들어섰지. 여기저기 도사리고 있는 불길한 손길이나 어린 소매치기 손에 걸려들지 않도록 내가 안나를 지켜주었어. 미국의 비행기 조종사가 겪은 비극을 여전히 기억하고 있었거든. 우리는 매표소 직원의 대답을 초조하게 기다렸어.

캉브레에서 바뇰레까지 가는 열차는 중간에 두에에서 갈아타고, 파리 북역까지 가서 26번 버스를 타고, 포르트 드 바뇰레에서 내린 뒤 조금 걸어가야 한단다. 가족 카드는 있니? 아니요. 그럼 왕복 225프랑이란다, 각자.

225프랑이면 어마어마한 돈이었어. 사강 책 열 권, 아니 어쩌면 열한 권을 사거나, 초코바 280개를 사거나, 지탄 담배 55갑을 살 수 있는 돈이었으니까. 내 손을 꼭 잡고 있던 안나의 손에서 맥이 탁 풀리는 느낌이 났어.

자, 어떻게 할 거니? 사람들이 많이 기다리고 있잖니. 너희 둘만 있는 게 아니란다. 맞는데요, 우린 둘뿐이에요.

우리 둘은 부끄럽고 너덜너덜하게 찢어진 마음을 안고선 발길을 돌렸어. 집까지 가장 먼 길로 돌아왔지. 아버지가 일하시는 가게와 몽투아 카페, 르 베르프레 가게 앞을 지나지 않는 길, 어머니와 아버지가 함께 가서 서로 행복한 척했던 장소는 단 한 군데도 지나지 않는 길로 말이야.

집에 돌아와서 난 여동생이 먹을 간식을 준비했어. 흑설탕을 뿌린 바나나와 레모네이드 한 잔. 노란색으로. 안이 죽은 이후 안나는 분홍색을 싫어했거든. 그날 난 안나에게 맹세했어. 어머니를 다시 만나러 갈 수 있게 어떻게든 돈을 구할 거라고. '오빠 해?' 글쎄, 하지만 정 안 되면 훔쳐서라도, 아니면 사람을 죽여서라도 구할 거야.

참 비겁한 약속이었지.

2유로 60상팀

자동차가 날아다닐 줄 알았어. 휘발유 대신 태양에너지를 쓸 줄 알았어. 인간의 품위를 떨어뜨리는 행위를 대신해줄 로봇이 생길 줄 알았어. 쓰레기나 개똥, 토사물을 처리하는 로봇 말이야. 어두운 뒷골목이나 숲이 우거진 공원에서 어린 소녀나 죽은 아내를 대신해 섹스도 하고. 더는 폭력이 없을 줄 알았어.

세상 사람 모두가 각자의 컴퓨터를 가지게 될 줄 알았어. 더는 그 누구도 혼자가 아니게 될 줄 알았지. 각자 휴대전화를 소지하고, 고통받는 사람들한테 연락하고, 그들에게 구원의 손길을 내밀어 다시 새 삶을 살 수 있게 할 거라 생각했지. 나는 그때가 되면 아프리카에도 물과 아스피린, 항생제가 있을 거라 생각하며 컸단다.

달이나 화성, 목성으로 여름휴가를 떠날 거라 생각했어. 토성 주변을 날아다니기도 하고. 순간 이동을 꿈꾸기 시작할 거라 생각했지.

플라스틱 심장으로 고장 난 심상을 대신하기도 하고 병이 나면 복제품이나 조립 부품을 이용해 우리 몸을 새것처럼 고치기도 하고. 그러면서 누구나 건강하게 120살이나 130살까지 거뜬히 살 줄 알았어. 알츠하이머니 암이니 하는 말은 다 옛날이야기가 되어 있을 줄 알았지.

세상 사람 모두가 행복할 줄 알았어. 그러다가 정말 2000년이 되었지.

어린 시절의 꿈이 이루어지나 했는데 그땐 이미 내가 어른이 되었더구나. 돈은 아무것도 치유해주지 못했고 그늘만 드리웠지. 타르네가론 주의 생앙토냉에 있는 어느 농장에 굶주린 사람들이 와서 짐승을 한 마리 잡아다가 갈기갈기 자르고는 내장은 버려둔 채 220 킬로그램 정도 되는 고기만 가져가는 일이 벌어졌어. 그뿐 아니라 다른 곳곳에서도 닭, 칠면조, 오리가 자취를 감췄지. 사람들은 여우나 늑대 짓이라며 원성을 쏟아냈어. 인간이란 배가 고프면 희한한 이름을 걸치게 되는 법이지. 사람들은 감자 1톤을 몰래 캐가는가 하면 펌프를 사용해 디젤유를 훔쳐가기도 했어. 레드와인도, 화분이나 울타리, 잔디 깎는 기계도 사라졌지. 녹슨 스쿠터도, 볼트, 전선도, 전차선도. 열차는 탈선했고, 사람들이 산 채로 철판에 깔려 몸이 절단되고 목이 잘려 나갔지. 분노가 끓어올랐고, 야수가 잠에서 깨어났어. 가족이 단체로 대형 슈퍼마켓에 와서 음식을 먹어치우며, 빈 상자를 바닥에 내던지고 주차장에 똥을 누었어.

리옹의 어느 동네에서는 야간 경비원 네 명이 맥주 한 캔을 훔쳤다는 이유로 노숙자 한 명을 때려 죽였어. 사람들은 사기를 쳐서 보험금을 타내려고 했고, 나는 개똥을 받았지. 신사 차림을 한 할아버지가 봉푸앙* 옷을 입은 손녀딸을 데리고 릴 역사에 있는 매점에서 2유로 60상팀짜리 비스킷 한 상자를 훔치는 모습도 보았어. 고작 2

---
* 프랑스의 유명 아동복 브랜드.

유로 60상팀짜리. 엄마들은 코데인** 시럽에 쩐 아이를 품에 안고 길거리로 구걸하러 다녔고, 집세가 밀린 집은 수도마저 끊겼지. 바놀레에서 어머니가 도둑질을 당해도 난 그걸 알지 못했어.

    나를 사랑하는 사람들이 날 죽일 수도 있다는 얘기를 아무도 내게 미리 해주지 않았어.

    어두운 그림자가 드리우고 어둠이 날 숨 막히게 하는구나.

20 내지 25프랑

우리는 잔지바르도, 멕시코도 가지 않았어. 배도 바다도 없었지.

    두 사람이 없는 첫 여름, 아버지는 결국 우리를 평균 고도 1,900미터에 위치한 남부 이제르 주의 부르두아상에서 열리는 한 달짜리 여름 캠프에 보내셨어. 그러면 엄마랑? 아냐, 안냐, 우리는 하늘 가까이, 엄마 가까이 가는 게 아니라 외딴곳으로 가는 거야.

    그곳엔 100여 명의 아이와 열두 명의 남녀 인솔자 선생님이 있었고 여러 가지 야외 활동을 했어.

●● 진경·진정·진통 작용과 기침 억제에 사용되는 약의 성분으로, 아편에서 추출함.

공놀이, 아주 쉬운 암벽등반, 무모한 사람들이 즐겨하는 래펠, 로비텔 호수까지 멀리 산책 다녀오기, 물장구치기, 웃음소리와 흙탕물 자국, 돌부리에 넘어져 까진 무릎, 물속에서 몰래 이루어지는 첫 키스, 수상한 쓰다듬기까지.

우리는 메즈 봉우리를 바라보며 입을 다물지 못했어. 그곳에서 빠져나와 바람을 타고 바뇰레까지 날아가는 상상에 빠졌지. 맑은 공기가 우리에게 날개를 달아준 것 같았으니까. 남자아이들은 소리를 질러댔고, 고함 소리가 메아리처럼 울려 퍼지면 산새들이 놀랐지. 낮에는 그림 같은 절경이 펼쳐진 에크랭 국립공원으로 소풍을 나갔어. 파란 하늘과 짙은 녹음, 불꽃무늬 아네모네, 하얀 백합, 노랑밤나방이 보였지.

저녁이면 캠프파이어 주변에 둘러앉아 저녁을 먹었어. 남자 인솔자들이 기타를 치면 우리는 라디오에서 지겹도록 들었던 누구나 아는 노래들을 불렀고, 여자 인솔자들이 춤을 추면 겨드랑이에 털 난 짓궂은 남자아이들이 말도 안 되는 내기를 하느라 바빴지. 제일 가슴이 큰 여자 인솔자의 가슴을 만지고 오는 사람이 20 내지 25프랑 가져가기. 그러고 나서 각자 자기 텐트로 돌아가 모기와 전쟁을 치르며 뱀을 조심해야 하는 시간이 와도, 안나와 나는 계속 같이 있었어.

캠프에 도착한 첫날, 우리의 우울한 마음과 현기증, 우리 둘이 서로 떨어져 있는 것에 대한 두려움을 먼저 고백했어. 반 토막 난 말에 대해서도 설명했고, 학교에서 놀림받은 이야기도 했지. 아기처럼 말하는 여자애, 쟤는 맨날 말을 너무 먹어대서 엄청 뚱뚱해질 거야, 일, 이, 삼도 말 못 하는 여자애, 괴물! 괴물! 아이들이 떠들어대는 잔인한 말은 우리네 아버지들의 잔인한 말만큼이나 폭력적이었어.

유년기는 너무도 짧았어. 우리가 양팔을 벌려 안으려는 순간, 저절로 품 안으로 되돌아올 것이라 오산한 바로 그 순간에 눈앞에서 지나가 버리고 말았지. 유년기의 일부를 간직하는 게 그나마 살아갈 수 있는 유일한 끈이었거늘.

다행히도 캠프 최고 책임자가 안나의 상황을 이해하고, 안나와 나를 위한 작은 텐트를 따로 마련해주었어. 다른 아이들은 소등하고 나면 이야기를 할 수 없었지만, 우리 둘은 그 안에서 둘만의 이야기를 속삭였어. 안나가 내 어깨에 얼굴을 기댔어. 안으로 새어 들어오는 차가운 밤공기 때문에 우리는 서로 바짝 붙어 앉았고, 안나가 내게 속삭였지. '이야기.' 그러면 나는 어머니에 대한 이야기를 풀어놓았어. 잊을 수 없는 멘톨 향, 딱 한 번 정말 맛있었던 초콜릿 무스, 자주 실패했던 치즈수플레, 죽이 되어버린 밥, 텅텅 빈 냉장고, 쓴 맥주. '슬펐.' 맞아, 어머니는 많이 슬펐으니까. 그리고 안나는 내게 안에 대해 이야기했고 우리는 미소를 지었어.

안은 안나가 자각하기도 전에 안나가 쉬 마려울 거라는 사실을 알았고, 안나는 안보다도 먼저 안이 배 아플 거라는 사실을 알았지. 어떤 책을 읽고 싶어 할지도, 어떤 원피스를 입고 싶어 할지도.

안나의 말을 알아듣는 사람은 나뿐이었어.

그해 여름, 여자 인솔자 선생님한테 머리 땋는 법을 좀 가르쳐달라고 했어. 집시 머리 땋기부터 세 갈래 땋기, 다섯 갈래 땋기까지. 그 다음부터 나는 안나의 머리를 온갖 종류의 스타일로 땋아주었어. 안나는 참 예뻤어. 한번은 또래 남학생이 천천히 다가왔어. 친절한 녀석이었지. 안나는 발그레해진 얼굴로 뿌듯하고 들뜬 마음을 안고 나를 쳐다보았어.

콜뒤로타레 식물원에서 하루를 보낸 어느 날, 그 녀석은 황새풀을 꺾어 안나에게 몰래 건넸어. 하얀 솜털 모양의 신기한 꽃이었지. 툰드라 공주 인형이나 천사의 모습을 하고 있었어. 황새풀을 손에 든 안나가 완벽한 문장을 말했어. '고마워.' 그러자 그 남학생은 아주 멋진 미소를 지으며 대답했지. 예쁘다, 너 참 예쁘다.

우리 둘은 더 이상 외롭지 않았어. 그때부터 우리 둘 곁에는 토마도 늘 함께였으니까.

94상팀

약을 먹어도 전혀 차도가 없으셨어. 아버지는 여전히 살이 빠져갔고, 잿빛 얼굴색은 누렇게 변하고 말았지. 교회 제단에 밝혀놓은 노란 촛대처럼. 빛바랜 기도처럼. 마침내 고통이 하나둘씩 나타나기 시작했어. 항문과 목구멍에서 핏덩어리가 나오기 시작했고, 호흡곤란이 오기도 했어. 손이 떨려 94상팀짜리 작은 맥주병을 놓치실 때도 있었지. 그러면 바지에 맥주가 흘러서 꼭 소변을 본 것 같은 자국이 생겼어. 점점 추한 모습으로 변하셨어. 속이 텅 빈 커다란 가방을 맨 듯 헐렁해진 옷을 입은 모습은 깡마른 몸을 더 도드라지게 했지. 그래서 아버지한테 각각 치수가 다른 양복 세 벌을 사다 드렸어. 점점 치수가 작은 옷을 입으실 수 있게 말이야. 품위를 지키셔야지. 나는 걱정스러운 마음을 안고 중얼거렸어. 병의 잔인함은 끝이 없어 보였단다.

여보, 아들 말 좀 들어요. 당신 멋지게 차려입으라고 아들이 옷도 사 왔잖아요, 네? 네 아버지는 늘 세련된 모습이었지. 흰 가운 차림일 때도 말이야. 솔직히 나도 이 사람이 가게에서 흰 가운을 입은 모습에 마음이 흔들렸거든. 모두가 의사 같다고 했지. 너도 기억하지, 그 가게. 네 아버지가 화려함을 뽐냈던 곳 말이다. 여자들은 하나같이 네 아버지한테 푹 빠졌지. 사실 네 엄마가 떠났을 때, 과연 누가 저 자리를 대신 차지하게 될지 여자들끼리 서로 쑥덕거리느라 바빴어. 안나와 네가 아주 어렸을 때였어. 너희 둘은 그 누구도 대신할 수 없는 엄마의 빈자리 때문에 제대로 자랄 수가 없었지. 죽은 네 여동생 일은 또 어떻고. 그런데 네 아버지가 선택한 사람은 나였어. 왜 그랬을까, 왜.

당신은 친절했거든. 아버지가 힘겹게 말을 내뱉으셨어.

친절이라. 난 미소를 지었지. 친절은 사랑하는 사이에 필요한 게 아닌데. 동업자 사이에나 필요한 거지. 기껏해야 30년짜리 동행. 어쩌면 아버지는 아무도 사랑해본 적이 없는 걸지도 모르지. 아버지가 나에게 마치 아무 일도 아닌 척 애쓴 이 모든 불행 안에는 어쩌면 이것이 있었는지도 모르겠구나. 남이 주는 사랑을 받아들이지 못하는 것. 아버지 최대의 약점. 이제는 우리 모두에게 최대의 약점이 되어버린 그것.

아버지, 코메 호수에 가서 요트를 타거나, 벤틀리를 타고 프로방스에 가서 드라이브를 하고, 페트뤼 1961년산이나 1990년산을 마시고 싶다면 지금이에요. 지금 저한테, 우리한테 말씀하셔야 해요. 영원하지 않은 걸 선택할 권리가 있어요. 경솔함을 택하고, 아버지 마음대로, 하고 싶으신 대로 할 권리가 있어요. 이제는 후회하고 있을 때가 아니라고요.

새어머니는 뒤로 물러가더니 눈물을 흘리셨어. 자신이 슬퍼하는 모습을 남편에게 보이기 싫으셨던 거지. 내일이면, 어쩌면 당장 내일 새벽이면 혼자가 될지도 모른다는 생각으로 겁에 질린 모습을 보이기 싫으셨던 거지. 새어머니가 느끼는 갑작스런 공포는 결국 덧없는 것이니까.

앙투안, 날 가장 힘들게 하는 건 언젠가 난 혼자가 될 거라는 생각이야. 언제 그렇게 될지 알 수 없다는 거. 그게 15분 뒤가 될지, 5분

뒤가 될지, 아니면 1분 뒤가 될지. 네 아버지가 나한테 토할 봉지를 가져다 달라고 할 때, 기침을 하고 목구멍에서 핏덩이가 나올 때조차 난 정말로 살아 있다는 생각을 해. 아, 말할 수 없이 슬프구나.

병은 늘 형언할 수 없는 애석함을 동반하는 법이지.

쌍둥이의 앨범을 보고, 안을 다시 보고 싶으면 지금이에요, 아버지. 그러자 아버지께서 검버섯 핀 손으로 내 팔뚝을 잡으셨어. 힘겹게 숨을 한 번 들이쉬고는 잠시 가만히 있으셨어.

그래, 하고 싶은 일이 하나 있다. 너랑 같이 그 영국 여자아이한테 가는 일. 걔 이름이 퍼트리샤였지, 아마? 가서 걔 아버지가 우리한테 허튼소리라도 하면 내 손에 프로피온산이 들려 있다고 한마디 하는 거지, 말도 안 되는 소리인가. 그 순간 아버지가 지어 보인 미소가 왠지 모르게 일그러져 보였어. 작은 승리였지. 난 눈물을 흘렸어.

어째서 우리는 그토록 그리웠던 사람들을 그들과 헤어져야 하는 순간이 되어서야 비로소 마주치게 되는 걸까?

제로

너희 엄마, 나탈리에게 다시 연락하기까지 열두 날이 걸렸어. 매일

같이 조금 이따 전화해야지, 내일 전화해야지 하고 속으로 되뇌기만 했었지.

그보다 몇 년 전 랄페뒤에 캠프에 갔을 때, 마침내 내가 그토록 기다리던 편지를 받은 적이 있었어. 아망딘 P 아무개라는 여학생한테 받은 편지였지. 우린 겨우 열여섯 살이었고, 삐딱한 시선에 샐쭉한 표정을 일상으로 삼고 지내던 시절이었어. 사랑스러운 유치함이라고나 할까. 방학 전에 내가 먼저 그 여자애한테 데이트 신청을 했고, 마침내 답변을 보내온 거였지.

나는 일단 편지 봉투를 주머니 안으로 밀어 넣었어. 편지를 펼쳐 한 글자 한 글자 음미하며 읽어볼 최적의 때를 기다렸거든. 왜냐하면 그건 분명 러브레터일 테니까. 보통은 다른 사람들과 함께 있는 시끌벅적한 상황에서 러브레터를 펼쳐 보진 않잖아. 하루, 이틀을 기다렸고, 어느새 일주일이 지난 시점이었어. 밤마다 편지를 코에 가져다 대고 숨을 들이마시며 아망딘이 써 내려갔을 글자를 상상해 보았어. 편지 봉투가 손가락에 스칠 때면 서서히 심장이 쿵쾅거리며 행복이 밀려왔어. 그리고 때를 기다렸지.

어느 날 아침, 라파르 골짜기에 있는 밀리외 호수를 구경하려고 다 같이 산장에 올라간 적이 있었어. 그 전날 밤에 비가 왔던 터라 공기가 정말 맑고 포근했어. 티 없이 맑고 높은 하늘에서 독수리 두 마리가 마치 슬로모션처럼 아주 높이 날고 있었고, 앞에서는 안나와 토마가 나란히 걸으며 웃고 있었는데 둘이서 무슨 얘기를 하는

지는 들리지 않았어. 바로 내가 기다리던 완벽한 순간이었지. 그래서 편지 봉투를 열었고 떨리는 손으로 편지지를 펼쳤어.

싫어. 편지에는 달랑 두 글자만 적혀 있었어. 싫.어. 싫어, 너랑은 데이트하지 않을래, 싫어, 데이트할 만큼 네가 매력적이지 않아. 이런 말을 모두 생략하고 간단하게 두 글자로 압축해놓은 거였지. 순간 얼굴이 하얘졌어. 조금 빨리 걸었나 봐요, 걱정스러운 눈길로 날 바라보는 인솔자에게 아무렇지 않은 척했어. 너무 높은 곳이라 그런가 봐요.

잠시 뒤, 혈관을 타고 흐르는 피가 또다시 끓어오르며 웃음이 나오기 시작했어. 비겁함은 때론 이상한 양상으로 나타나기도 하지. 비겁했던 탓에, 그녀한테 듣게 될 달콤한 말을 꿈꾸며 행복한 스무 날을 보냈기에, 이 빌어먹을 두 글자에 결코 무너지지 않았던 거야.

나탈리에게 전화하기 전에 열두 날을 뜸들였던 것도 그때와 같은 행복을 느끼기 위함이었어. 그냥 전화를 끊으면 어쩌나 하는 두려움 때문이기도 했지.

그런데 이번엔 좋아요였어. 좋아요. 그러더니 이렇게 말했지. 뜸을 들였군요, 소심한 성격인가 봐요. 네. 다시 한 번 꼭 만나고 싶어요, 괜찮다면 커피 한잔 어때요? 좋아요. 아니면 쉬라즈 한잔할까요? 그게 더 좋겠네요. 그럼 오스트레일리아산으로 해요, 더 세고 타닌도 더 강한 걸로. 맞아요, 고기랑 함께 마시면 좋죠. 고기랑 먹으면 딱 좋겠네요. 네, 그럼 우리 저녁 먹기로 해요. 기다릴 수가 없군요. 저도요. 그럼 오늘 저녁. 그때 그 검은 원피스. 그때 그 초록 바지, 아, 결국 그 바지를 고르지 않았군요. 아니, 사실 그때 당신을 쫓아갔다가 놓쳤어요. 날 놓쳤군요.

그러고는 나탈리가 웃었어. 그녀의 웃음은 마치 한줄기 빛과 같았지.

그날 우리는 저녁 식사 후에 키스를 나누지 않았어. 상대방의 집에 함께 올라가지도 않았어. 그녀가 누군가를 마음속에서 떠나보내고 있던 중이었거든. 어떤 남자를. 그녀는 혼란스럽고 지저분한 상태에서 우리 사이가 시작되길 원치 않았어. 제로부터 다시 시작하고 싶어 했지. 백지상태를 원했던 거야.

세상 모든 사람은 백지상태를 꿈꾸지만, 불행히도 결국엔 하얀 종이 위에 뭐라고 써 있는 글자를 발견하고 말지.

4유로 99상팀

네 엄마가 마음속에서 그 남자를 떠나보낸 다음, 우리는 곧 다시 만났어. 둘은 미치도록 사랑했지. 12년을 바보처럼 서로 사랑했어. 죽어라 붙어 다녔으니까. 심지어 화장실에 갈 때도. 넌 아빠랑 엄마가 그러는 모습을 한 번도 보지 못했지. 우린 서로 먹여주고, 물도 같은 컵에 마시고, 티셔츠도 같이 입고, 칫솔도 같이 썼어.

상상이 안 가지? 나도 그랬어. 나도 부모님이 함께 있으면서 행복해하는 모습을 단 한 번도 보지 못했어. 키스하는 모습도, 다정한 눈길을 주고받는 모습도. 아버지는 가끔 새어머니와 행복해하는 모습을 보여줄 때도 있긴 했어. 그런데 그건 이미 사랑이 아니라 친절이었지.

네 엄마는 정말 아름다웠어. 나는 밤마다 깨어나 네 엄마가 자는 모습을 바라보며 숨소리를 듣곤 했어. 길거리에 나가면 남자란 남자는 다 네 엄마 주변을 서성였고, 그 모습에 네 엄마는 웃음을 터뜨렸고, 그 환한 웃음에 순진한 남자들은 정신을 잃었지. 나쁜 남자들도 마찬가지였고.

처음에는 자부심과 질투심 사이에서 오락가락했지만, 어느새 그런 마음이 사라지더라고. 그저 난 운이 좋은 사람이라고 생각되었어. 그날 쁘랭땅 백화점 피팅 룸에서 그녀가 고른 사람이 바로 나였다는 것.

네 엄마는 나와 아이를 가지고 싶어 했고, 조세핀과 네가 태어났지. 나와 함께 멕시코 같은 곳에서 발음하기도 어려운 이름의 호텔 바에 앉아 블러드앤드샌드를 마시고 싶어 했고, 나와 함께 늙어가길 원했어. 네 엄마가 행복하게 해주고 싶은 사람은 나였던 거지. 난 네 엄마가 다른 남자들한테는 주지 않았던 것을 나에게만 주는 것이라 생각했어.

 하지만 우리는 뒤늦게 깨닫고 말았던 거야. 사랑이란 그 사람을 제대로 보지도 듣지도 못하게 하고, 외롭고 비이성적으로 만든다는 사실을.

 우리 둘은 근사한 아파트를 구해서 함께 살기 시작했어. 지금 나와 스프프의 공동 사무실이 있는 도심지 근처였지. 얼마 후 조세핀이 생겼어. 썩 좋은 타이밍은 아니었어. 몇 달 전에 네 엄마가 그토록 원하던 데카틀롱 광고 건을 따낸 상황이었거든. 혹시나 다시 모델로 기용되지 못할까 봐 걱정을 했지.

 하지만 네 엄마는 재계약을 했고, 회사 측에서 기다려주기까지 했어. 세상 사람 모두가 네 엄마를 기다렸고, 세상 사람 모두가 네 엄마를 사랑했지. 엄청나게 많이 일했어. 광고란 광고는 다 섭렵하는가 하면, 카탈로그 광고까지 찍었으니까. 그러다 보니 늦게 들어올 때가 잦았고, 대신 내가 네 누나를 돌볼 때가 많았어. 동요 음반을 직접 사온 적도 있었어. 지금도 그 기억이 생생해서 참 신기해. 대형 서점에서 4유로 99상팀을 주고 산 앙리 데의 콤팩트디스크였지.

 난 원래 동요라고는 몰랐던 사람이었어. 아무도 나한테 동요를 불러준 적이 없었으니까. 난 침묵 속에서 공허함 속에서 자랐지만, 그래도 여전히 살아 있었고, 그래서 어쨌든 다행이었지. 그런데 이제는 끝났어. 이제는 지쳤어.

 결국 조세핀을 탁아소에 맡겼어. 네 엄마와 나의 사랑은 식었지.

우리 둘은 이제 죽고 못 사는 사이가 아니었고, 칫솔도 각자 따로 썼어. 우린 갑자기 늙어버렸어. 그러다가 네가 생기기 전에, 네 엄마는 더 이상 날 사랑하지 않는 것 같다고 생각했어. 더 이상 우리 사이엔 멕시코도 애정도 없을 거라고.

    우린 정말로 슬펐어. 난 소파에서 잠을 잤고 한밤중에 일어나 술을 마셨지. 아침에 지끈거리는 머리를 부여잡고 눈을 떠 보면 네 엄마는 이미 나가고 없었고, 네 누나는 탁아소에 가 있었지. 아무래도 내가 인생에 진절머리 나기 시작한 게 이때부터였지 싶다.

두 배 더 비싼

알진 못했지만 느꼈어.
    서로를 더듬는 손과 서로를 음미하는 입술, 서로가 주고받는 애정 어린 시선을 느꼈어. 이전엔 쓰지 않던 말이 자기도 모르게 툭 튀어나오는 걸 느꼈어. 되돌려 놓기엔 너무 멀리 간 듯했지. 모호하지 않은 명확한 행동.
    아픔을 느꼈고, 심연으로 떨어지는 걸 느꼈어. 심장이 갈라져서 갈기갈기 찢겨나가는 걸 느꼈어. 눈물을 느꼈어. 뜨거운 눈물. 야수가 깨어나는 걸 느꼈어. 화가 치밀어 오르고 폭풍우가 몰아쳤지. 슬픔이라는 단어의 의미를 온몸으로 느꼈어. 쓰라림과 추함을 느꼈어. 거짓을 더듬는 손가락을 느꼈지. 배신 그리고 회피하는 시선. 평소보다 2밀리미터 먼 곳에 놓인 시선.

 커피에 설탕이 너무 많이 들어간 걸 느꼈어. 새 샴푸 향도, 달콤한 비누 향도. 어쩐지 문장이 짧아지고 모호해진 걸, 말을 얼버무리는 걸 느꼈어. 우리 딸을 감싸 안는 팔의 무게가 어쩐지 무거워진 것을 느꼈어. 애절해진 입맞춤도, 설명되지 않는 미안함도 느꼈지. 느닷없이 두 배는 더 비싼 인형을 딸아이에게 사다 주었어.

 두려움을 느꼈어. 밤마다 가쁜 숨을 느꼈어. 아침엔 좀 더 굽이 높은 하이힐을 신고, 미세하지만 좀 더 짙은 붉은색 립스틱을 바르고, 손톱도 좀 더 길어졌지.

 돌아선 뒷모습에서 느꼈어. 뼈와 창백한 살갗. 버림받음을 느꼈지. 황홀경과 파라다이스, 정액 냄새도. 차가움을 느꼈어.

 바람이 세차게 불고 폭풍우가 몰아쳤지. 피가 얼어붙는 걸 느꼈어. 시리게 차가운 물을 느꼈어. 나탈리가 바람을 피운 순간 세상이 무너지는 걸 느꼈어.

1만 4,381유로

도난 신고를 접수한 차량이 사흘 만에 왕브레셰의 공터에서 불에 완전히 타버린 채 발견된 일이 있었지. 차량 모델은 르노 클리오Ⅱ, 2.0 16v에 2006년 형이었어. 회사는 나에게 서둘러 현장으로 가서 보험 사기의 가능성 여부를 따져보라고 했지. 피보험자는 늘 자기한테 유리한 쪽으로 상황을 끌고 가므로, 보험회사 측에서 직접 사기 증거를 수집해야 한다는 원칙에 의거해서 말이야.

나는 발화점(앞좌석)부터 시작해 불길이 번져 나간 지점(앞쪽 보닛)을 살펴보았어. 전자동 좌석을 장착한 모델이 아니었기 때문에 합선 사고일 가능성은 배제시켰지. 경험상 자동차 좌석에서 시작된 불이 등받이를 타고 올라가 지붕에 옮겨 붙으면, 그 열기를 못 이겨 지붕이 내려앉게 돼. 결국 불길이 차체로 번져 바람 부는 방향에 따라 널름거리면서 도장해놓은 부분이 들뜨고 가열되어, 온도가 1,000도 이상으로 치솟는 게 일반적이있어. 도난 방지 장치도 확인해보았는데 불법 침입의 흔적이 전혀 없었지. 사실상 사기의 단서가 될 만한 것은 99퍼센트가 불타 버린 상황이라 해도, 나는 이번 사건은 사기라는 확신이 들었어. 그래서 차량을 도난당했다고 주장하는 차주의 집으로 찾아가 임신 6개월째인 젊은 여자를 만났어.

그녀는 나를 세련되게 꾸며놓은 아담한 거실로 들였고, 커피 두 잔을 내왔어. 벽난로 위에도 서랍장 위에도 사진이 하나도 보이지 않았지. 나는 도난 정황과 관련된 몇 가지 질문을 했고, 그 여자는 그럴싸한 대답을 했어. 그런데 이내 그 여자의 눈에 눈물이 차올랐어. 내가 말했지. 그냥 자동차일 뿐인걸요, 너무 심각하게 생각하지 마세요, 게다가 단종된 모델도 아니지 않습니까. 그러자 여자는 고개를 가로저었어. 아니요, 아니요, 그렇지 않아요.

　순간 너를 임신했을 당시에 한 번씩 눈물을 터뜨리던 네 엄마가 떠오르더군. 그 여자는 이미 제법 부른 배에 양손을 올리더니 날 바라보며 눈물을 흘렸어. 딱히 해줄 말이 없었지. 그때 그 여자가 중얼거렸어. 제 남편이요, 남편이 떠났어요, 남편은 아이를 가질 생각이 없었어요, 원치 않았죠, 저 혼자만 아이를 원했어요. 난 들고 있던 커피 잔을 내려놓았어. 그래서 남편과 둘이 찍은 사진을 모조리 치우셨군요, 그리고 남편이 당신한테 선물했던 차를 불 질렀던 것이고요, 그래서 지금 당신 인생이 끝났다고 생각하나요? 그 여자는 무언가 말하려고 했지만 우느라 목이 메어 말을 제대로 못 했어.

　나탈리가 산부인과에 다녀와서 끝났어, 이제 없어, 아기는 이제 없다고 말했던 그날이 떠올랐어. 그날, 마음 같아선 집에 있는 물건을 모조리 깨부수고 싶었지만, 그저 마음속 환상에서만 관용을 무너뜨리며 울분을 토해낼 뿐이었지. 그날 밤, 나는 조세핀과 함께 잠을 청했어. 조세핀을 품에 안자 응고된 우유의 시큼한 냄새가 풍기는 규칙적이고 뜨거운 숨결이 내 마음을 달래주었지. 그날 밤, 유년 시절로 되돌아가고 싶었어. 상처를 주지 않는 환상을 마음껏 품었던 그때, 피가 아직은 고통이 아닌, 그저 하나의 색깔로 다가왔던 그 시절로. 그날 밤, 나탈리 역시 집을 나갔어. 집에서 멀리 떨어진 곳에서 잤지. 아마도 그 모든 것을 설명할 말과 기만하는 말, 견딜 만한 수치심을 찾으려고 떠났던 것이었겠지.

나는 돈을 최소한으로 지불하게 만들어서 돈을 받는 사람이에요. 인정도 없고 연민도 없는 사람. 조난자에게 손을 내밀 권리가 없을뿐더러 마음 한편에 친절을 놓아둘 자리도 없어요. 사람들이 날 인정머리라고는 없는 형편없는 인간으로 만들었어도 난 그저 가만히 받아들였어요. 나는 다른 사람들의 불행을 못 본 척해야만 돼요. 그렇지 않나요, 그제스코위악 씨? 당신이 물에 빠지는 모습을 그저 지켜보기만 하고, 대신 당신은 마음껏 날 욕할 수 있게 된 거예요. 복종은 비겁한 사람들의 자존심이죠, 훈장 같은 것 말입니다.

갑자기 내 안의 짐승이 으르렁거리더니 송곳니로 나의 창자를 후볐지. 날카로운 고통 때문에 아주 길게 비명을 내질렀어. 그 소리에 젊은 여자가 흠칫 놀랐지. 만약 불복종이 평화의 시초라면? 불복하고, 자신의 목숨이 위험에 처할 걸 알면서도 결심하는 것. 만약 이 위험 안에 구원이 자리 잡고 있다면? 자존. 자기 자신과의 재회.

부인, 제가 부인의 차량은 확실히 도난당했고, 절도범이 차에 불을 냈다고 결론 지을게요. 절도범이 운전석부터 열려 있던 앞쪽 문짝과 보닛에 차례대로 휘발유나 유리창 성에 제거제 같은 가연성 물질을 뿌렸고, 담배 같은 인화 물질이 차량을 불태웠다고 말입니다.

눈물로 얼룩진 그녀의 얼굴에 슬픈 미소가 떠올랐지. 왜 이렇게 해주시는 거죠?

난 잠시 망설였어.

내가 무정한 사람이 아니라는 걸 기억하려고요.

차량 평가액에 해당하는 금액인 1만 4,381유로를 보험금으로 산정해 회사에 감정서를 보고한 날로부터 이틀 뒤, 나는 본사에 불려 갔어.

결국 난 해고되었지.

1인당 49프랑

두 사람 없이 보낼 첫 크리스마스가 다가오기 며칠 전, 우리는 어머니한테 엽서 한 장을 받았어. 에펠탑 위로 석양이 드리운 그림 엽서였지. 들쭉날쭉한 글씨가 써 있었어.

엄마는 잘 지내. 하루도 빠짐없이 세 사람을 생각해. (안나와 나 말고 나머지 한 사람은 안이었을까, 아니면 아버지였을까?) 너희를 사랑하는 엄마가. 메리 크리스마스.

그리고 엽서에는 작은 별 한 개와 눈송이 두 개를 그린 그림이 있었어. 사실 작은 동그라미였는데, 안나는 눈송이 같다고 했지. 그게 전부였어.

안나와 나는 적혀 있지 않은 말을 떠올리며 눈물을 흘렸어. '곧 만나자' '우리 다시 만나자, 약속해' '용서해주렴' '너희가 없으니 마음이 불안하구나' 뭐, 이런 말. 나는 어머니의 모든 게 그리웠어. 심지어 어머니와 함께 지내면서 한 번도 받지 못한 입맞춤까지도. 어머니의 모든 부재까지도.

아버지는 크리스마스 날 우리 앞에 깜짝 놀랄 만한 손님을 데려왔어. 바로 그녀였어. 매력적인 가슴에 실크 블라우스를 입은 여자. 아버지는 우리한테 그 여자를 친구라고 소개했지. 크리스마스는 마땅히 누군가와 함께 보내야만 하는 기쁜 날인데, 그녀는 혼자 있어야 한다는 구차한 설명을 덧붙이며 말이야.

'엄마는 오늘?' 안나가 물었어. 내가 통역했지, 엄마는 오늘 누구랑 함께 있어요? 글쎄다, 아빠 생각엔 남자 친구들이나 같이 일하는 사람들과 함께 있을 것 같구나.

아버지는 몽투아 카페에서 1인당 49프랑짜리 크리스마스 요정 세트 메뉴를 주문해오셨어. 훈제소혓바닥고기에 칠면조가슴살, 밤 감자퓌레, 디저트로 크리스마스 아이스케이크까지 곁들인 메뉴였지. 꽁꽁 얼어붙은 식사시간이었어. 아버지의 아내가 될 여자가 우리한테 선물을 줬는데, 우리는 열어보기 싫다고 했지. 결국 그 여자는 눈물을 흘리면서 밖으로 나갔어. 그러자 아버지가 그 자리에 털

썩 주저앉아서 양손으로 얼굴을 감싸며 말씀하셨지. 나도 너희 엄마가 그리워. 난 벌떡 일어나 바닥에 놓인 선물을 발로 세게 걷어차고는 내 방으로 도망쳤어.

셋이서 바놀레로 갈 수도 있었을 텐데. 가서 어머니를 놀라게 해 주고, 우리는 어머니가 필요하다고 말하고, 사강의 신작 〈화장한 여인〉도 선물하고, 몽투아 카페의 크리스마스 한정 세트 메뉴도 가져다주고, 리스와 작은 크리스마스트리도. 그렇게 어머니를 웃음 짓게 하고, 어머니의 마음속에 있는 슬픔을 지우고, 우리에게 되돌아오고 싶은 마음이 들게 하도록 말이지.

아빠, 우리가 어머니를 도와줄 수 있었잖아요. 어머니를 찾아가서 구해 올 수도 있었잖아요. 하지만 그러려면 엄청난 사랑이 필요했겠죠.

80유로 (이어지는 이야기)

제기랄, 넌 그렇게 생각 안 하는구나. 어떻게 그럴 수 있냐고? 여자들은 모든 걸 느끼고 모든 걸 아니까. 물론 나도 분명히 조심해. 다이어리나 휴대전화에 어떤 흔적도 남기지 않아. 휴대전화가 문제라니까. 넌 휴대전화를 믿을 만한 친구쯤으로 생각하지, 네 비밀을 끝까지 지켜주는 존재라고. 완전 헛소리. 배신자야, 배신자. 그래서 문자메시지고 뭐고 하나도 남기지 않았어. 앙투안 너한테만 얘기했을 뿐이라고.

그런데 믿거나 말거나 아내가 알고 있더라고. 날 미행했는지 내 뒤에 사람을 하나 붙였는지 어쨌는지는 모르겠지만, 분명한 사실은 아내가 그걸 이미 알고 있더라는 거지. 심장이 쪼그라들어서 곧 죽을 것 같았어.

왜 6주 전에 네 아버지 소식을 들었던 날 기억하지. 그날 우리 둘이 맥주 한잔했잖아. 그러고 나서 집으로 들어갔더니 아내가 거실에서 책을 읽고 있더라고. 아주 어렸을 때부터 독서광이었어. 나는 책이라면 딱 질색인 사람이고. 책을 보면 말이지, 글자들이 작은 밭고랑에 무미건조하게 줄 서 있는 것 같잖아. 심심함의 대명사 같다고나 할까. 아무튼 들어가자마자 늘 하던 대로 키스를 했더니, 나더러 한잔하고 있으라는 거야. 사는 책을 마저 읽겠다고, 진짜 재밌어서 결말이 어떻게 되는지 봐야겠다며 말이지.

그래서 난 혼자 맥주 한 병을 마시며 기다렸어. 내용이 꽤 길었는지 한 병을 다 마시고 또 한 병을 열 때까지도 오지 않더군. 그러다가 마침내 아내가 날 응시하며 일어섰지. 그 순간 무언가 이상한 느낌을 받았어. 그동안 내가 잊고 살았던 눈빛으로 날 바라보더라고. 눈만 마주치면 사랑을 나눴던, 세상이 끝나든지 말든지 신경 쓰지도 않고 둘만 바라보았던 연애 초기 때의 눈빛. 왜 있잖아, 마치 굶주린 사람처럼 약간은 초조한 눈빛.

순간 흥분되면서도 어쩐지 무섭더라고. 파비엔이랑 나랑은 좀 시들해진 상태거든. 지난번에 벌써 한 번 얘기했지. 애정이 우정으로 옮아간 상태라고나 할까. 이제 사랑은 말로 나누고 행동은 거의 정지된 상태였는데, 갑자기 아내가 터질 듯한 시선으로 날 바라보는 거야. 그러더니 입꼬리를 씩 올리며 웃었어. '당신, 있잖아' 하고 운을 떼더라고. 당신, 나, 뭐? 아내는 같은 말만 반복했어. 당신, 있잖아. 분명히 무언가 큰일이 벌어지고 있었지. 핀볼 게임이 시작된 거였어. 그러고는 둘이서 평소처럼 저녁을 먹었어. 아내는 그날 학교에서 있었던 일을 늘어놓았지. 뒤크누아라는 여자애가 낙제했다는 둥, 보충수업 시간에 관한 공문이 새로 내려왔다는 둥, 파업이 있을 거라는 둥 하며 말이야. 말을 빙빙 돌리더라고. 고문이 따로 없었어.

그리고 디저트를 먹는데, (여기서 말하는 디저트는 그냥 요구르트) 아내가 타는 듯한 눈빛으로 말을 툭 내뱉었지. 나도 기막히게 당신한테 오럴 섹스 해주는 법을 배우고 싶어, 당신이 만난 창녀처럼, 나한테도 알려줘, 알려달라고, 나도 분명히 잘할 거야.

난 바보처럼 멍하니 있었어. 입안에 있던 요구르트가 침처럼 입 옆으로 흘러내렸지. 빌어먹을, 하필이면 왜 요구르트 색도 그 색인지. 나한테 심장병이 없어서 다행이었지. 난 결국 요구르트를 뱉었어. 삼키면 안 되는 거야? 아내가 웃으며 내게 물었지. 나 참, 단언

컨대 그 순간 몸 둘 바를 모르겠더군. 아내가 벌떡 일어서더니 내 앞으로 와서 꿇어앉는 거 아니겠어. 다음은? 자, 이다음은 어떻게 하는 건데? 말해봐, 망설이지 말고 그냥 말해봐, 그냥. 아내가 얘기했지. 그냥 말해보라니, 말은 쉽지. 내가 아내한테 할 수 있는 말은 애정 표현뿐이었다고. 오럴 섹스도, 삼킨다는 말도 애정 표현이잖아.

아내가 쏘아붙였어. 그런데 80유로는 아냐, 이건 진짜 역겨워.

70펜스 (×3)

안나와 토마 사이의 모든 건 그해 여름에 시작되었어. 콜뒤로타레 식물원에서 토마가 황새풀을 꺾어 안나에게 몰래 건넸던 그날. 그때 둘 다 일곱 살이었고, 둘 나 똑같이 빈쪽찌리 말을 했지.

그 뒤로 둘은 꼭 붙어 다녔어. 밥을 먹을 때도 둘은 접시에 똑같은 음식을 남겼지. 브로콜리, 오이, 상추, 초록 사과, 초록 빛깔 음식. 둘은 메즈 산에서 석양이 지는 모습과 하얀 레모네이드, 저녁마다 인솔자 선생님들이 불렀던 라 콩파니 크레올*의 노래를 좋아했

● 1980년대에 인기를 구가한 프랑스 팝 밴드.

어. 둘은 세상에서 우리 셋만 알아들을 수 있는 말로 서로에게 이런 저런 다짐을 했지. 둘이 서로를 바라볼 때면, 둘 사이엔 우리보다 훨씬 커다란 무언가가 있었어. 우리 모두를 합쳐놓은 것보다 더 거대하고 좀처럼 보기 힘든 것. 그건 바로 기쁨이었지.

토마는 외아들이었고 나중에 안나의 유일한 연인이 되었어. 토마의 아버지는 그르노블 근처의 퐁 드 클레에 있는 화학공장에서 일하셨고, 우리 아버지는 캉브레에 있는 드러그스토어에서 약품 조제사로 일하셨어. 토마의 어머니는 집에서 바느질을 하셨고, 우리 어머니는 집에서 나가고 안 계셨지.

봄마다 우리가 토마한테 연락해서 다음 캠프 참가지를 알려주면, 토마도 여름에 우리 캠프로 합류했어. 난 두 사람이 크는 모습을 보았고, 둘 사이에 특별한 러브스토리가 꽃피는 모습도 보았어. 둘 사이에는 감히 흉내 낼 수 없는 기쁨이 늘 존재했어. 모르진에서도 살랑슈에서도 엑스레뱅에서도. 둘이 주고받는 말은 해가 갈수록 점점 줄어드는 것 같았어. 마치 서로에게 할 말을 압축이라도 해놓은 듯 말이지. 둘은 인내를 터득했고, 두 사람 앞에는 영원이 기다리고 있다는 걸 깨닫게 되었지. 둘은 서로의 신체가 자라고 이목구비가 뚜렷해지는 모습을 지켜보았어.

어느 여름에는 토마에게 변성기가 온 것 같다며 10프랑을 주고 알약 모양 사탕과 스쿠비 두를 사서 우리끼리 축하 파티를 한 적도 있었어. 남자가 되는 첫걸음을 내딛은 거라며. 그런데 알고 보니 그저 기관지염 초기 증상이었지, 뭐야.

1985년에는 우리 셋이 영국 데본 주의 반스테이플에 갔지. 그곳에 가서 셋이 난생처음으로 2파운드짜리 피시앤드칩스도 먹어보고, 나는 처음으로 70펜스를 주고 파인트 잔에 담긴 맥주도 마셨어. 연달아 두 잔, 세 잔까지. 그리고 난생처음 숙취의 고통까지 맛보았고, 안나는 옆에서 울음을 터뜨렸어.

내가 퍼트리샤를 만난 것도 바로 그때였어. 그녀를 만나는 순간 난 사랑에 빠졌지. 그녀가 담배를 피웠기 때문에 나도 담배를 피우기 시작했고, 그녀가 맥주를 싫어했기 때문에 맥주는 입에도 대지 않았고, 그녀의 키가 작았기 때문에 작은 사람들을 봐도 더 이상 놀리지 않았어. 난 그녀한테서 헤어 나오질 못했어. 애정 표현을 해보려 했지만 한심한 수준이었지, 그때도. 예뻐, 너랑 살고 싶어, 그러니까 내 말은 우리 다시 만나면, 음, 프랑스로 돌아가고 나면, 난, 난, 지금 너한테 키스하고 싶어. 너의 얼굴, 너의 배, 너의 부드러운 머리카락까시도 뭐, 등등.

호텔 방 안에서 우리 둘의 몸은 떨렸고, 입술은 갑자기 바짝 마르고 굳게 닫혔지. 우리 둘 모두 첫 경험이었어. 만면에 드러난 혼란스러운 애정과 그 누구도 내게 말해주지 않았던 고통이 있었지. 순간 찌르고 들어온 칼침과 흠집, 찢어진 천 조각, 핏방울, 기분 좋은 부끄러움, 곧바로 이어진 웃음, 그리고 이어지는 뜨거운 포옹, 어디론가 사라지고 싶은 마음까지. 그때도.

그게 다였어. 그게 전부였지.

그 뒤 나는 사춘기를 거칠게 빠져나왔어. '카페 드 라 가르', 날 숨막히게 할 뻔한 셀러리, 편지, 80상팀짜리 우표 그리고 나의 배신.

유년 시절의 마지막이었던 그해 여름, 안나와 토마는 토 강을 따라 걷다가 첫 키스를 나누었어. 둘은 열 살이었지. 진짜 사랑의 키스. 그리고 둘은 축복의 순간을 망치고 싶지 않은 마음에 각자 오직 한 마디씩만 내뱉었어. 토마는 '난', 안나는 '널 사랑해'. 그 순간 두 사람에게 세상에 존재하는 말은 그 말뿐이었던 거지.

100유로 미만

너희 엄마는 금방 돌아오지 않았어. 저녁마다 일이 끝나고 잠시 들러 조세핀이랑 한두 시간 정도 있으면서 목욕하고, 저녁을 먹고, 이야기를 들려주고, 포옹을 한 번 해주고는 다시 떠났지.

생각할 시간이 좀 필요해, 나탈리가 말했지. 날 더 이상 사랑하지 않고, 어쩌면 이미 다른 사람을 사랑하고 있을지도 모르는 사람이 그 사실을 나한테 어떻게 얘기해야 할지 모를 때 하는 구차한 변명이랄까. 나탈리는 한밤중이나 새벽녘에 돌아올 때가 종종 있었지.

어떨 땐 아예 외박을 했고. 그럴 때면 나탈리한테서 은밀한 냄새가 났어. 땀 냄새, 술 냄새, 향이 변한 향수 냄새.

그 시절, 우리 둘은 분명 아이가 있는 부부였는데도 부부 생활은 일체 하지 않는 이상한 시기를 보냈지. 다가오는 여름휴가 계획도 세우지 않았고 그다음 주, 심지어 그다음 날 아침에 무엇을 할지도 생각하지 않았어. 우리 둘의 생활이라 해봤자 포스트잇 종이에 억지로 몇 글자를 써서 냉장고 문에 붙여놓는 게 다였고, 그마저도 별 관심이 없었지.

집에 베이비시터를 들여 조세핀의 방에서 지내게 했어. 한편 나탈리는 저녁마다 테이블에 앉아 촬영 일을 검토했고, 나는 혼자 방에 틀어박혀 술을 마셨어. 홀로 지새우는 밤은 고통스럽고 어둡고 지독했고, 이어지는 새벽은 보랏빛에 음산하고 불쾌했지. 그리고 그때 무언가가 불쑥 생기더니 나의 공포 안으로 슬쩍 끼어들어 와 내 수치심을 갉아먹기 시작했어. 또한 날 매료시키더니 꼼짝 못 하게 만들었지.

그때는 스프프가 날 큰형처럼 챙겨줬어. 나더러 어떻게든 냉장고를 채워두라고 하고, 꽃을 사 들고 아내를 찾아가서 다시 시작해보면 안 되겠냐는 말을 건네보라고 했지.

어느 주말, 조세핀이 엄마를 많이 보고 싶어 한다고 했더니 나탈리가 집에 온 적이 있었어. 햇볕에 그을린 얼굴이었지. 100유로 미만짜리 산악자전거를 표지 이미지로 하는 다음 카탈로그 광고 촬영차 니스 지역에 다녀오는 길이었거든. 나탈리는 행복해 보였어. 나는 이 행복감이 심히 거슬렸어. 들뜬 기분에 빠져진 말투와 노골적인 말, 그녀의 살갗에서 풍기는 낯선 남자의 체취, 머리카락에서 풍기는 약한 담배 냄새도 싫었지. 그래서 스프프를 따라 파리에서 열리는 식품안전관련회담에 참석하러 갔어. 유로핀스*에서 주최하는 회담이었지.

회담 중간의 점심시간 때 한 여자가 눈에 띄었어. 사실 딴 여자가 내 눈에 들어올 거라고는 상상도 못 했지. 나탈리의 애매모호한 태도 때문에 혹시나 하는 기대를 쉽사리 접지 못했으니까. 관계가 회복된 부부 사이와 가족의 모습을 여전히 꿈꿨고, 고뇌에 빠진 내가 언젠가는 구원받으리라 바라왔기 때문이지. 그녀는 내게 계시처럼 다가왔어.

당연히 예뻤지. 그렇지만 나를 빠져들게 만든 건 그녀의 우울한 모습이었어. 나는 첫눈에 사랑에 빠졌어. 우수에 젖은 그녀의 얼굴을 감싸 안고 싶었어. 내 눈엔 그녀의 우울함이 상당히 매력적으로 보였지. 내 어깨 위로, 내 배 위로. 내 위에 살갗처럼 그녀를 포개어 놓고 싶었어. 이곳에서도 저곳에서도 함께하고 싶었어. 멕시코 같은 곳에서 발음하기도 어려운 이름의 호텔 바에 앉아서. 깨끗한 시트와 정갈한 향, 재회, 아주 거친 섹스를 원했어. 삶을 원했지. 잃어

---

* 프랑스의 유해 물질 분석 시험 연구기관.

버린 웃음을 그녀와 함께 되찾고 싶었고, 기쁨과 포근한 품을 되찾고 싶었고, 살아 있는 한 지속되는 이 두려움(누군가를 잃을지도 모른다는 두려움)을 맛보고 싶었어. 그 전에는 우울함 속에서 오로지 수치심만 느꼈다면, 이제는 그녀의 우울함에서 비롯된 경이로운 아름다움 속에서 허우적거리고 싶었어.

그런데 갑자기 불안해졌지.

그녀가 물었어. 괜찮아요?

네, 아, 아뇨. 아뇨, 괜찮지 않아요. 당신과 함께 어디론가 멀리 가고 싶어요, 당장. 당신을 웃게 해주고 싶어요. 지금껏 어느 누구한테도 이런 얘기를 해본 적이 없는데, 당신과 함께 투명한 푸른빛 라군에 몸을 담그고 싶고, 당신과 함께 블러드앤드샌드를 마시고 싶군요. 사실 그게 어떤 건지 잘 알지는 못하지만요. 아뇨, 괜찮지 않아요. 괜찮지 않아요. 간절해요. 당신한테 소중한 사람이 되고 싶어요. 그래요, 당신한테 소중한 사람. 하지만 난 감히 그러질 못했죠. 단 한 번도. 괜찮을 섭니다, 내가 말했지, 고마워요, 제가 더위를 먹었나 봐요.

잠깐 나가서 바람이라도 쐬는 게 어떨까요, 그녀가 말했어. 커피를 한 잔 해도 좋고, 시원한 물을 한 잔 마셔도 되고요. 회의는 2시에 다시 시작하니까 잠깐 시간이 있잖아요.

레옹, 나는 어머니가 떠나는 모습을 보았고, 아버지가 그저 팔만 건들거릴 뿐 어머니를 붙잡으려고 구태여 애쓰지 않는 모습도 보았어. 그때부터 우리의 불행을 보았고, 안나와 나 우리 두 사람의 눈물을 보았지. 술에 취한 아버지가 접시에 얼굴을 처박고 부엌에서 주무시는 모습을 계단에서 몰래 바라보며 말이다. 그래서 나는 마지막으로 이 여인의 숭고한 슬픔과 무한한 아름다움을 바라보며, 그녀와의 인연은 이번이 끝이라는 것을 깨달았어. 영혼을 구제받는다고 해서 달라질 건 아무것도 없으니까.

기자단 명찰에 적힌 그녀의 이름을 읽었어. 영국 제독의 이름이자 갱스부르의 앨범 제목에 등장하는 이름이었지. 그녀에게 대답하려는 순간 눈물이 차올랐어. 괜찮아요, 정말 고마워요, 친구 놈이 기다려서요, 소꿉친구요, 다음번에 또 만날 일이 있겠지요.

다음번에.

3만 2,150유로

해고당했지. 나이는 서른일곱. 이혼남. 자식 둘. 부양비. 힘겨움. 감정서 위조. 뇌물 수수 혐의. 공모. 뒷거래. 사기. 사취. 사기꾼.

안 들어본 얘기가 없었어. 사람들의 비겁한 모습과 내가 먹여 살리는 사람들의 누런 이, 나를 핥아내리는 매춘부의 혀를 보았지. 추억이 모든 걸 용서하진 않아. 애정도 마찬가지.

개조한 혼다 호넷 사건에서는 수십만 유로에 달하는 보험금을, 어디 그뿐인가, 해고되기 전까지 여러 사건을 몇 년간 처리하며 회사에서 수백만 유로에 달하는 보험금 지급을 아끼도록 해주었어.

그동안 나는 능력 있는 전문가이자 냉정하고 경계심이 강하며 청렴한 직원으로 통했지. 빈틈없는 사람이자 냉혈한으로. 그래서 회사는 내 연봉을 인상해주고 날 인재로 대접했어. 내가 지나가면 사장 비서가 괜히 억지 미소를 지어 보였고, 보너스도 줬고. 해고되기 2년 전에는 크리스마스 선물로 회사 차를 지급하고, 개인 비서까지 붙여주었지. 선물도 있네, 다음 월요일에 차를 받아볼 텐데 필요할 때 쓰게나. 지금껏 수많은 차량 사고 건으로 우리 회사에 많은 돈을 벌어다 주었으니, 자네가 이 차를 선물로 받고 기뻐하길 바라는 마음에서 주는 거라네. BMW 320si. 가격은 3만 2,150유로. 월급 서른 번을 합친 것과 맞먹는 금액이었지.

난 그 차를 타고 퇴근하며 속도를 올리고, 미끄러지듯 커브를 돌고, 노란불도 그냥 지나가며 잔뜩 흥분한 상태로 차를 몰았어. 현관에 들어서면서 나탈리한테 소리쳤지. 얼른 가방 싸, 토스카나로 떠나자. 어머니가 말씀하신 적이 있었거든. 토스카나는 세상에서 제일 아름다운 곳이라고. 그러자 나탈리가 대답했어. 조세핀이 자요. 아이가 자면 뜨거운 사랑도 잠드는 법. 결국 우리는 떠나지 않았고, 나탈리는 그 차를 보더니 디자인도 별로, 색상도 별로라고 했어.

15년 넘게 열심히 일했던 난 한순간 내비쳤던 동정심 때문에 쫓겨나는 신세가 되고 말았지. 내가 이 직업을 택했던 건 토마스 아퀴나스가 말했듯, 양쪽 모두가 공정하다고 느끼는 균형점을 찾고 싶었기 때문이었어. 모든 일에 균형을 잡아주고 싶었지. 나는 정의로운 것과 정중함, 아름다움을 믿었어. 불복종할 권리도. '사람이 좋았던 시절(……)'을 믿었어. '그런데 한밤중에 호랑이들이 나타났지 뭐야.' 어설프게 변호를 했어. 허튼소리로 중무장한 벽을 마구 두드렸지. 어린 시절, 아버지와 더는 상종하고 싶지 않아서 내 방 벽을 두드렸던 것처럼. 세상이 변하고 있다고 얘기했어. 50억에 달하는 생명보험 건이 아직 청구되지 않았다고. 노다지가 따로 없는 것 아니냐고. 50억! 우리가 베풀 수 있는 선(善)에 대해서도. 다름 아닌 선.

그런데 하이에나들은 거품을 물며 발가락을 잔뜩 오므린 채 테이블 위를 긁어내렸어. 언젠가 자기 심장도 뽑아낼 기세였지. 원칙대로 해야죠. 당신은 돈을 최소한으로 지불하도록 하는 일을 하고 돈을 받는 사람인데 너무 관대해졌으니, 이제는 우리가 당신한테 그만큼 돈을 줄 수가 없어요. 다른 사람의 주머니에 있는 돈으로 자선을 베푸는 일이야 누군들 못하겠어요.

클리오 차량 건에 대한 1만 4,381유로는 제 돈으로 메꾸겠습니다. 결국 난 비겁한 제안을 했어. 그러자 하이에나가 비웃었지. 순간 내 마음 깊은 곳에서 야수가 울부짖기 시작했어. 당장 뛰어올라 하이에나들의 목을 모조리 따버리고 싶은 마음이었지.

이미 늦었습니다. 그 불쌍한 임산부한테 넘어가지 말았어야죠. 혹시 또 모르죠, 자동차 값을 보상받게 해준 대가로 그쪽에서 작은 선물이라도 줄지……. 그 순간 내 머릿속에서 날고기가 떠올랐어. 피가 줄줄 흐르는, 너덜너덜하게 찢긴 고깃덩어리. 하이에나들은 자신의 영역을 표시할 때 아주 흥분한다고 하더군.

BMW 차량 열쇠와 차량 문서, 컴퓨터, 휴대전화, 업무 관련 서류 일체를 회사에 반납해주시면 됩니다. 당신이 쌓은 실무 경험에 대해서는 우리 회사 전 직원과 공유하도록 하죠. 아마 인사과에서 실업수당을 받을 수 있도록 조치를 취해줄 겁니다. 이제 다 말씀드렸네요. 만약 이의 있으면 변호사를 선임하세요.

경비 청구서

초등학교 시절, 우리는 몇몇 단어에 빠져 있었어. 그중에는 '똥구멍'도 있었지. 그 상스러운 말 때문에 남아서 벌받는 일도 허다했어. 쉬는 시간이면 손으로 뿔 모양을 만들어서 누구 아빠는 병신이래요, 병신이래요 하며 놀렸어. 이 말 때문에 아이들은 울기도 했고 웃기도 했지.

하지만 하나도 웃기지 않았어. 한없이 깊은 슬픔이었어. 세상의 일부가 빙산 조각처럼 내려앉았고, 그러면서 세상의 아름다움과 세상이 존재하는 이유까지 영원히 되돌릴 수 없는 곳으로 함께 앗아갔지. 생살을 도려내는 아픔이었어. 살갗이 타들어가는 듯했지만 그 무엇으로도 진정시킬 수 없었어. 그때부터 난 자아를 잃어버렸던 거야. 물론 납득할 만한 이유를 찾으려고 애써 보기도 했지만 소용없었지. 마침내 스스로 못난 놈이라 느꼈고, 못난 놈이 되고 말았어.

너도 알잖니, 사람이 더 이상 선택받지 못하면 시들고 야만스러워지고 자기 비하를 하고 자존감이 사라진다는 걸. 아무거나 먹고 더러워지고 냄새나기 시작하지. 그런 사람들은 천사가 나타나길 기다리지. 자신에게 관심을 보이고 자신을 구원해줄 천사. 하지만 천사는 끝내 오지 않아. 그들은 결코 다시 일어설 수 없다는 사실로 인해 눈물겨운 처지가 되고 마는 거야. 형태는 조금씩 다르지만 그런 사람들은 늘 쓰러지고, 서로가 서로에게 팔을 내밀어 허황된 환상을 붙잡고, 서로의 손을 움켜잡아. 그렇지만 결국 손톱이 으스러지고 말지. 인생은 그저 기나긴 추락에 불과한 거야.

스프프에게는 아무 얘기도 하지 않았어. 창피했으니까. 아버지한테도 말하지 않았지. 아버지가 날 부끄러워할 테니까. 안나에게도 말하지 않았어. 나탈리를 생각하며 부끄러워할 테니까. 난 그저 우리 부부 사이가 조금 틀어진 상태라는 얘기만 했지. 잠깐 서로에게 시간을 좀 줘야 할 것 같다고. 그랬더니 사람들이 얘기하더군. 애를 낳고 나면 원래 그런 거야, 세월이 약이야. 부부 사이라는 게 늘 한결같을 순 없는 법이니까.

순 엉터리.

나중에 어머니가 이 시기에 대해 묻고 내 얘기를 들으시면 실망한 듯한 헛웃음을 내뱉고, 특유의 우아한 분위기를 풍기며 담배에 불을 붙이고는 기침을 하고, 말을 하며 조금씩 숨 가빠하시겠지. 애야, 내가 말했잖니, 사랑이라는 것이 여자들의 욕망에 비하면 한없이 가벼운 거라고.

나탈리는 광고 에이전시에서 일하는 아트디렉터에게 욕망을 느꼈지. 그 남자와 함께 니스, 르 투케, 스페인의 카보 데 가타로 가서 자전거나 신발 광고 카탈로그를 촬영했어. 몇 시간 동안 기차를 타고, 바다가 보이는 호텔에서 파티를 하고, 고급 와인을 마셨지. 경비 청구서만 여러 장 쌓여갔어. 나와 조세핀한테 멀리 떨어진 곳에서, 우리의 삶과 멀리 떨어진 곳에서 여러 밤을 보냈지. 격정적이고 아찔한 밤을 보내고, 새벽이 되면 마주 앉아 아침을 먹었어. 그 남자가 가슴에 '후키'*라고 새긴 일본어 문신을 보여주면 나탈리는 정신을 못 차렸지.

그 남자가 흔히 말하는 예술가라면, 나는 지루한 사람이었어. 그 남자가 소리치고 바라고 상처를 입히는 동안, 나는 혼자 고민하고

● ふき, '자유로움' '속박되지 않음'이라는 뜻.

차분히 생각하고 조용히 부탁했지. 더는 날 사랑하지 않기 때문에 나탈리는 바람을 피웠던 거야. 피팅 룸과 불꽃 이는 눈빛, 지속되지 않는 순간을 원했으니까. 수차례의 처음과 마지막을 원했지. 우리 부부 사이는 지속과 확신을 향해가야 했는데, 나탈리는 계속 뜨거운 열과 독을 꿈꿨어. 환상을 쫓는 건 어머니와 지독히도 꼭 닮았지.

난 혹시라도 조세핀이 운명의 방향을 바꿀 만한 사랑의 힘을 불러일으킬 수 있지 않을까 내심 기대했어. 하지만 어린아이의 품은 너무도 작고 약하더군. 자기 그림자조차 품을 수 없으니까. 그러다가 어느새 그 남자가 지치고 말았어. 그 남자는 가슴에 새긴 '후키'라는 문신 외에도 어깨에 '잇피키오오카미'*라는 일본어를 새로 새겼어. 나탈리는 푹 빠졌지만, 그 남자 곁에는 이미 다른 여자가 기다리고 있었지.

나탈리가 집으로 돌아오는 일이 잦아졌어. 조세핀은 걸음마를 하기 시작했고 말문도 트였지. 우리는 카메라를 한 대 사서 단란한 가족이 되려고 애썼어. 하지만 나탈리는 얼마 가지 않아 다시 일 때문에 밖에서 밤새우는 날이 많아졌어. 파리로 여행을 가서 기차를 놓치고 파리 북역에 있는 테르미뉘 노르 호텔 방에서 밤을 보냈지.

또다시 집에 베이비시터를 들였고, 나 혼자 와인 잔을 기울이는 일이 늘어만 갔어. 나는 다시 얼간이로 돌아가 있었어. 그리고 밤만

● いっぴきおおかみ. '한 마리의 늑대'라는 뜻으로 '독불장군'을 의미.

되면 나가고 싶어졌지. 깨진 병 조각을 손에 들고 나가 팁을 많이 주지 않았다고 무시하는 눈빛을 보내는 술집 주인을 때리고 싶었어. 동네 슈퍼마켓에서 자기가 늙은이라고 새치기하는 노인을 패고 싶었고, 나더러 늙었다며 내 팔을 꺾어 어깨가 빠지게 한 애송이 녀석을 작살내고 싶었어. 내가 더 이상 사랑하지 않고, 날 더 이상 사랑하지 않는 사람을 모두 묵사발 내고 싶었어.

    나의 침묵이 입을 열도록 두었다가 잠들고 싶었어. 결국엔 잠들기를.

300유로

그 뒤 나탈리가 돌아오고 네가 생겼어. 최고의 순간이었지. 그때 사진도 그대로 가지고 있어. 조세핀의 모습을 담은 사진. 네 아기 침대에 천으로 만든 동물 장난감을 놓는 모습, 네가 태어나길 기다리며 너를 위해 그림을 그리는 모습, 인형을 가지고 기저귀 가는 법을 배우는 모습. 아기 대신 바비 인형을 놓고 연습했는데, 별 소용없는 일이었지. 나탈리의 모습이 담긴 사진도. 예뻐, 만삭이라 배가 많이 불렀는데도 참 예뻐 보여.

레옹, 나는 네가 생겨서 행복이 다시 왔다고 믿었어. 너의 물과 피가 우리의 죄를 모두 씻어내고 우리의 삶을 다져줄 거라 믿었어. 언젠가 어머니께 날 사랑하냐고 물은 적이 있었는데, 그때 어머니는 그게 무슨 의미가 있냐고 대답하셨지. 무슨 의미가 있냐고.

네가 태어나고 얼마 지나지 않아 어머니께서 돌아가셨어. 우린 바뇰레를 떠나셨는지도 몰랐어. 어머니는 팡탱에 아주 작은 원룸을 하나 구해서 살고 계셨어. 300유로짜리 셋방, 매춘부나 마약 상습범, 고통에 찌든 사람들한테 딱 어울리는 좁은 방이었지. 어머니께서 돌아가신 지 며칠이 흐른 뒤에 나랑 안나, 토마가 그곳을 찾아갔어. 안나는 눈물을 흘리느라 한마디 말도 못 했고, 토마는 몸을 떨었어. 토마의 몸이 떨리는 모습을 본 건 그때가 처음이었지. 안나는 자기가 먼저 어머니를 보러 가겠다고 했어. '오빠 예쁘지 보면 아니야.' 오빠도 알지, 엄마는 자신의 예쁘지 않은 모습을 오빠가 보길 원치 않으실 거야. 레옹, 네 할머니는 미인이셨어. 피부도 뽀얗고, 날씬하고 키도 크고, 불그스름한 금발에 까만 눈을 가진 여인이었지. 그리고 담뱃불을 붙일 때 팔뚝의 움직임은 마치 루돌프 누레예프가 소 드 샤˙를 하듯 우아해 보였어.

안나가 계단으로 다시 나오더니 먼저 '엄마가'라고 말했고, 이어

˙ saut de chat. 소는 '뛰어오르기' '도약', 샤는 '고양이'라는 뜻. 발레 동작의 하나로, 한쪽 다리는 쭉 뻗고 다른 한쪽 다리는 구부리는 점프.

서 토마가 '예쁘셔'라고 말했어. 그리고 내가 들어갔지. 들어서자마자 코를 찌르던 냄새가 어땠는지 넌 상상도 못 할 거야. 지독한 냄새가 아름다움을 모조리 앗아가고 살갗으로 스며들어 절대 사라지지 않을 것 같은 느낌.

그 자리에 오래 머무르는 게 두려웠어.

어머니는 침대에 앉아 계셨지. 벽을 마주 보고 힘없이 처진 고개를 어깨에 기댄 채. 거무스름한 시트는 뻣뻣하게 말라 있었어. 어머니의 입은 경직되어 있었고, 멘톨 담배 연기로 동그랗게 링을 만들던 입술은 마지막 말을 내뱉으려고 애쓴 모습이었지.

나는 어머니, 어머니의 시체와 단둘이 남아 있게 된 순간에도 여전히 용기를 내지 못했어. 용기 내어 어머니 손을 잡지도, 어머니를 품에 꼭 끌어안지도, 어머니께 마지막 인사를 건네지도 못했어. 어머니를 만지지도, 어머니 곁에 가까이 다가가지도 못했어. '어머니'라는 단 한 마디마저 부르지도 못했지. 어머니의 죽음이 아니라 나의 못난 비겁힘과 두려움을 한탄했어. 어머니께서 내게 가르쳐주지 않았던, 마음이 약해서 나 스스로도 배우려 하지도 않았던 모든 것을 한탄했어.

어머니는 내가 남자가 되길 바라는 마음으로, 나의 참모습을 찾길 바라는 마음으로 날 내버려 두셨던 거였어. 어머니는 나름의 방식으로 초연함 안에서 날 사랑하셨던 거였어. 하지만 그땐 그걸 미처 알지 못했지.

레옹, 우리한테 부족한 사랑이 바로 이거란다. 우리의 엄마들.

5프랑

의사는 급성 뇌졸중인 것 같다고 했어. 안전핀을 뽑은 수류탄이 머릿속에 있는 셈이었다고. 그러면서 덧붙였지. 급성 폐병이나 만성 폐색성 폐질환일 수도 있습니다. 모친은 몸이 많이 상한 상태셨어요.

어머니의 생전 모습을 마지막으로 본 건 서른 살 때였지. 돌아가시기 2년 전. 그때만 해도 여전히 바놀레에 살고 계셨어. 보기 흉한 건물 로비의 여기저기에 낙서가 그려져 있었고, 마약 냄새가 절어 있었고, 곰팡내가 나는 곳이었지. 현관문을 두드렸더니 '열렸어요!' 하며 외치는 어머니의 소리가 들리기에 난 안으로 들어섰지. 어머니의 머리카락이 하얗게 세어 있더군. 눈에는 다크서클이 내려앉아 있었어. 스무 살이었다면, 여전히 우리랑 함께였다면, 행복했다면, 마치 스모키 화장을 한 것 같은 모습이었겠지.

어머니는 날 못 알아보셨어. 누군가? 앙투안이에요. 엄마. 그러자 어머니는 힘겹게 고개를 들고 어렴풋한 미소를 지으며 말씀하셨지. 미리 얘기를 하고 오지, 그럼 좀 꾸미고 있었을 텐데. 미리 얘기했잖아요, 엄마. 근 몇 년 동안 엄마한테 편지 50통, 아니 100통을 보냈는걸요. 엄마를 보러 가도 되냐고, 엄마가 없으니 힘들다고, 안나와 내가 힘겨운 시간을 보내고 있다고, 돌아와서 다시 우리랑 함께 살면 안 되냐고. 그런데 한 번도 답장을 보낸 적이 없었잖아요. 심지어 내가 우표를 붙인 편지 봉투까지 같이 보냈는데도 말이에요. 엄마의 침묵은 마치 엄마가 우리를 원치 않는다고 부르짖는 것 같았다고요.

결국 난 이 중에서 단 한마디도 하지 못했지. 비겁했으니까.

나중에 다시 들를까요? 벌써 왔는걸, 뭐, 이리 와서 앉아, 냉장고에서 맥주 한 캔을 꺼내 와서 그동안 어떻게 살았는지 얘기나 해보렴. 난 한참 동안 이야기를 털어놓았어. 어머니와 안과 헤어진 채 보냈던 어린 시절부터 여름 캠프, 안나와 토마, 아버지가 재혼한 이야기까지. 새어머니가 엄마의 침대를 차지하고, 새어머니의 화장품이 엄마의 화장대를 차지한 이야기. 어렸을 때 새어머니가 준 선물을 걷어찬 이야기. 여학생들한테 침피당한 이야기. 내 생애 처음으로 한눈에 반한 여자, 나탈리에 대한 이야기.

어머니가 잠이 들어 고개가 옆으로 꺾였는데도 난 이야기를 계속 늘어놓았어. 조세핀이 태어난 이야기, 일 이야기, 실패한 인생 이야기. 엄마가 그리웠다고, 그래서 아빠한테 멘톨 향을 만들어달라고 해 매일 밤 잠들기 전에 향을 맡으며, 단 한 번도 날 쓰다듬어주지 않았지만 그래도 내가 좋아했던 엄마의 예쁜 손을 떠올렸다고. 그런 뒤에 난 입을 다물었어. 어머니의 숨소리는 거칠었고 깊이 잠들지 못하셨지. 너도 알지, 귀신은 비참한 사람을 좋아한다는 걸.

 테이블 위에는 맥주 캔 여러 개와 오래된 신문 하나, 너덜너덜하게 해진 사강의 책 몇 권이 어지럽게 놓여 있었어. 벽에는 곰팡이 핀 자국이 군데군데 나 있었고. 그중 하나는 꼭 멧돼지 얼굴 같은 모양이었어. 파레이돌리아* 증상이었지. 어머니는 그 자국을 이탈리아 지도처럼 만들어놓고, 거기에다 피렌체부터 프라토, 시에나, 피사, 아레조까지, 여행 가방도 여권도 우리도 아무것도 없이 홀로 다녀올 여행지를 써놓으셨더군. 바닥에는 이웃집 안테나에 연결해놓은 작은 텔레비전 수상기가 있었고, 부엌 구석에는 가스레인지와 통조림이 있었어.

 울고 싶은 심정이었어. 이제라도 아들 노릇을 하고 싶었지. 당장 어머니를 품에 안고 멀리 데려가고 싶었어. 벽에 써놓은 여행지로 마지막 여행을 떠나도록 해드리고 싶었어. 구차한 여행이 아니라 아름다운 여행, 두려울 게 없는 여행.

 난 몸을 일으켜 방으로 들어갔어. 그냥 맨바닥에 커다란 매트리스 하나가 놓여 있었고, 그 옆으로 약통과 빈 물병이 보였지. 그리고 매트리스 머리맡에는 사진 두 장이 꽂혀 있었어.

● '착시' '환시'라는 뜻. 보름달을 보며 토끼가 방아 찧는 모습을 연상하듯, 실제로는 연관이 없으나 자신이 원하는 의미를 부여하여 전혀 다른 특성의 대상으로 인지하는 것. 알코올중독자나 마약중독자, 열성 관련 질병을 앓고 있는 사람에게서 많이 나타남.

하나는 주름 커튼을 치고 들어가서 찍었던 5프랑짜리 즉석 증명사진이었지. 내가 여섯 살 때쯤, 머리카락을 단정히 하고 흰 셔츠를 입고 찍었던 사진. 엄마랑 둘이서 유도 수업을 등록할 때 내야 하는 사진을 찍으러 갔거든. 그날 어머니와 함께한 시간이 정말 행복했어. 어머니는 날 보고 잘생겼다고, 앞으로 내 앞에는 멋진 인생이 펼쳐질 거라고, 세상 모든 여자가 나한테 반할 거라고 말씀하셨어. 요령 있게 처신만 하면 (너무 낭만 운운하지 않고 적당한 근육과 대담한 태도를 가지면) 왕이 될 거라고 말씀하셨지. 또 사진을 손에 놓고는 어쩜 이리도 늠름하게 잘생겼냐며 한마디 하고, 한 장에 여러 컷을 나열한 흑백 증명사진에 요란하게 뽀뽀를 해대셨어. 그러고는 날 데리고 몰래 극장으로 들어가셨어. 우리는 콘아이스크림을 사먹고 영화 〈중요한 건 사랑이야〉를 보았지. 어머니는 로미 슈나이더의 아름다움에 흠뻑 취하셨고, 옆에 있던 나는 클로드 도팽을 보며 겁에 질렸어. 난 영상을 보지 않으려고 좌석 사이의 바닥에 납작 엎드렸고, 어머니는 영화 상영 내내 내 손을 잡고 계셨어. 그날 난 세상에서 가장 행복한 아이였지.

또 하나는 우리 집 정원에서 웃고 있는 쌍둥이 여동생 사진이었어. 서너 살 때쯤으로 보이는데, 연분홍 원피스를 입고 있는 모습이 꼭 사탕 같았지.

갑자기 어머니의 기침 소리가 들려왔고 난 얼른 달려갔어.

뭐라고 했니, 앙투안?

끝자리 떼고 700유로

그때 그 주말, 너희 둘은 나랑 함께였지. 노동절이 낀 연휴. 나탈리는 이미 몇 달 전부터 그 아트디렉터와 다시 만나기 시작한 상태였어. 이번에는 그 남자가 팔뚝에 '마지와루'*라는 일본어 문신을 하나 더 새겼지.

우리는 한참을 얘기했어. 서로를 꼭 안아주었고 두려워했지. 우리는 추웠고 조세핀이 태어났던 날과 그 작디작은 손톱, 긴 속눈썹, 앵두 같은 입술에 대한 기억을 떠올렸지. 그 뒤로 수개월 동안 끔찍한 시간이 이어졌어. 아이를 지우고, 소파에서 잠을 자고, 낯선 남자들의 향기가 느껴졌지. 그러다가 다시 관계를 회복하고 마침내 레옹네가 생겼던 거야.

우리는 우리가 놓친 인생을 한탄했어. 나탈리는 머릿속에서 피팅 룸을 지워버렸고, 나는 실업자가 된 내 처지를 부끄러워하지 않으려고 애썼어. 나탈리는 미안하다는 말을 하고 싶어 했지만, 나는 듣고 싶지 않았어. 그녀가 내 입술에 마지막 키스를 했어. 강렬하고 흥분한 키스가 아주 길게 이어졌어. 나는 사랑한다고 마지막으로 속삭였고, 나탈리는 얼굴이 빨개진 채 떠나버렸지. 나중에 아이들은 자기가 데려가겠다고, 언젠가 그 남자가 자기한테 아이 둘이 있

---

* まじわる. '성교하다'라는 뜻.

다는 사실을 떠올리면 애들한테 자리를 내어줄 거라며 말이야.

그동안 난 최선을 다했어. 정확히 나의 아버지와 정반대로 하려고 노력했어.

흰 빨래와 색깔 있는 빨래를 따로 구분해서 세탁기 돌리는 법을 배웠고, 파스타를 삶을 때 오일을 넣어 서로 엉겨 붙지 않게 하는 법도 배웠어. 언젠가 네 누나랑 네가 물을지도 모르는 질문에 대한 답도 미리 알아놓았어(비는 왜 내려요? 어째서 개의 나이 한 살은 사람의 일곱 살이랑 같아요? 왜 아빠는 이제 일을 안 해요?). 너희가 직접 그린 그림을 나한테 보여주고, 혼자서 신발 끈을 제대로 묶은 모습을 보여주고, 방 정리를 깨끗하게 하는 모습을 보여주면, 사랑한다고 얘기해줘야 한다는 것도 배웠지.

내가 한 번도 받아보지 못한 것을 해주려고 애썼어.

그리고 그때 그 주말, 꼭 공휴일만 되면 어김없이 찾아오는 문제가 터졌지. 집에 있는 라디에이터가 터지더니 물이 쏟아져 나오기 시작한 거야. 그랬더니 네가 소리쳤지, 아빠, 아빠, 거실이 물바다예요! 난 지구에서 가장 멀리 떨어진 행성이 해왕성이고 제일 가까운 행성이 금성이란 건 알고 있었어도, 터진 라디에이터를 고칠 줄은 몰랐어.

그 순간 조세핀이 현관문 밑으로 줄기차게 들어오던 광고 전단지 중 하나를 손에 들고 당당하게 내 앞에 섰어. '누수 수리', 난 당장 전화를 걸었지. 그럼요, 물론이죠, 걱정 마세요, 15분 안에 도착합니다.

혹시 그때 그 배관공이 왔을 때, 너희 둘의 표정이 어땠는지 기억하니? 둘 다 뒷걸음질을 쳤어. 배관공이 꼭 스모 선수 같았잖아. 배관공은 살이 뒤룩뒤룩 오른 눈으로 라디에이터 관의 터진 곳을 살폈어. 그러고는 주머니에서 열쇠 하나를 꺼내 한 20초 정도 씨름했더니 더 이상 물이 새지 않았지. 그 후 집 안에 있던 다른 라디에이터도 모두 검사해보겠다고 했어. 어디든 또 터질 수 있다면서. 이번엔 화장실 수도관도 보겠다고 했어. 어디든 위험 요소가 있다면서. 부엌 수도관과 욕실 수도관을 보더니 '이런' 하고 말했지. 패킹이 필요한데 지금 가진 게 없네요. 패킹이요? 당장 조치를 취하지 않으면 분명 세 시간 안에 다시 전화하실 겁니다, 욕실이 수영장이 되어 있을 테니까요. 아, 네. 라디에이터에 문제가 생기면서 수압이 너무 높아졌네요. 그럼 이제 어떻게 해야 하나요? 제가 아는 동료한테 전화해서 좀 와달라고 부탁해야겠어요. 그러면서 덩치 큰 배관공은 테이블 의자에 앉았어. 조세핀은 고함을 속으로 삼켰지. 다행히 의자 다리가 부러지지 않더군.

배관공은 깊지 않은 주머니에서 종이쪽지와 펜을 꺼내더니 숫자 하나를 먼저 적었어. 80유로. 그러더니 차례차례 항목을 이어나갔지. 출장비에 공휴일 요금 35유로가 추가되고요, 라디에이터 물 배출하는 데 30유로, 곱하기 8 하면 240유로, 라디에이터 이음새의 낡은 부분을 보수하는 데 53유로 50상팀, 그리고 인건비를 시간당으로 계산하면, 제가 10시 50분에 도착했는데 지금 11시 30분이네요. 그런데 30분만 계산할게요. 그럼 75유로인데 공휴일에는 할증 요금이 50퍼센트 붙습니다. 그러니까 37유로 50상팀이고요. 누굴 바보로 아냐고 한마디 하려는데 때마침 초인종이 울렸어. 그 순간 배관공이 야릇한 미소를 짓더군. 패킹을 가지고 왔나 봅니다. 패킹 하나 가격은 93상팀밖에 하지 않습니다. 여기에 동료 출장비 80유로, 설치비랑 동료 출장비에 대한 공휴일 추가 요금은 받지 않을게요. 모두 합한 금액에 부가세를 더하고, 더하고, 또 더하면, 총 금액이 719유로 89상팀인데 끝자리 떼고 700유로만 주시죠.

내가 따지려고 할 때였어. 배관공이 벌떡 일어나 현관문으로 가더니 문을 열었지. 스모 선수 한 명이 또 서 있었어.

그제야 깨달았지. 언젠가 스프프가 말했듯 난 사기를 당한 거야. 슈퍼마켓에서 새치기한 노인부터, 제일 먼 길로 돌아간 택시 기사, 이중 주차를 해놓은 지프차 뒤에서 경적을 울렸다고 35유로짜리 벌금 딱지를 끊은 경찰까지.

선생님, 도로교통법상 경석은 위급한 상황에서만 울리도록 되어 있습니다. 그럼 여기 이 차는 이렇게 길을 떡하니 가로막고 주차해놓아도 된다는 얘긴가요! 면허증을 꺼내고 차량에서 내려주십시오.

이 모든 모욕과 굴욕, 수모를 가만히 당하기만 했어. 우울한 시절을 보냈지.

그날 덩치 큰 괴물 둘이 떠나고 나서 조세핀이 물었어. 그 사람들한테 돈을 왜 줬어요, 아빠? 완전히 도둑놈이잖아요. 경찰에 신고

했어야죠. 신고, 그런 건 나한텐 꿈같은 얘기였지. 그런데 또 옆에서 네가 한마디를 덧붙이더구나, 내가 그 도둑놈 얼굴을 갈겨놓을 거예요.

레옹, 바로 그날 잠자던 호랑이가 깨어났고, 다시는 잠들지 않았단다.

399유로 99상팀

아버지는 52 사이즈가 딱 맞았어. 살이 더 빠진 상태였지만, 어쨌든 이제는 그 치수로 어느 정도 굳어가는 것처럼 보였어. 399유로 99상팀짜리 남색 모직 정장이었지. 어머니랑 찍은 흑백 결혼사진에서 보았던 세련된 실루엣을 다시 찾으신 것 같았어. 칼바람이 부는 어느 해 1월 14일, 아득히 먼 옛날, 우리가 이 세상에 존재하지도 않았을 때, 모든 것이 가능했던 그때, 두 사람의 사랑으로 인생이 더 아름다워질 것만 같았던 그때. 하지만 내가 생겼고, 두 사람의 꿈은 산산조각이 났어. 나는 시작이자 끝이었어.

의사가 그러더구나, 모른다고, 이제 기다리는 수밖에 없다고, 더는 할 수 있는 게 없다고, 그 사람한테 달린 일이라고 하더구나. 그 말은 결국 네 아버지가 내일까지 살 수도 있고 한 달, 여섯 달, 6년이 지나도 살 수 있다는 얘기지. 곧 세상을 떠날 수도 있고, 아무도 몰라. 더는 알 수 없는 거야. 그래서 그 사람한테 어떻게 하는 게 좋겠냐고, 죽기 전에 뭘 하고 싶냐고 물어보면, 그저 웃으면서 날 바라봐. 신랄한 웃음은 아니지만 그렇다고 친절한 웃음도 아니지. 내 눈엔 슬픈 미소처럼 보여. 우울함, 이제는 어떤 의욕도 없는 삶, 결국 대답을 하질 않네. 죽기 전에 원하는 게 뭔지 꼭 얘기해주면 좋겠는데. 아무래도 내가 떠나길 원하는 것이지 싶어. 그런데 감히 그 말을 할 용기가 나지 않는 거지. 이제는 당신이 필요치 않다고 누군가에게 얘기하는 건 힘든 일이니까. 너무도 힘들고 괴로우니까. 떠나보내는 사람을 충분히 사랑하지 못했다는 사실에 그 사람의 마음은 찢어지겠지.

집세 낼 돈

안나와 토마와 나, 이렇게 셋은 바뇰레에 며칠 머무르면서 주변 이웃에게 이런저런 것을 물어봤어.

친절한 부인이었죠. 사려 깊고. 몇 달간 젊은 남자와 함께 살다가 또 다른 남자가 보였는데, 그 남자는 여기서 자고 가진 않았어요. 아마 가정이 있는 남자였던 것 같아요. 그 남자는 가끔씩 소리칠 때도 있었어요. 하지만 아무도 불평하지 않았죠. 여기서 불평했다가는 우편함이 불타고, 현관 깔개에 쓰레기 더미가 쌓이고, 키우던 고양이가 죽어 있는 꼴을 당할 테니까요.

난 부인을 참 좋아했어요. 젊었을 땐 아주 미인이었겠더라고요. 담배를 너무 많이 피우는 거 아니냐고 늘 얘기했죠. 부인 덕분에 사강의 책도 알게 되었는데 참 괜찮더라고요. 즐겨 읽었어요.

부인은 강베타 거리에 있는 리들*에서 일했어요. 매일 새벽 4시나 5시에 출근해서 청소를 했어요. 그런데 바닥 청소를 하는 거대한 기계를 무서워해서 물걸레를 들고 직접 바닥을 닦았지요. 옛날에는 손이 참 고왔다는 얘기를 하더군요. 부지런한 사람이었어요.

과거 얘기는 단 한 번도 꺼낸 적이 없었어요. 자식이 있는 줄도 몰랐으니까요. 하지만 뭔가 아픔이 있는 사람처럼 보였죠. 그래도 여기서 지내면서 투덜거리는 모습을 한 번도 본 적이 없어요.

오후에는 장 물랭 공원 근처에 있는 웜베르 병원에서 청소를 했어요. 병원 사람들이 대접을 잘해줘서 거기서 일하는 걸 좋아했지요. 부인한테 작은 텔레비전을 준 것도 병원 사람들이었어요. 부인은 텔레비전을 즐겨 봤어요. 레옹 지트론** 같은 사람이 그립다며, 지금 독설가라고 나와서 떠드는 사람들보다 훨씬 품위 있고 말도 잘했다고 얘기했죠.

리들에서 잘리고는 떠났어요. 그때 리들에서 젊고 인건비가 더 싼 사람들을 쓸 거라며, 나이 든 사람들을 모조리 해고했어요. 완전히 깡패가 따로 없었죠. 부인은 더 이상 집세 낼 돈이 없었어요. 안타깝지만 부인이 어디로 갔는지는 몰라요. 그 뒤로 소식이 끊겼거든요.

그럼 그 부인이 당신들 엄마였다는 말인가요? 그런데 그동안 한 번도 찾아와 보지 않았던 거예요?

3유로 95상팀, 80상팀

안나와 토마는 다시 일을 구하지 못하는 내 모습을 보고 애를 태웠지. 몇 군데 면접을 봤지만 모두 불합격이었어. 내 이력서는 결국 쓰레기통으로 들어가, 이미 버려져 있던 350만 명의 이력서와 섞이고 말았지. 안나는 저녁에 나를 집으로 자주 불러서 혼자 있으면 안 된다고, 침묵은 좋지 않다고, 괜히 나쁜 생각만 든다고 얘기했어.

안나와 토마는 일곱 살 때부터 함께하며 행복해했어. 그게 벌써

● 대형 할인 슈퍼마켓 체인.
●● 프랑스의 유명 저널리스트.

25년 전이로구나. 둘은 보기 좋았어. 열여섯 살 이후 둘은 한 번도 헤어지지 않았어. 토마는 캉브레로 와서 우리 집에서 살았지. 토마가 집에 온 뒤로 우리 가족 모두 즐거워했고, 몰아치던 폭풍우는 저 멀리 사라졌어. 아버지는 가끔 미소를 짓기도 하셨지. 마침내 새어머니와도 잘 지내보기로 했어. 우리는 더 이상 어머니의 부재를 애달파하지 않았거든. 어른이 되었던 거지. 또 다른 형태의 냉혹함이랄까.

그러다 나는 집을 떠나 나탈리와 함께 살게 되었어. 나의 위대한 러브스토리가 시작된 거였지. 토마와 안나는 일찍이 아이를 낳지 않기로 마음먹었어. 어느 날인가 새어머니가 두 사람한테 이유를 물으니, 마음의 고통은 자기 대에서 끝나야 하지 않겠냐고 얘기했다더군. 두 사람은 바칼로레아에 합격하고, 릴의 제3대학에서 문학을 공부했어. 그러고는 합작 소설을 쓰기 시작했지. 델리●나 니키 프렌치●●처럼. 해피엔딩 이야기를 썼어. 인생과는 달리.

하루는 토마가 웃으며 나한테 제안을 했지. 책을 써봐요, 그럼 마음이 좀 편안해질 거예요. 품, 내가 무슨 수로 책을 써. 못 한다고 단정 짓지 마요, 에밀 시오랑은 글을 쓰는 작가의 원천은 수치심에서 나오는 거라고 말했어요.

내가 해고된 뒤로 나탈리는 마구 욕을 해댔어. 나는 더 이상 어마

● 애정 소설을 쓴 남매 작가의 필명.
●● 미스터리 소설을 쓴 부부 작가의 필명.

어마한 부양비를 댈 수가 없었거든. 그러자 나탈리는 우리 집을 팔아서 얻은 돈의 절반을 달라고 했지. 조세핀과 네가 날 만나러 오는 횟수도 점점 줄어갔어. 어느새 너희 둘에겐 그 아트디렉터가 영웅 같은 존재가 되어 있더군. 문신도 하고 특이한 남자였어. 이름은 남국의 나무, 올리비에였지. 샌들 광고 사진을 찍으러 바다로도 가고, 배낭 광고를 찍으러 산으로도 다니는 사람이었어. 한편 스프프는 우리 사무실을 좀 더 싼 곳으로 알아보러 다녔어. 그래도 사무실은 하나 가지고 있어야지, 전화도 있고, 문에 네 이름은 달아놔야 할 것 아냐. 시끄러운 속세에 같이 나뒹구는 게 낫지. 안 그러면 실직했다는 생각에 괜히 쓸데없는 생각만 많아지고 병만 날 거야. 가혹함 속에 머물러 있도록 해. 화가 나면 그래도 버티고 서 있게 되니까.

우리는 더 이상 저녁마다 밖을 배회하지도 않았고, 맥주를 마시지도 않았어. 스프프는 일찍 집으로 들어갔지. 더 이상 절대로 혼자서 일을 보러 가지 않았어. 파비엔은 확실히 스프프를 손아귀에 넣었고, 스프프는 더 이상 어린 내춘부의 입속에서 방황하는 일이 없었지. 앙투안, 너도 한번 가봐. 그럼 긴장이 좀 풀릴 거야. 널 보면 완전히 궁지에 몰린 사람 같아서 보기가 안쓰러워. 회사에선 잘렸지, 맨날 구겨진 셔츠나 입고 유행 지난 운동화를 신은 모습까지 보고 있자니, 참. 거기 가면 슬플 새가 없다니까. 그러니까 괜찮은 여자를 다시 만나서 멋진 인생을 꾸릴 생각이 들기 전까지 한번 가보라고. 그냥 한번 해봐.

하지만 난 감히 그러지 못했어. 단 한 번도 용기를 내지 못했어.

난 그저 매일 집으로 돌아와 피카르 카페에서 산 1인분 요리를 데워 먹었지. 파에야 3유로 95상팀에 닭고기 볶음밥 80상팀. 내 두 손은 떨렸고 예전의 내 모습은 사라져만 갔지. 가끔씩 한탄도 했어. 한때 왜 내가 좋은 놈처럼 보였을까. 왜 직장에서 정직하고 가정에서 충실한 놈처럼 보였을까. 난 가정을 구하려고 애썼고 용서를 구하려고도 했지만, 나의 비겁함은 결국 날 배신하고 말았지.

어머니를 되찾아 오려고 애썼지만, 어머니는 원치 않으셨어. 어머니는 열정 없는 삶보다 강렬한 고독을 더 원하셨고, 너무 높이 올라가지 않도록 추락을 감수하셨지. 죽도록 사랑하고 싶었지만 그냥 그렇게 살아갔던 거야. 어머니께서 말씀하셨지. 꼭 해야만 한다면 짧게, 하지만 죽을 만큼 강렬하게, 끝나고 나면 죽을 만큼. 이런 사랑 말고는 아무것도 없는 거야, 아들. 하지만 이지러진 건 셀 수도 없는 법이지.● 쏟아진 물을 다시 주워 담을 수는 없는 거니까.

나는 아버지한테 느꼈던 증오심을 나 자신한테 돌리기로 마음먹었지. 그렇게 아버지한테 기회를 한 번 더 주었고, 아버지는 결국 미소를 지으며 추억으로 남겼어. 어쩌면 달랐을지도 모를 우리 사이를 아쉬워하면서. 병은 매 순간 아버지를 조금씩 갉아먹었지만, 아버지는 나를 퍼트리샤와 함께했던 그 시절, 아름다웠던 그 시절

● 《구약성경》〈전도서〉 1장 15절. – 원주

로 되돌려 보내고 싶어 하셨지. 그날 저녁 난 아버지를 품에 안고 꼭 끌어안았어. 넘어져서 혼자 일어나지 못하는 아이를 아빠가 안아주듯 말이야. 난 눈물을 흘리며 그 전엔 상상도 못 한 말을 아버지한테 속삭였어. 아빠, 정말 그리웠어요, 정말로. 그 순간 옆에 있던 새어머니가 흐느끼며 방으로 들어가셨어. 그렇게 아버지와 나, 둘만 남았고, 아버지는 빨개진 눈을 비볐어. 전방 출혈이 생긴 늙은 개 같았지.

저도요, 아빠, 죽고 싶을 때가 있어요.

1,000

미국에서 건너온 거야. 서부극을 믿든 장본인이지. 스미스 앤드 웨슨도 있고 스팅어 미사일도 있고. 물건은 확실해. 최상급 장비지. 이것만 있으면 5미터 거리에서도 형씨가 원하는 건 모조리 구멍을 뚫을 수 있다고. 1미터 거리에서는 산산조각이 나고. 철판이며 머리통이며 고깃덩어리까지. 22구경에 5연발이고 반동도 세지 않아. 잘빠진 놈이지. 여자들이 엄청 좋아해. 핸드백에 쏙 들어가니까. 조립해놓은 게 하나 있는데 마르세이유에서 딱 한 번 썼어. 완전 새 거지.

자, 이제 돈을 내놔 보쇼. 그러고는 값을 불렀어, 1,000.

나는 난생 두 번째로 용기를 냈어. 고속도로 반대편에 있는 릴 쉬드 안으로 과감히 들어갔지. 무서운 유령 열차 안으로 들어서듯 음산한 소굴 안으로 발을 들여놓았어. 순간 정신을 잃고 뭔가에 떠밀려 가는 듯했지. 가까이 다가가니 누군가 으르렁거리더군. 나더러 원하는 게 뭐냐고 물었어. 마약, 여자, 총. 나는 겁을 잔뜩 먹은 채 속삭였지, 총. 난 그 위에다 일을 보고 토하고 진창 속으로 사라질 것만 같았어.

1,000이야. 내일 밤 라방튀르 공원에 나오면 우리가 형씨를 찾을 거야. 만약 나오지 않으면 끝까지 뒤져서 찾아낼 거야.

나는 집으로 돌아와 토하고 잠을 이루지 못했어. 그놈들이 내 돈을 훔치고 날 칼로 찌르는 상상을 했지. 아니면 날 신고하거나. 어쩌면 잠입 경찰일지도 모르는 일이었으니까. 난 내가 얼간이 부류에 속한다는 걸 알고 있었어. 사람들이 이미 수차례 얘기했으니까. 이미 칼침을 맞아본 사람이었지. 어쩌면 그래서 내가 그다음 날 벼랑가로 나갔던 걸지도 모르고. 수많은 모욕과 마음의 상처 때문에. 주머니에 1,000유로를 넣고.

이것 봐, 결국 난 그동안 감히 못 했던 것을 할 수 있게 된 거야. 마음만 먹으면 횡단보도가 아닌 곳으로도 길을 건널 수 있고, 한 번쯤은 한심한 놈한테 손가락으로 욕을 날리며 대놓고 욕할 수도 있다고. 그게 누가 됐든지 간에. 나탈리한테 욕할 수도 있지. 나가 뒈져. 문신 새긴 나쁜 놈, 너도. 나가 뒈져. 나가 뒈지라고. 일본어로는 '구소쿠라'*라고 하지. 이래 봬도 난 아는 게 꽤 많은 사람이야. 전부 다 나가 뒈져버려. 화가 치밀어 올라 몸이 부들부들 떨리고 정신이 나가는 거지.

내가 내민 20유로짜리 지폐 50장을 검은 손이 세어보는 데에는 12초도 채 안 걸렸어. 그리고 13초가 되었을 때, 이미 내 주머니에는 루거 LCR22 한 자루가 들어 있었지.

6개월 치 월급

다시 아버지를 뵈러 갔어. 모직 정장을 입은 모습이 꽤 멋져 보였어. 마시막으로 찍은 길 나온 사진 같았지. 하지만 아버지는 눈물을 흘리고 계셨어.

요즘 네 아버지가 늘 저렇게 눈물을 흘리셔, 약 때문인지 한없는 슬픔 때문인지 잘 모르겠다만, 만약 슬픔 때문이라면 그 슬픔의 원인은 내가 아닐까 싶어. 왜냐하면 난 남겨진 사람이니까, 네 아버지

---

* くそくらえ. '뒈져'를 의미하는 속어.

가 잃게 될 존재라곤 내가 전부잖니. 네 생각엔 네 아버지가 미소를 되찾으실 것 같니?

난 새어머니와 아버지를 안심시켜드렸어. 선의의 거짓말을 하는 아들이 된 거지. 그럼요, 잘하고 있어요. 면접도 여러 군데 보고요. 아마 자동차 정비 비용에 관한 조사위원회의 위원으로 일하게 될 것 같아요.

네 아버지는 네게 재능이 있다는 얘기를 나한테 수도 없이 했어. 그런데 네가 회사에서 해고되었다니 충격이 크신 모양이야. 내 사촌 중에도 발루렉에서 해고당한 사람이 있는데, 망연자실해서는 6개월 치 월급만 받고 회사를 나왔지. 그 돈으로 3개월 정도밖에 못 버티더구나.

두 사람이 꽉 끼는 잠옷을 입고 함께 사는 모습은 충격적이었어. 크지 않은 움직임과 서로를 방해하지 않으려는 사려 깊은 호의. 아버지는 소박하고 좁은 곳에서 행복해하셨어. 절대 날개를 펼치는 일도 없었고, 폰툰* 위에서 배를 잡겠다고 미친 듯이 달려가는 일도 없었지.

아버지는 어머니의 손을 잡았다가 이내 놓으셨어. 어머니의 손은 너무 뜨거웠거든. 아버지는 시에 대한 애정, 과학과 노벨상에 대한 꿈을 단념하고, 계속 그 드러그스토어에 계시면서 평생 무수히 많

● 평평한 바닥이 특징인 작은 배.

은 약품을 만들고 매일같이 하얀 가운을 입으셨지. 그곳에서 입었던 복장은 수도사를 떠올리게 했고, 가운은 아버지한테 꽉 끼었어.

우리 셋은 다 같이 〈사랑은 비를 타고〉를 보았고, 영화가 끝난 뒤에 나는 아버지를 껴안고 아버지의 손에 입맞춤했어. 문을 나서려는데 새어머니가 나한테 고맙다고 말했어. 넌 착한 아들이야, 아버지한테 참 잘하는구나.

나는 미소를 지어 보였어. 당신은 아름다운 사람이에요, 콜레트.

순간 새어머니는 소리칠 듯한 기쁨을 겨우 참아내며 말했어. 네가 내 이름을 부른 건 30년 만에 처음이구나.

돌아오는 길에 안나와 토마의 집에 들러 마지막으로 저녁 식사를 했어. 식사를 마치고 집으로 가려는데 안나가 뭐라고 속삭였어. '날을 잡아.'

날을 잡아. 그리고 밤이 날 삼켜버리고 말았지.

값을 매길 수 없는

네 엄마가 봄 화보를 찍으러 기어이 루카트로 떠났던 건 도리어 잘된 일이지 싶다. 그 덕분에 우리 셋만의 일주일을 보내며 서로가 서로를 채울 수 있었으니까. 네 누나가 점점 이상해지는 걸 너도 봤겠지. 어제는 네 누나가 새 할머니를 흉내 내면서, 꼭 따발총처럼 숨도 안 쉬고 곧 숨 막혀 쓰러질 듯 말하기 시작하는데 참 놀랍더구나.

레옹, 넌 조용한 편이지. 시선은 아래로 깔고 말수가 적어. 나처럼 세상일을 마음속에 억누르고 가둬놓는 편이지. 하지만 그러다 보면 언젠가 갑자기 너무나도 버거워질 때가 올 거야.

네가 오늘 즐거웠기를 바란다. 참 멋진 하루였어. 우리 인생에서 가장 멋진 날이었던 것 같구나. 너희 둘이 태어났던 날보다도 더. 정말 근사한 하루였어. 이런 날을 보내고 난 뒤에는 후회가 없겠지.

몽투아 카페에서 파는 오델로의 원래 이름이 테트 드 네그르*였다는 걸 아니? '네그르'라는 말 때문에 이름을 바꿨대. 함부로 쓰면 안 되는 단어니까.

하지만 우리는 여전히 살면서 얼간이 취급을 받고, 개처럼 쫓겨나고, 아무 이유 없이 버림받을 수도 있는 거야. 홀로 고뇌하며 말이지. 그냥 그런 거란다. 사람은 늘 자기 분수를 알아야 해. 불평하지 말고. 안 그러면 사는 게 고달파지니까. 하지만 이젠 끝났어. 고집부려도 안 될 때가 있는 거야.

사람들은 너한테 계속 헤쳐 나가야 한다며 같은 말을 쓸데없이 되풀이하지. 다 헛소리야. 값을 매길 수 없는 특별한 걸 가질 수 있다

● tete de negre, 초콜릿머랭쿠키의 이름으로 테트는 '머리' '얼굴', 네그르는 '흑인(니그로)'이라는 뜻.

고 얘기하지. 헛소리. 네 할아버지를 봐. 암에 걸려 속절없이 메말라 가고 있잖니. 결코 극복할 수 없을 거야. 그냥 그렇게 조금씩 죽어갈 뿐이지. 보기 흉한 모습으로 쪼그라들겠지. 구겨진 쓰레기처럼. 아들아, 사람은 멈출 줄 알아야 한단다. 그게 우리한테 주어진 선물인 셈이지. 끝이 언제인지를 아는 것. 자신을 아끼고 당당히 손가락으로 욕을 날려. 더는 상처받지 않을 거라며 그들한테 외치라고.

 아들아, 오늘이 바로 우리가 멈추는 날이란다. 우리가 떠나는 날. 네 누나는 방금 떠났어. 네 누나의 머리에 베개를 받쳐주는데 눈물이 흐르더구나. 어쩜 그리도 예쁜지. 손이 떨리는 바람에 간신히 방아쇠를 당겼는데, 반동이 엄청나더구나. 네 누나는 분명 고통스럽지 않았을 거야. 고통스럽지 않아. 정말 순식간에 지나가니까. 순식간에. 난 슬프지 않단다. 이제 곧 이 고통이 끝날 거라는 사실을 아는데 슬퍼할 이유가 없잖니. 다시는 고통스럽지 않을 텐데. 네 고모 안이 다시는 깨어나지 않았던 것처럼.

 살 있어라. 사랑한다. 그리고 비가 내리는 이유는 타네가 자신의 부모를 갈라놓았기 때문이란다. 타네는 둘이 서로 갈라설 때까지 발로 랑기를 밀고 팔로 파파를 밀어서, 결국 랑기누이는 하늘의 아버지가 되고 파파투아누쿠는 대지의 어머니가 된 거야.

 아들아, 하늘에서 내리는 비는 이 아비의 깊은 슬픔이란다.

그때 조세핀이 외쳤다. 아빠, 아빠, 피범벅이에요. 입이 아파요.

자살하거나 타인을 죽이고 자기 주변에 있는 모든 것을 없애려는 욕망은 언제나 사랑하고 사랑받고 싶은 무한한 욕망, 상대방과 서로 마음을 합해 결국 상대방을 구원하려는 무한한 욕망과 만나 배가된다.●

● 루이 알튀세르, 《미래는 오래 지속된다》. – 원주

2부
왜 당신은 날 먼저 쏘았나요?

1922

호텔 이름은 데스코노시도.● 푸에르토 발라르타 시의 남쪽에서 96킬로미터가량 떨어진 곳으로, 멕시코 서안의 자연보호구역에 있다.

● 스페인어로 '낯선 사람' '이방인' '무명인'이라는 뜻.

호텔의 팔라피토스** 기둥은 세련된 형태로 태평양에 잠겨 있다. 마치 목욕물 온도를 재어보는 여인의 다리처럼. 블러드앤드샌드를 만들어주는 바도 있다. 블러드앤드샌드는 1922년에 동명의 영화(루돌프 발렌티노 출연)를 기념하여 만든 칵테일이다. 투우사 이야기. 정열의 불꽃. 피와 모래. 위스키 20밀리리터, 체리주 20밀리리터, 베르무트 20밀리리터, 오렌지주스 20밀리리터를 섞고, 마지막으로 약간의 귤껍질을 장식하면 된다. 한 잔을 더 주문했다. 내 머리 위에서 환풍기 날개가 천천히 돌아간다. 잔잔하고 규칙적인 바람이 느껴진다. 노르웨이인 부부가 언제나처럼 바에 앉아 있다. 샴페인을 마시며 서로 한마디도 하지 않는다. 조금 있으면 인도 사람과 그 딸이 오늘의 생선 요리와 마을에서 공수한 채소를 먹으러 오겠지. 창문은 없고 그저 거대한 입구만 있다.

요즘 날씨는 온화한 편이다. 태양은 거대한 오렌지 같은 모습이다. 내 술잔에도 불타는 빛깔이 들어 있다. 태양은 곧 바다로 지고 밤이 오겠지. 야수는 떠났다. 밤은 더 이상 날 무섭게 하지 않는다.

여기에 온 지 거의 4주가 다 되어간다. 나는 조금 남겨둔 돈으로 이곳에 와서 먹고, 살고, 살을 조금 더 찌우려 하고, 씻는다. 말은 거의 하지 않는다. 학교 다닐 때 배웠던 스페인어 실력이 천천히 되살아났다. 매일 말할 수 있는 문장이 조금씩 길어지고 있다. 내가 실수

** 수상 가옥.

하면 사람들이 웃는다. 내가 말할 때면 사람들이 단어를 툭툭 던져 준다. 목발처럼. 나랑 서로 말이 통하기를 바란다. 할 말을 제대로 못하는 사람은 이곳에서 동물과 같은 취급을 받는다. 펜데조.•

밤에 잠을 자는 법도 다시 배웠다. 나는 몇 시간이고 바닷가를 걸었다. 살의가 스민 발걸음이 바짝 뒤따라왔지만 결국 날 따라잡지는 못했다. 나는 내가 사랑하는 이들을 떠나왔다. 내가 완전히 떠나는 그 순간까지도, 아버지의 두 눈에서는 여전히 눈물이 흘러내렸다. 두 눈은 생기 있었다. 우리는 더 이상 살아 있어서는 안 되는 거였다.

이곳에서 나는 이방인이다. 과거가 없는 사람이다. 내 손에 루거 한 자루가 쥐어 있었던 적은 없다. 방아쇠를 당긴 적도 없다. 나는 유럽, 그중에서도 프랑스 출신이다. 아, 파리, 파리! 여전히 많이 말랐다. 요 몇 주 사이에 피부가 햇볕에 그을렸다. 옆머리가 하얗게 세기 시작했다. 어머니가 좋아했던 초록빛이 다시 내 눈동자에서 반짝인다.

데스코노시도. 이방인.

● 스페인어로 '멍청이' '얼간이'라는 뜻.

15

레옹은 고함 소리에 잠에서 깼다. 이번엔 피범벅 된 누나의 얼굴을 보고 레옹이 고함을 질렀다. 내 손에 들린 권총을 보았다. 다른 한 손엔 베개를 든 모습도. 난 조세핀에게 달려갔다. 총알이 턱을 관통해 턱뼈가 밖으로 보였다. 조세핀은 내 품에 쓰러졌다. 구급차 불러, 레옹. 전화해, 어서. 총 맞은 사람이 있다고 얘기해. 얼굴에. 아이라고. 서둘러, 당장.

6분 뒤, 우리의 인생은 끝장났다.

경찰이 도착했고, 아이들에게서 나를 떼어놓았다. 경찰은 나탈리에게 연락을 취해보려 했지만 소용없었다. 그래서 새어머니한테 전화를 걸었다. 급히 차를 한 대 보냈다. 의사를 추가로 불렀다. 한쪽에서는 궁금해서 밖으로 나온 사람들을 집으로 돌려보냈다. 구급차는 이미 조세핀을 싣고 대학 병원으로 향했다.

나는 부엌에 격리되어 있있다. 날 감시하던 경찰관이 혐오에 찬 눈빛은 이내 무한히 슬픈 그것으로 바뀌었다. 염병할, 그 눈빛은 몸 파는 창녀들한테나 보내시지. 경찰관이 나한테 구두끈과 시계를 내놓으라고 했다. 주머니에 있는 것도 모두 꺼내놓으라고 했다.

새어머니가 도착했고 레옹이 달려갔다. 됐어. 이제 끝났어. 내가 왔잖니. 우리 집에 가자꾸나. 네 할아버지가 기다리고 계셔. 따뜻한 코코아도 만들어놓으셨어. 우리 집에 가서 목욕부터 하고 좀 쉬어. 네가 원하면 영화를 봐도 되고, 재미난 코미디뮤지컬 영화 디브이디가 아주 많으니까. 어머, 세상에, 이게 다 무슨 일이야, 이게 다 무슨 일이냐고. 어쩜 이리도 불행한 일이 벌어질 수 있는지, 정녕 이럴 수밖에 없었을까.

그때 한 여자가 그만 진정하시라며 새어머니의 어깨 위에 살며시 손을 얹었다. 그러고는 둘은 같이 집을 나섰다. 양쪽에서 더러워진 잠옷을 입은 레옹을 부축한 채로. 그 모습이 꼭 작은 마리오네트 인형 같았다. 그곳엔 빈자리와 파멸만 남아 있었다.

나는 수갑을 차지 않았다. 그냥 경찰차까지 끌려가서 떠밀리며 차에 올라탔다. 나를 감시하던 경찰관이 바로 내 옆에 앉았다. 경찰관은 내게서 시선을 떼지 않았다. 증오하는 눈빛도 그대로였다. 경찰차가 출발했다. 불만 깜빡일 뿐 사이렌 소리는 나지 않았다. 그냥 사회면 가십거리 정도였다. 한 아버지가 열한 살짜리 딸에게 총을 쏜 사건. 온 동네 사람들을 깨울 만한 일은 아니었다.

지구대에 들어서자 경찰관이 날 알아보았다. 제가 말씀드렸지 않습니까, 별 추잡한 사건이 다 있다고요. 자, 이쪽 방에 들어가 있으세요, 사람이 올 겁니다. 난 딸은 어떻게 됐냐고 물었다. 사람이 올 겁니다. 딸은 어떻게. 사람이 올 겁니다. 하지만 아무도 오지 않았다.

새벽이 되자 나를 구급차에 태우고 릴 대학 병원 소속의 교정 시설로 옮겼다. 날 침대에 묶고 주삿바늘 여러 개를 팔에 꽂았다. 나는 여러 번 정신을 잃었다. 그러다가 오줌을 눴을 때 느껴지는 뜨듯

함에 정신을 차렸다. 똥 냄새에도. 음식을 거부했다. 죽고 싶었다. 내 팔에 바늘 또 하나를 새로 꽂았다. 더 이상 배고픔을 느끼지 못했다. 갈증도. 혓바닥을 삼키려 하다가 위산까지 토해냈다. 간호사들이 돌아가면서 날 지켜보았다. 친절했다.

내 딸은 어떻게.

저희도 몰라요. 따님이 이 병원에 있는지 없는지도 몰라요.

그러다가 한참 뒤 누군가 미소를 띠며 왔다.

60

난 이곳에서 혼자다. 홀로 왔다.

3년 넘게 여러 의사의 상담하고 치료도 받고, 마침내 예전 그 여기자를 다시 찾았다. 영국의 위대한 제독과 갱스부르의 앨범과 이름이 같았던 그 여자.

그녀는 날 기억하지 못했다. 무슨 말씀을 하시는 건지 모르겠네요, 그녀가 말했다. 뭘 원하시는 건지 모르겠어요. 게다가 전 결혼도 했고요. 난 그녀에게 그녀의 슬픈 표정과 한없는 아름다움에 대해 얘기했다. 블루라군. 술잔 가장자리에 오렌지 껍질을 살짝 묻혀

놓은, 영화 제목과 같은 이름의 칵테일에 대해서도. 그녀를 웃게 하려고 말을 꺼냈다. 인생에 대해 이야기했고, 그녀에 대해 이야기했다. 말로 다 표현할 수 없는 진창에서 허우적거리며, 불행의 끝에서 간신히 매달려 버틴 이야기. 몇 달 넘게 백지상태로 마취제에 절어 지낸 이야기. 세상의 침묵. 그리고 3년 동안 가죽띠에 고정된 상태로 화학요법을 받은 이야기까지.

그녀는 아무 대꾸도 없이 전화를 끊어버렸다. 서로 만나려면 상처받은 사람 둘이 필요한 것이다. 방황하는 사람 두 명. 그렇지 않으면 한 명이 나머지 한 명을 압도해 결국 죽이고 만다. 난 수화기를 귀에 댄 채 오랫동안 붙들고 있었다. 작은 장난감 총처럼. 내 마지막 환상이 사라지도록 그저 가만히 있었다.

집이 팔렸다. 나탈리가 절반 이상을 챙겼고, 나는 나머지 돈을 들고 이곳으로 왔다.

우리의 인생이 새롭게 시작되기를 꿈꿨던 이곳. 위대하고 비극적인 러브스토리, 짧고도 무한한. 이곳에서 얼마 떨어지지 않은 곳에 〈이구아나의 밤〉 촬영지도 있다.

지나가는 사람들의 몸을 훑고 욕망이 들끓는 이곳. 죄악. 광기. 사람들을 집어삼키는 대양.

이곳에는 팔라피토스가 스물일곱 채 있다. 각각의 팔라피토스마다 멕시코 사람들이 운을 점칠 때 쓰는 카드의 이름이 붙어 있다. 내 방의 이름은 '엘 발리엔테'. 용감한 사람이라는 뜻. 가끔은 우연이란

놈이 마음을 쓰라리게 만들기도 한다. 이 멋진 방에서, 하늘과 물 사이에 놓인 섬에서 춤추는 이 작은 집에서 지내는 마지막 밤이다.

어제 아침, 호텔 청소부 여섯 명 가운데 한 명이 출근하지 않았다. 매일 아침 그 사람들을 보호구역 근처에 있는 옆 동네, 엘 투이토에서 호텔로 데려다주는 작은 트럭을 타지 않은 것이다. 나머지 다섯 명이 침묵하는 걸 보니 무언가 불행한 일을 당한 것 같았다. 이곳은 여전히 밤에 호랑이가 나타나 어슬렁거린다.

무슨 생각으로 그랬는지 모르겠지만, 그 빈자리를 내가 채우겠다고 했다. 사라진 한 명이 하던 일을 내가 하겠다고. 부탁드립니다, 전 청소부의 아들이라 이 일을 잘 압니다, 혹시라도 손이 상할까 걱정할 일도 없고, 손도 크고 단단합니다, 어머니처럼요. 이제는 하루에 7,750페소씩 지불할 돈이 없어서요. 저기, 선생님, 일당 60페소짜리 일이에요, 1년 동안 매일같이 일해서 돈을 모아도 여기서 고작 이틀 밤밖에 못 잘 거라고요, 이해가 잘 안 되죠? 아니요, 말씀드렸잖아요, 잘 안다고요, 여기서 일하고 싶다고 말씀드린 겁니다, 하루에 60페소라도 벌고 싶다고요. 제정신이 아니군요, 엘 로코,* 엘 로코. 그날 난 미친놈이 되었다.

이곳에 도착한 뒤 지켜왔던 침묵이 유리하게 작용했다. 사람들은 늘 신중하게 행동하는 내 모습을 보며 그리 위험하지 않은 사람이

● 스페인어로 '미친놈'이라는 뜻.

라고 여겼다. 특히 어수룩한 말투 때문에 호텔 사람들은 나를 호의적으로 대했다. 나중에 같이 청소하는 동료들은 나한테 달랠 길 없는 어마어마한 사랑의 슬픔을 쥐어준 사람이 누구냐고 물었다. 아주 틀린 말은 아니었다. 내가 빠질 듯이 바다와 가까운 거리에서 걸었던 이유는 바다가 날 집어삼키길 원해서였다. 《화산 아래에서》라는 책을 썼던 '수이시다'● 처럼. 내가 책을 쓰러 왔더라면 어땠을까. 미친 사랑을 하듯 피로 문장을 써 내려갔다면. 사람들은 데스코노시도의 마법이 날 구원한 거라고 했다.

난 청소부가 되었다. 그리고 엘 투이토에서 하루 숙박비가 10페소인 손바닥만 한 방도 구했다.

우리는 일주일 내내 매일같이 새벽에 집을 나서 불편한 소형 트럭을 타고 50분 동안 흙길을 달린다. 그 길을 따라 기다랗게 먼지바람이 인다. 내가 먼지바람을 잡아서 잠재워 보겠다고 애쓸 때가 있다. 그 모습에 나머지 여자 청소부들이 웃는다. 그리고 입을 가린 손가락 틈 사이로 말이 새어 나온다. 엘 로코! 엘 로코! 나는 그들과 함께 웃는다. 그렇게 날마다 조금씩 내 웃음은 가벼워지고, 과거의 슬픔에서 벗어나 심지어 매력적으로 변한다.

바로 이 웃음을 띠며 언젠가 내가 그 빈자리로 들어가겠지.

● 스페인어로 '자살자'라는 뜻. 여기서는 영국 작가 맬컴 로리를 지칭함.

×100

"왜 한 번도 당신 어머니를 찾으러 가지 않았나요?"

금연 스티커가 붙어 있었지만, 의사는 내가 담배를 피도록 그냥 내버려 둔다. 나는 내 입술과 혀가 뜨거워질 때까지 오래도록 담배를 빨아들인다. 그리고 나서 연기를 뿜어내면 연기는 잠시 내 앞에 머무르며 얼굴을 가린다. 마그리트의 그림에서 사과가 예수의 얼굴을 가리고 있는 것처럼.

"어머니께서 다시 돌아오시길 기다렸어요. 자식은 너무도 큰 존재이기에 언제나 결국엔 돌아온다고 생각했거든요. 그렇지만 내 생각이 틀렸더군요. 나는 계속 생각했죠, 어째서 어머니는 여동생과 나를 데려가지 않으셨을까. 어째서 우리를 그냥 아버지한테 남겨두고 가셨을까.

동생과 내가 어렸을 때, 어머니를 찾아가려고 했던 적이 한 번 있었는데 기차표 값이 너무 비싼 거에요. 수백 프랑이었죠. 우린 그만한 돈이 없었어요. 그때 난 동생에게 어떻게 해서든 그 돈을 구하겠다고 맹세했죠. 훔쳐서라도 구하겠다고. 하지만 난 그럴 용기가 없었어요. 이유는 모르겠어요. 두려워서 그랬을까요? 날 붙잡고 벌을 줄까 봐 두려워서?

아니요. 그게 아니었어요. 다른 두려움이었죠. 우리 없이도 잘 지내는 어머니의 모습을 보는 게 두려웠던 거죠. 우리 없이도 행복하게 살고 계시는 모습. 괴로워하지 않고, 우리를 필요로 하지 않는 모습을 볼까 봐. 주저 없이 연못 한쪽 구석에 올챙이를 내버리는 개구리처럼. 아니면 모래 속에 알을 묻어두고, 새끼들이 스스로 알에서 깨어 나와 바다까지 헤엄쳐 가 살도록 하는 바다거북처럼. 아마도 어머니는 바다거북과셨나 봐요. 그걸 알고 싶지 않았던 거죠. 보고 싶지 않았던 거예요. 다른 남자를 품에 안은 어머니를 보고 싶지 않았어요. 아버지한테 혹시 어머니에게 우리 말고 다른 자식이 있냐고, 살아 있는 여자아이와 함께 사는 다른 가족이 있냐고 감히 물어볼 용기도 내지 못했어요. 혹시 나한테 형제가 있냐고.

어머니는 안이 세상을 떠나자 자신도 떠났어요. 우리를 아버지한테 버려둔 채. 안나와 나를 키운 건 아버지의 존재보다 어머니의 부재였다고 생각해요.

어머니의 이웃 사람이 선생님과 같은 질문을 했을 때 (왜 어머니를 찾아와 보지 않았어요?) 깨달았죠. 어머니가 날 사랑하지 않았기 때문이라는걸. 언젠가 어머니한테 날 사랑하냐고 물었더니, 그게 무슨 의미가 있냐고 대답하셨죠. 세상의 그 어떤 자식도 들어서는 안 될 말 아닌가요. 그때 그 말이 날 죽였어요. 그러니까 내 말은 그때부터 날 조금씩 죽이기 시작했다고요."

또다시 새 담배에 불을 붙이자 의사가 미소를 띠며 날 바라본다.

"그것도요, 그것도 선생님을 죽이기 시작했지요."

"10년 전에 어머니를 마지막으로 봤을 때, 어머니는 기침을 심하게 하셨어요. 그동안 우리가 어떻게 살아왔는지 이야기를 풀어놓았지만 어머니는 이내 잠드셨지요. 난 그런 어머니를 바라보며 속으로 이제 때가 됐다고 생각했어요. 어머니를 품에 안아 우리 집으로 데려가야겠다고.

하지만 우린 더 이상 집이 없었어요. 새어머니가 모든 공간을 차지했으니까요. 게다가 난 나탈리와 헤어지는 중이었어요. 안나와 토마는 원룸에서 둘이 살고 있었고요. 우리에게 더 이상 집이 없었던 건, 우리에게 더 이상 엄마가 없었기 때문이라고 생각해요. 여동생의 장례식 날 어머니가 떠나면서, 가족과 집이라는 존재까지 몽땅 가지고 가버린 거죠. 냉장고 문에 그림을 붙여놓고 싶은 마음까지도. 어머니는 공허함과 차가움을 남겨놓고 가셨어요. 아버지를 접시에 처박아 두고, 여동생과 나를 계단에 버려두고.

그래서 그날, 난 어머니를 품에 안지 않았어요. 물론 데려오지도 않았지요. 어머니를 그곳에, 먼지 더미와 맥주 캔, 책이 널브러진 그 공간에 내버려 두고 왔어요. 그리고 그 뒤로 한 번도 어머니를 본 적이 없어요. 혹시 내 딸이……."

XVI

16세기의 아즈텍 사람들은 이곳을 엘 투이토라 불렀다고 한다. 지금은 두 가지 뜻으로 해석하는데, 하나는 신들의 계곡이고 나머지 하나는 아름다운 곳.

진흙과 점토를 섞어 지은 노랑 그리고 주황빛 집과 빨강 기와, 종려나무. 네모난 광장 아래에는 기둥이 늘어선 지하도가 있고, 위에는 주민들이 '마리아'라고 이름 붙인 거대한 나무가 있다. 그곳 주민들은 주변의 호텔을 바라보며 가축을 기르고 농사를 짓는다. 그중에는 데스코노시도도 끼어 있다. 매일같이 소형 트럭에 망고와 오렌지, 레몬, 구아바를 실어 호텔로 나르는가 하면, 사육한 가축에서 나온 고기도 실어 나른다. 하지만 사람들은 생선을 더 즐긴다. 청새치부터 황다랑어, 잉어, 황새치까지. 이곳에 온 지 두 달째였지만 내가 회복하기 시작했는지는 여전히 아리송하다.

우리는 동이 트면 크루즈 데 로레토로 향해 데스코노시도 호텔에서 일을 시작한다. 먼저 목재 폰툰부터 청소를 하고 바와 레스토랑, 멋진 당구대가 있는 팔라피토스로 향한다. 그리고 나면 손님이 파란 깃발을 꽂아놓은 방을 돌아다니며 청소를 한다. 파란색은 청소를 해달라는 뜻이고, 빨간색은 아침을 가져달라는 뜻이며, 흰색은 무언가 필요한 게 있다는 뜻이다.

객실에는 전화기가 없다. 전기도 없고 뜨거운 물도 나오지 않는다. 이곳은 천연자원을 쓰는 친환경 호텔이다. 지하에서 물을 끌어 올리고, 태양광 판을 이용해 물을 데운다. 전기는 부엌에서만 사용한다. 처음 이곳에 왔을 때는 어리둥절했지만, 햇빛과 하늘 빛깔에 따라 돌아가는 삶을 산다는 게 얼마나 행복한 일인지를 금세 깨달았다. 어디서든 촛불 하나를 밝혀놓고, 저 멀리서 들려오는 거짓말처럼 잠잠해진 드넓은 바다의 파도 소리와 함께 보내는 저녁이 얼마나 행복한지.

   나는 청소 일이 좋다. (뜨거운 물 없이) 밀랍과 립스틱, 핏자국을 깨끗이 지우는 법도 배웠고, 바닥에 가늘게 파인 홈 속의 모래알을 끄집어내는 빗자루질 방법도 배웠다. 나는 팔라피토스 다섯 채를 맡아서 청소한다. 항상 투숙객들한테 고마운 마음을 가지고 있지만, 일단 떠나고 나면 그들과 관련된 건 모조리 없앤다. 머리카락 한 올, 약한 체취까지도. 다음에 오는 투숙객으로 하여금 마치 자기가 그곳에서 처음 묵는 사람이라고 생각하도록 말이다. 천국에 왔다는 생각이 들도록. 그렇게 우리는 해가 설물 무렵에 퇴근한다. 침대를 깔끔히 정리하고, 물병에 물을 채워놓고, 마지막으로 침대 옆 테이블에 꽃을 놓아둔 뒤에.

   어떤 날은 곧바로 집에 오지 않고 잠시 그곳에 남아 바닷가를 따라 걷다가, 마지막으로 나오는 소형 트럭을 타고 돌아오기도 한다. 그렇게 다시 손바닥만 한 방으로 돌아온다. 감옥 같기도 한 곳. 2페소를 내면 주인 아주머니가 타코나 토스타다를 만들어 준다. 거기에 2페소를 추가로 내면 데킬라와 비슷한 멕시코 고유의 술 한 잔도 같이 만들어 주는데, 그 술을 마시면 속이 불타는 듯해지면서 금방 곯아떨어지게 된다.

 난 이제 더 이상 악몽에 시달리지도 않고, 울면서 잠에서 깨는 일도 없다. 더 이상 약에 의존할 필요가 없다. 40년을 침묵 속에서 지낸 내가 지금 멕시코 서안에 위치한 어느 호텔에서 청소를 한다. 내 친구들은 과일을 가득 실은 트럭을 운전하고, 나한테 빨래를 하얗게 만드는 방법을 가르쳐준다. 우리는 저녁마다 거대한 나무 마리아의 그늘 아래 둘러앉아 함께 웃는다. 친구들이 나더러 옛날 얘기를 좀 해보라고 할 때면 나는 몇 번이고 똑같은 얘기를 한다. 한 여자, 열정적이고 사랑에 굶주린 한 여자한테서 도망쳤다고. 그러면 친구들의 웃음소리가 두 배로 커지고 나도 피식하고 웃는다. 아무래도 마침내 평화를 찾은 듯하다.

세 차례 정도

오랫동안 조세핀의 소식을 모르고 지냈다. 조세핀이 살아 있는지, 내가 딸을 죽인 아비가 됐는지도 알지 못한 채. 알지 못한다는 사실이 제일 고통스러웠다. 아무도 내 질문에 대답을 해주지 않았다. 나한테 아무런 얘기도 해주지 않았다. 허공에 둥둥 떠다니는 기분이었다. 샤워기 물을 틀어놓고 죽으려고도 했고, 화장실에서 똥을 집어 삼켜 숨을 틀어막으려고도 했고, 이로 손목을 세게 물어 동맥을 끊어보려고도 했다. 역겹고 치명적인 독이 터져 나오도록. 하지만 그럴 때마다 사람들이 날 구해주었다. 사람들은 내가 살길 바랐다. 이해하고, 추악함의 속을 들여다보고, 설명하려고 했다. 나는 사진 몇 장이 떠올랐다. 조세핀이 만삭인 엄마 배에 뽀뽀를 하는 사진, 곧 태어날 남동생에게 줄 선물이라며 그림을 그리는 사진. 내 딸은 참 예뻤다. 안나가 날 보러 오고 싶어 했지만, 병원 사람들이 아직 안 된다고 했다. 안나 말고는 날 보러 오겠다는 사람이 아무도 없었다. 나탈리도, 스프프도, 새어머니도.

    괴물이었던 난 친절하고 예의 바르고 인상 좋은 이웃이 되었다. 과거는 베일에 싸인 남자. 절대 악의적인 말을 하지 않고, 의심의 눈초리 한 번 보내지 않는 남자. 항상 쓰레기를 분리수거 하고, 단 한 번도 바닥에 담배꽁초를 버리는 일이 없는 남자. 그렇지만 아내에게 버림받고, 부정을 저질러 회사에서 해고된 남자. 남자의 아버지는 불구자 비슷한 사람이고, 어머니는 불쌍한 처지로 살다가 죽었다. 그 남자는 어머니를 버렸다.

    나는 딸한테 몹쓸 짓을 하고 어린 아들한테까지도 몹쓸 짓을 하려고 했던 아빠였다. 하지만 내 손이 흔들렸다.

비겁함이 끝나기를, 내가 물려받은 것이 나한테서 멈추기를 바랐다. 하지만 내 손은 흔들렸고, 어린 딸의 얼굴에 총알이 스치며 턱이 잘려나가고 말았다.

깡패 같은 놈이 내 자식한테 몹쓸 짓을 하고 아이들의 인생을 망쳐놓는 일이 절대 없기를 바랐다. 하지만 내 손은 흔들렸고, 나 스스로 그걸 망쳐버렸다.

모든 것이 끝났다.

우리의 헤어짐을 그르쳤다.

그렇게 1년이 지나고 아주 긴 시간이 흐른 어느 날이었다. 당신 딸이 살아 있어요. 조세핀이 살아 있다니. 난 울었다. 얼굴을 좀 볼 수 있을까요? 제발요. 난 구걸했다. 어떻게 지내나요?

의사들은 메스를 들이대듯 차가운 말투로 사실만 전했다.

아직 웃지 않아요. 턱이 약간 변형된 상태로 평생을 살아가야 할 겁니다. 피부 이식을 몇 차례 하고 나면, 세 차례 정도요. 사실상 흉터는 사라질 겁니다. 재활 훈련을 받으면 발음도 정확해질 거고요. 시간을 두고 천천히 기다리면 아무렇지 않아 보일 겁니다. 요즘 워낙 수술 기술이 좋아져서요. 기적이 일어나기도 합니다.

그런데 내 딸이 언젠가 멋진 인생을 살게 될 거라는 게 어째서 기적이란 말인가?

아주 잠깐

엘 로코! 엘 로코! 난 집으로 돌아왔다. 열 살쯤 된 남자아이가 보였다. 보자마자 레옹이 떠올랐다. 내 기억 속의 레옹은 키가 좀 더 크고 말랐지만 나이는 약간 더 어렸다.

 레옹을 마지막으로 보았던 그날 밤, 약 5년 전, 레옹은 여덟 살이었다. 더러워진 잠옷을 입은 레옹은 눈길 한 번을 주지 않고, 새어머니와 다른 여자의 부축을 받으며 잔뜩 겁에 질린 모습으로 떠났다. 그러고 나서 1년 뒤, 내 정신 상태가 정상에 가깝다는 판정이 내려졌지만 레옹은 병원으로 날 만나러 오지 않았다. 레옹이 열두 살이 되었을 무렵, 병원에서 나온 내가 레옹을 만나러 직접 가려고 했지만, 레옹이 원치 않았다. 편지를 보냈지만 레옹이 그 편지를 읽었는지, 나탈리가 편지를 레옹에게 전해줬는지도 알 길이 없었다.

 시간이 필요하겠지요, 사람들이 내게 말했다. 더디고 힘겨운 재회가 되지 않겠어요. 어쩌면 다시는 못 만날지도 모르지요. 당장은 이 일에 너무 집착하지 말고 다른 것부터 해요. 멈추지 마요. 멈춰 있다가는 쓰러지고 말 거예요.

 그 남자아이는 겨드랑이에 축구공을 끼고 있었다. 꿰맨 자국이 여기저기 있는 낡은 가죽을 보니, 벌써 몇 차례 터졌던 모양이다. 전에 본 적이 있는 아이였다. 이번에도 혼자였고, 엄청 큰 티셔츠를 입은 채 광장의 기둥 사이에서 드리블을 하며, 공을 차서 종려나무

기둥에 맞추는 연습을 하고 있었다. 눈물겹도록 어설퍼 보였지만 그 고집이 만만찮아 보였다.

엘 로코! 엘 로코! 난 집으로 돌아왔다. 그 녀석이 새까만 눈으로 날 쳐다보더니 미소를 지었다. 마지막 남은 유치와 영구치가 섞여 있었다. 늘 그렇듯 혼자였다. 나한테 페널티킥 좀 차줄 수 있냐고 부탁했다. 자기는 골키퍼를 하고 싶은데, 동네 축구 팀에서 받아주지 않는다고 했다. 나더러 '기름손'이래요. 그 순간 미친놈이랑 기름손이랑 서로 얘기가 통하나 보다 하는 생각이 들어서 부탁을 들어주기로 했다. 그 녀석은 좋아서 폴짝 뛰었다. 레옹도 그렇게 처음으로 폴짝 뛴 적이 있었다. 레옹이랑 제일 친한 친구를 우리 집에 초대해 자고 가도록 했던 날이었다.

골목을 이리저리 지나가는 꼬마 골키퍼를 쫓아가 마침내 막다른 골목길에 도착했다. 흙벽에는 골대 그림이 있었다. 누군가 써놓은 글씨도 보였다. 노골적인 말. 간단해요, 아저씨가 여기서 차면 내가 저기서 호르헤 캄포스처럼 막는 거죠.

첫 번째 킥을 날렸을 때는 발가락이 으스러지는 줄 알았다. 그 녀석은 공을 쳐내지 못했다. 그러니까 내가 찼던 공이 골대 위로 족히 3미터는 높게 뜨고 만 것이었다. 두 번째 킥을 할 때는 보다 신중하고 조심스러워졌다. 슛은 매우 정직하게 날아갔고, 그 녀석은 공을 막았다. 세 번째 킥은 제법 위협적이었다. 기름손이 펄쩍 뛰어오르자, 공이 그대로 날아가서 그 녀석 뒤의 벽면을 때렸다. 그 녀석은 넘어졌다가 인상을 찡그린 채 팔꿈치를 털며 다시 일어났다.

  네 번째, 다섯 번째, 스무 번째까지 이어진 킥으로 내 발도 고통스러워졌고, 꼬마 골키퍼의 명예도 바닥으로 떨어졌다. 동네 사람들이 모여들었다. 둘러서서는 오, 아, 감탄사를 내뱉는가 하면, 박수도 치고 웃기도 했다. 그중 한 남자가 나 대신 자신이 킥을 차보겠다고 했다. 호르헤 캄포스는 골 두 개를 제대로 막았다. 내가 마지막으로 킥을 날리려 할 때, 남자아이를 부르는 여자의 목소리가 들려왔다. 아르히날도! 아르히날도가 달려갔다. 누나예요. 내 앞을 지나가며 말했다. 집에 가야 해요. 난 고개를 돌렸다. 누나는 아르히날도보다 나이가 훨씬 많아 보였다. 어두운 눈빛을 가진 여자였다. 아주 짙은. 아르히날도는 내가 있는 쪽으로 잠깐 다시 왔다.

  고마워요, 엘 로코.

873

태평양, 야생, 매혹적인 절경, 수천여 마리의 새, 온화한 공기 그리고 전화기와 팩스, 인터넷, 전기, 불행한 세상사의 부재, 이런 것 때문에 데스코노시도 호텔에는 발길이 끊이질 않는다. 손님들이 줄지어 찾아온다. 델리, 샌프란시스코, 함부르크, 비르키르카라, 모스크바 그리고 케이프타운에서도 온다. 분주하게 도착했다가 행복을 가득 안고 떠난다. 팔라피토스 안에서만 지내는 커플이 있는가 하면, 낮 동안에는 해변을 따라 산책하러 나가는 커플도 있다. 그런 사람들에게는 제대로 갖춰놓은 피크닉 바구니를 준비해준다. 저녁이 되면 볼이 빨개져서 소금기 있는 마른 피부를 하고 돌아온다. 새를 관찰하는 사람도 있었다. 그중 한 사람은 노란배딱새와 붉은부리갈매기, 대백로도 보았다. 운 좋게 아기 바다거북이 알에서 깨어나는 모습을 보고, 바다로 갈 수 있게 도와준 사람들도 있었다. 바다거북들을 구해준 것이다. 저녁만 되면 감탄을 금치 못한 채 그날 있었던 이야기를 한다. 그들의 흥분된 눈빛이 촛불에 반짝인다.

몇 달 전에는 나도 그들 중 한 사람이었다. 저녁마다 노르웨이 부부의 헨리 소로 예찬을 들었고, 우리는 밤늦도록 토론을 펼쳤다. 살짝 취한 만학도의 모습이랄까. 이상주의, 비겁함, 자연, 산업화, 가치의 부재. 프랑스에서는 소고기라자냐에 말고기가 들어가 있을 때도 있다는 이야기도 하고, 반려견용 비스킷에 동글동글하게 똥을 빚어 넣기도 한다는 이야기도 했다. 사람들은 내 말을 믿지 않았다. 우리는 샴페인을 몇 병 더 주문했다. 촛불에 비친 기포가 일렁였고, 우리의 시선도 이리저리 배회했다. 우리가 있는 곳으로부터 1미터 남짓 떨어진 곳에 내려앉은 어둠이 위협적이었다.

우리는 마치 이 세상의 끝에 와 있는 것만 같았다. 모든 것이 멈춘 곳. 지구가 둥글지 않다는 것을 알아차리는 곳. 그곳으로부터 몇 킬로미터만 더 가면, 대양이 절벽처럼 뚝 떨어져 바닷물이 우주로 모조리 빨려 들어가고, 물방울 하나하나가 아주 작은 별이 된다는 것을 알아차리는 곳. 우리는 미물이며 이미 끝난 존재인 것을. 레옹은 나한테 왜 지구는 둥그냐고 물은 적이 한 번도 없었다. 어째서 남극 사람들은 떨어지지 않냐고.

시간이 흘렀고, 호텔에서는 나더러 청소 일 외에 저녁 시간에도 일을 해보는 게 어떻겠냐고 했다. 저녁에 일하면 60페소를 추가로 벌 수 있다. 이렇게 380일 동안 일해서 벌면 폴크스바겐 비틀 중고차 한 대를 살 수 있는 정도가 된다. 마지막 손님들이 객실로 자러 가고 나면 테이블을 치우고 설거지를 하는 일이다. 같이 일하는 친구들과 농담도 주고받는다. 그중에는 파스쿠알이라는 친구가 있는데, 자기가 여자 1,000명을 만나봤다고 얘기하고 다닌다. 정확히 말하면 873명. 그중에 파리 여자는 한 명도 없었지만, 그래도 미련은 전혀 없단다. 사람들이 말하기를 파리 여자들은 침대에서 불타는 정열이 없다고 했다나 뭐라나. 그런데 자기는 사랑에 빠질 때도 침대에서도 식탐이 있는 대식가를 좋아한다고.

나는 다음 날 아침을 위해 테이블 세팅까지 한다. 그렇게 저녁 일이 끝나면 물고기가 많은 거대한 연못 근처의 모래 위에서 잠을 잔다. 몇 시간 동안 기분 좋게. 요란한 파도 소리가 날 달래준다. 뜨겁고 거친 것이 꼭 어느 아버지의 숨소리 같다. 이번엔 용감한 아버지.

11장 5~13절

"그렇다면 당신 아버지는요?"

"아버지 이야기를 꺼내는 건 쉽지가 않아요. 죽어가고 계시죠. 암이요. 결장암, 간암. 마지막으로 뵀을 땐 폐에도 전이된 것 같다고 했어요. 이젠 어쩔 수 없는 상황인데도 아버지는 모르는 척하세요. 새어머니의 마음을 아프게 하고 싶지 않아서 그러는 거겠지만, 무엇보다 괜히 애쓰고 싶지 않으신 거겠죠. 전 아버지 일로 슬픈 것 같진 않아요. 어머니 일에는 슬퍼했죠. 어머니가 돌아가셨을 땐 마음이 무너졌어요. 어머니의 죽음에 화가 치밀어 올랐죠. 레옹이 태어난 해였고, 나탈리가 또다시 바람을 피웠던 때이기도 했어요. 갑자기 고아가 된 기분이었죠. 환멸을 느꼈어요. 마음뿐 아니라 내 몸뚱이에도 말이에요. 내 몸에서 냄새가 나는 것 같았어요. 똥이 되고 말았죠.

사람들이 날 떠났어요. 세상 사람 모두가 날 떠났어요. 그리고 레옹은 날 필요로 하지 않았지요. 아직 아빠의 존재가 필요 없었으니까요. 엄마만으로 충분했던 거죠. 다른 남자의 체취와 싸구려 향수 냄새와 비릿한 정액 냄새를 풍기는 엄마만으로도 충분했어요.

질투하지 않으려고 애썼어요. 그게 바로 비겁함이 가진 장점이랄까. 다른 사람들이 날 수렁으로 밀어 넣어도 소리 한 번 내지르지 않는 것 말입니다. 늘 아버지가 그러시는 모습을 봐왔어요. 내가 아버지에 대한 얘기를 하길 선생님께서 원하시니까(내가 담배를 피워대자 의사가 일어나서 창문을 더 활짝 연다. 그러면서도 불평하지는 않는다).

　아버지가 여자 손님들한테 자신이 해결해주겠다고 얘기하는 모습을 보며 멋있다고 생각했던 기억이 나네요. 내 동생이랑 나는 아버지가 일하시는 가게의 유리창 너머로 아버지를 엿보았죠. 왠지 뿌듯했어요. 그 순간만큼은 미치도록 행복했죠. 그런데 어째서 행복과 무지개는 계속되지 않도록 만들어졌을까요? 방책을 찾았어요, 미쉘 부인, 오직 당신만을 위한 해결책이에요, 도레 부인. 그러면 그 여자들은 마치 예수 그리스도를 보듯 아버지를 바라보았어요. '구하라, 그러면 너희에게 주실 것이오.'●

　아버지는 그 여자들을 행복하게 해주고 구원해주셨어요. 그래서 사랑받으셨죠. 그런데 왜 정작 우리는 구원해주지 않으셨을까요. 왜 다른 사람들 문제만 해결해주셨을까요. 왜 우리 어머니가 떠나가게 두셨을까요. (내가 거칠게 한숨을 내쉰다) 죄송해요. (손에 쥐고 있던 담배를 뭉개버린다) 어째서 이런 길 물려줬냐고요. 그래서 아버지를 원망하는 거예요. 우리를 구원해줄 만큼 충분한 사랑을 주지 않아서가 아니라(적어도 그 망할 손님들한테 한 것처럼), 날 당신 같은 사람으로 만들었기 때문에. 하찮고 비겁한 사람. 내 귀에 대고 똑바로 얘기해주지 않았기 때문에. 앙투안, 나처럼 되면 안 된다, 절대! 날 닮지 마!

● 《신약성경》〈누가복음〉 11장 5~13절. - 원주

사실 어머니가 그 얘기를 나한테 해주셨는데, 그땐 그게 무슨 말인지 잘 몰랐어요. 이런 말은 아버지한테나 해야 할 소리 아니냐고 따졌죠.

하루는 아버지가 주차를 하려는데 누군가 아버지의 자리를 새치기한 적이 있었어요. 저 자식 얼굴을 한 대 갈겨줘요, 아빠! 가만히 계시지 말라고요! 아버지는 아무 말도 않고 그저 기어를 1단에 넣더니, 다시 차를 몰아 절 집에 내려주셨어요. 끝까지 아무 말도 하지 않으셨죠. 그래서 전 그때 다짐했어요. 내가 어른이 되면 절대 이렇게 하지 않을 거라고. 그런데 결국 똑같은 사람이 되고 말았죠. 아버지가 나한테 이 몹쓸 병을 물려준 거예요. 나는 이런 수치심 속에서 자랐어요. 더 최악인 건 그게 자기 자신에 대한 수치심이라는 사실이었죠. 아버지가 날 보러 오고 싶어 하신다는 걸 알지만 지금은 만나고 싶지 않아요. 아직 준비가 안 됐어요. 내가 저지른 몹쓸 짓은 바로 아버지가 저지른 몹쓸 짓이니까요."

71

저녁에 집으로 돌아오고 나면 매일같이 아르히날도와 만났다. 아르히날도의 훈련을 위해서 말이다. 호르헤 캄포스는 키가 작았어도 최고의 골키퍼였잖아요. 이렇듯 아르히날도는 스스로에게 용기 주는 말을 했다. 나는 발목이 아플 정도로 공을 찼고, 기름손은 하루하루 시간이 흐를수록 더 높이 날아올랐고, 공중에 더 오래 머물렀고, 보다 재빠르게 다이빙 캐치를 했고, 더 거칠게 화도 냈고, 투덜거리기도 했고, 가끔은 만족해하기도 했다. 아르히날도는 세 달 만에 슈팅 100개 가운데 94개의 골을 허용하는 골키퍼에서 71개를 허용하는 골키퍼로 성장했다. 아주 희망적인 숫자구나. 난 아르히날도에게 용기를 북돋워 주었다. 두고 봐요, 점점 더 많이 막을 거예요.

65개만 허용하게 되었을 때, 아르히날도는 내게 나이키 축구화를 내밀었다. 훈련을 끝내고 숨을 고르는데 아르히날도가 내 옆에 와서 앉더니, 작은 손으로 내 어깨를 지그시 눌렀다. 아저씨한테 줄 선물이 있어요. 돈은 누나가 냈지만 생각은 내가 했어요. 아저씨한테 고마워서요. 여기요. 카카가 신는 신발이랑 비슷한 거예요. 그러더니 기어들어가는 목소리로 말했다. 나도 이런 신발을 갖고 싶어요, 언젠가.

난 웃다가 울다가 했다. 그 아이를 품에 꼭 안았다. 몸이 떨렸다. 갑자기 약속을 하고 싶었다. 이 기쁨을 다시 맛보고 싶었다. 아르히날도, 네가 크면 이걸 너한테 줄게. 내가 컸을 땐 여기 없을 거잖아요. 어째서 그런 말을 하는 거니? 누나가 그랬어요, 아저씨는 여기에 오래 있지 않을 거라고요, 곧 떠날 거라고요, 늘 그런 식이니까요.

그래서 난 카카의 나이키 축구화와 닮았다는 새 신발을 꺼내 신고 일어나 제자리 뛰기를 대여섯 번 한 다음, 힘차게 공중으로 뛰어올랐다. 다시 바닥으로 떨어지는 순간 스파이크가 황토 땅에 완전히 박혔다.

스물네 개의 작은 뿌리가 박힌 것이다.

아저씨는 계속 여기 있을게. 약속할게. 계속 여기 있을 테니까, 넌 세계 최고의 골키퍼가 되는 거다.

75

"아버지 얘기로 다시 돌아올까요. 아버지께서 당신을 퍼트리샤 V 아무개한테 데려다주지 못한 걸 후회한다는 말씀을 최근에 하셨다고 얘기했는데. 그 뒤에 제가 메모해둔 걸 잠깐 볼게요. 아, 맞아요. 그 뒤에 카페 드 라 가르에서 아버지랑 둘이서 저녁 식사를 하고 나서, 속으로 어째서 우리는 그토록 그리웠던 사람들을 그들과 헤어져야 하는 순간이 되어서야 비로소 마주치게 되는 걸까라는 생각을 했다고요?"

"그게 참 설명하기가 쉽지 않은데요. 아버지는 지금 거의 일흔다

섯이 다 되셨어요. 약을 먹다 보니 몸이 많이 쇠하셨겠죠. 옆에는 한시도 쉬지 않고, 중간에 숨도 쉬지 않고 얘기를 해대는 아내가 있고요. 아버지는 분명 엄청 두려우실 거예요. 그래서 자기만의 세계에 빠져 섬을 찾으려고 하시는 것 같아요. 침묵의 해변과 용서받을 만한 것을 찾아서. 부정하고 계시지만 곧 떠날 거라는 사실을 스스로 알고 계세요. 그래서 오래전의 기억도 다시 떠오르겠지요. 자신을 불안하게 만드는 기억. 아마도 나한테 무언가를 얘기하고 싶으셨던 거겠죠. 그날 저녁 일이 떠올랐다고, 그 여자애가 나한테 아주 큰 존재였다는 걸 알고 있었다고."

"어쩌면 아버지께서는 당신이 자기한테 아주 큰 존재였음을 말하고 싶으셨던 걸지도 모르죠."

4×4

갑자기 트럭이 길 한가운데서 모래 먼지를 만들며 멈춰 섰다. 뒤쪽 짐칸에 타고 있던 우리는 서로 이리저리 부딪혔다. 고함 소리와 우지끈하는 소리가 났다. 날품팔이꾼 하나는 밖으로 튕겨 나가고 말았다. 실실 웃으며 몸을 일으키다가, 말도 안 되게 직각으로 돌아간 왼쪽 팔꿈치를 보더니 사과 더미 위로 쓰러졌다. 여자들이 우르르 달려들었다. 운전기사는 얼굴에 피를 흘리며 화가 나서 인상을 잔뜩 찌푸린 채 양팔을 높이 들었다. 운전기사가 4×4 차량 밑을 보았지만 아무것도 없었다. 그러자 갑자기 소리를 질렀다. 악령이 들렸어! 악령이 들렸어! 한편 날품팔이꾼이 의식을 되찾자 여자들이 부목을 대서 뒤틀린 팔을 고정시켜주었고, 나는 도요타 트럭의 앞쪽으로 다가갔다. 파스쿠알도 운전석 부스 쪽에 세게 부딪힌 어깨를 문지르며 따라 내렸다. 나는 트럭을 빙 둘러보며 살폈다. 운전기사는 아예 우리가 있는 곳에서 10여 미터 떨어진 곳에 주저앉아 외쳤다. 악령이 들렸어! 그러고는 다시 쓰러졌는데, 먼지를 뒤집어쓴 그의 모습이야말로 영락없는 귀신이었다.

 나는 5년 전으로 돌아가 있었다. 설명되지 않는 것을 파헤쳐 보려고 애썼던 그때로. 그때의 본능이 발동했다. 돈을 내주지 않기 위해 결점을 찾아내야만 했던, 완벽하게 비열한 놈이었던 그때로. 바퀴를 떼어내 봐야겠다고 얘기했다. 웃음이 피식 나왔다. 역시 예상했던 대로였다. 피스톤과 유압 디스크브레이크 실린더가 중국산 모조품이었다. 변형된 강철이 녹은 탓에 피스톤이 끼어 있는 상태였다. 그러니까, 브레이크 드럼이 디스크에 들러붙는 바람에 급제동이 일어났던 거다.

 난 우선 디스크를 떼어낸 뒤 브레이크액을 보충해주고, 후방 브레이크가 제대로 작동하는지 점검했다. 그리고 나서 떼어냈던 키다란 바퀴 두 개를 제자리에 다시 끼웠다. 실제로는 아버지뻘 나이인 파스쿠알이 옆에서 어린애 같은 눈빛으로 내 동작을 지켜보았다. 엘 로코, 완전 입이 떡 벌어지게 만드는구먼, 그렇게 솜씨 좋은 사람이 어째서 지금 청소 일이나 하고 있는 건가. 우리는 방향을 돌리고, 느릿느릿 다시 엘 투이토로 향했다. 병원으로. 날품팔이꾼은 우리 가운데 누워 끙끙거렸다. 한 여자가 엄마처럼 날품팔이꾼의 이마를 어루만졌고, 또 한 여자는 기도를 했다.

파스쿠알은 내 손을 덥석 잡더니 마치 보석이라도 되는 듯 자세히 살폈다. 자네 완전 만능 수리공이구먼.

5년 전 딸한테 총을 쐈던 그 손을 보고 말이다.

700

"지금도 죽음에 대해 생각하나요?"

"아뇨."

"그날 밤, 날려 보내고 싶었던 건 무엇이었나요?"

"불행이요."

"살아남은 사람들의 고통에 대해서는 생각해보셨어요?"

"평화를 찾는 일이 더 간절했어요. 그 사람들이 이해해줄 거라고 생각했어요."

"뭘 이해한다는 말인가요?"

"이해한다는 건 타인을 향해 성큼 다가서는 거예요. 용서의 첫걸음인 셈이죠."

"당신이 하려고 했던 일을 용서받길 원했나요?"

"아뇨. 전 그저 그 사람들이 나한테 다른 방법이 없었다는 걸 이해해주길 원했어요."

"용서받길 원한 건 아니었고요?"

"그럴 순 없었죠. 최근에 어느 부모가 자식 둘을 죽이고 목매 자살한 사건이 있었잖아요. 그 사람들이 이런 말을 남겼더라고요. '이건 살인이 아니라 사랑에서 나온 행위입니다'라고. 그 말을 누가 이해하겠어요. 이런 사람들한테는 용서라는 게 성립되지 않는 거죠. 공포심이 먼저예요."

"당신한테 다른 방법이 없었다고요?"

"날 괴롭히는 것에 비하면 모든 것이 다 하찮아 보였어요."

"그때 얘기했던 야수 말인가요?"

"한때는 그 야수가 모든 걸 조종했죠. 살육이 될 거라는 사실을 알면서도, 그러고 나면 끝이 나고, 더 이상 고통받지 않는다는 사실도 아는 거죠."

"그런데 왜 조세핀과 레옹이었나요?"

"두려웠거든요."

"두려워요?"

"그 둘이 더 이상 깨어나지 않는다면, 그 어떤 고통도 두 아이한테 미치지 못할 거라고 생각했어요."

"당신의 죽은 여동생 안처럼요?"

"네, 제 여동생 안처럼요."

"만약 안한테 선택권이 있었다면 살아가는 쪽을 택했을 거라는 생각은 안 해봤나요?"

"이런 질문은 아무 소용도 없는 것 아닌가요."

"필요한 질문인지 아닌지는 제가 결정합니다."

"안은 삶을 사랑했던 것 같아요. 안도 안나처럼 살고 싶었겠죠."

"그럼 당신 아이들은요, 당신 아이들도 살고 싶어 할 거란 생각은 하지 않았나요?"

"둘은 부모의 이혼으로 인해 극심한 고통을 받고 있었어요."

"수많은 아이들이 그렇죠."

"레옹은 다시 침대에 오줌을 지리기 시작했고, 조세핀은 학교를 그만뒀어요. 사람들이 주의력결핍장애 같다고 해서 둘 다 정신과에 상담받으러 다녔어요. 그러던 중에 나탈리가 리옹에서 더 좋은 자리를 제안받았고, 두 애들은 리옹으로 가서 그 아트디렉터와 같이 살게 되었죠. 내가 있는 곳과 700킬로미터나 떨어진 곳에서 말이에요. 우린 이제 만나지도 못하고, 연락도 못 하고, 함께 살지도 못하게 된 거지요. 그 애들은 이런 삶을 원치 않았어요."

"아이들에게 직접 물어봤나요?"

"아이들이 그런 삶을 살길 내가 원치 않았어요."

"원래 살던 곳에 더 이상 직장이 없는데도 리옹으로 갈 생각은 없었군요. 그곳에 가서 새 출발을 하려는 마음이요. 가족과 가까이 살려는 마음 말이에요."

"바람피운 여자한테 맞춰서 내 인생을 살고 싶지 않았어요. 날 떠난 여자한테."

"당신 자식들을 얘기하는 겁니다."

"그럴 여력이 없었어요."

"당신 자식들이 당신을 선택하지 않고 엄마를 따라가려고 해서 그랬던 건 아니고요? 또다시 버림받은 거잖아요. 맨 처음에는 당신 어머니한테, 그다음은 당신 부인한테. 몇 달 전엔 회사 고용주한테 그리고 지금은 당신 아버지한테 말이에요. 두려움이 도졌던 거죠. 예전에 당신이 어머니를 내버렸기 때문에, 아니 어머니가 당신을 사랑하지 않았기 때문에 어머니를 데리러 바놀레에 가지 않았다고 얘기한 적이 있었잖아요."

"사랑도 살인자예요."

"결핍된 사랑을 말하는 거겠죠."

"네, 결핍된 사랑."

"왜 하필 그날 밤이었죠?"

"그때 보냈던 한 주는 정말 더할 나위 없이 완벽했어요. 나탈리는 새 시즌 카탈로그 촬영차 애인과 함께 루카트에 가 있었고, 아이들은 내가 데리고 있었죠. 특히 마지막 날이 행복했어요. 우린 음악을 듣고 거실에서 춤도 췄죠. 마당에 수영장을 만들 계획도 세우고, 몽투아 카페에 가서 케이크도 먹었어요. 나의 부모님이 처음으로 서로의 손을 맞잡고 격렬한 감정이 시작되었던 그곳에서요. 상황의 흐름을 바꿔보고 싶었어요. 상황이 악화된 그곳에서 다시 시작해보고 싶었던 거죠. 본질적인 환상을 지우려 했어요. 점심을 먹고 난 뒤에는 조세핀이 앞으로 하고 싶은 공부에 대해 얘기를 꺼내더라고요. 만들어보고 싶은 것에 대해서도. 아주 멋졌어요. 우린 진정으로 행복했지요."

"아이들과의 그 행복한 순간이 다시 올 수도 있을 거라는 생각은 안 했나요?"

"그날 저녁이 마지막이라고 생각했어요."

"지금도 죽음에 대해 생각하니요?"

"아뇨."

17

 어느 일요일, 우리는 푸에르토 발라르타의 남쪽에 있는 마이토 해변으로 떠났다. 파스쿠알이 트럭을 몰았다. 호텔 청소를 하는 여자 동료 셋과 그들 중 한 명의 남편, 또 다른 한 명의 약혼자까지 따라나섰다. 여자 동료들은 렌틸콩과 병아리콩샐러드를 어마어마하게 많이 준비했다. 구아카몰소스까지. 한편 남자들은 네비올로 와인을 몇 병 챙겨 왔다. 그리고 아르히날도는 여기저기 꿰맨 자국이 난 축구공을 챙겨 왔다.
 해변은 정말 아름답고 드넓었다. 해변 길이가 17킬로미터에 달하는 곳이니까. 이곳까지 가는 도로가 꺼져 있어서 관광객의 발길은 뜸한 편이다. 작은 호텔이 하나 있긴 하지만, 늘 객실의 절반은 비어 있다. 그리고 옆에는 바다거북보호센터도 있다. 어미 거북들에게 버려진 새끼 거북들을 말이다.
 이곳의 바다는 다른 곳보다 거칠고, 바람의 세기도 만만치 않다. 들리는 말로는 바람에 날려가서 다시는 돌아오지 못한 사람들이 있다고 했다. 파도에 휩쓸려 갔다가, 몇 주 뒤에 이곳으로부터 수 킬로미터 떨어진 항구에서 이리저리 꺾이고 퉁퉁 부은 몸으로 발견된 사람들도 있다고 했다. 대양이 자신을 길들이려는 자들을 집어삼키고, 나머지 사람들을 겁주는 것이다.
 우리가 넷이서 축구를 하는 동안 파스쿠알은 계속 여자 동료들 옆에 앉아서 그들을 웃게 만들었다. 아르히날도는 즐거워하며 아주 멋진 하루를 보냈다. 우리 모두가 그런 것처럼.

식사가 끝날 무렵에 함께 곁들였던 와인 때문에 우리 모두 선잠이 들고 말았다. 파스쿠알은 코까지 골며 혼자 온 여자 동료 도밍가의 가슴에 기대어 잠이 들었다. 도밍가는 과부인데, 파스쿠알이 자신의 874번째 여자로 점찍어 둔 여자였다. 파스쿠알은 과거 자신의 여자들 중 누군가에게 큰 실수를 저질렀다는 이유로, 세상 모든 여자를 행복하게 만들어주고 싶어 했다. 참회의 행동이랄까. 도밍가는 큰누나처럼 그의 머리카락을 부드럽게 쓰다듬었다. 약혼자 커플은 얼굴이 발개지며 작은 만이 있는 쪽으로 멀리 사라졌다. 아르히날도는 한쪽에서 볼 리프팅을 했다. 가슴, 무릎, 머리, 머리, 발, 무릎. 나는 졸았다.

내 눈앞에 갑자기 안나, 아이들과 함께 부르두아상의 로비텔 호수에 와 있는 그림이 펼쳐졌다.

이보다 멋진 순간은 없을 거라는 생각이 든다. 그러다가 더는 힘이 없어져 가끔 장소를 불문하고 아무데나 쓰러져 울고 끌려갔던 끔찍한 순간이 떠오른다.

나는 자리에서 일어났다.

따뜻한 바다 안으로 들어섰다. 매혹적인 빛깔 속으로 성큼성큼 들어갔다. 세상에 존재하는 모든 푸른빛이 그곳에 다 모여 있는 듯했다. 터키석 색, 담청색, 마야 블루,• 아쿠아마린, 티파니 블루. 계속 들어갔다. 물이 무릎까지 잠겼다.

그 순간 갑자기 아래로 빨려 들어가는 느낌이 들었고, 정말로 빠지고 말았다. 거센 파도에 몸이 뒤로 밀려났다가, 되밀려 오는 파도에 빨려 들어가면서 깊은 곳으로 처박혔다. 작은 조약돌에 긁혀 등에 상처가 났다. 나는 요동치는 바다의 포로가 되고 말았다. 모래 바닥에 박힌 다리를 빼냈더니 내 몸이 배드민턴 셔틀콕만큼 가벼워져 이리저리 옮겨 다녔다. 결국 소용돌이에 휘말렸고, 더 이상 어디가 수면이고 어디가 하늘 쪽인지 알 수 없어졌다.

잠시 고개가 수면 위로 떠오른 순간, 아르히날도의 얼굴과 마주쳤다. 잔뜩 겁에 질린 표정이었다. 아르히날도가 외치는 소리는 들리지 않았다. 다시 물속으로 빨려 들어가면서 얻어맞고 부딪쳤다. 비명을 내질렀지만 이내 물속으로 소리가 잠기고 말았다. 팔다리를 마구 휘저었다. 한 마리의 새끼 거북 같았다. 살아남아야 해, 빛을 향해 가야 해, 수면 위로.

그 순간 내 몸이 내던져지면서 이마가 어느 귓돌에 부딪쳤다. 아르히날도가 내 팔을 붙잡고 물 밖으로 끄집어내려 했지만 힘이 부족했다. 아르히날도는 울부짖으며 어쩔 줄을 몰라했다. 그때 파스쿠알이 달려왔고, 마침내 난 물 밖으로 나오게 되었다. 그 아이는 내 옆에 엎드리더니 내 얼굴을 양손으로 감싸고 온몸을 떨었다. 내

● 마야 왕국의 유적과 유물에 많이 남아 있는 하늘빛.

옆에 계속 있겠다고 했잖아요! 내 옆에 계속 있겠다고 했잖아요!
 난 미소를 지으며 겁에 질린 아이의 얼굴을 어루만지고 은빛 눈물을 닦아주었다. 아저씨는 여기 있어, 아르히날도. 네 옆에 있어.
 난 온 힘을 다해 삶을 택했다.

3

우리가 다시 엘 투이토로 돌아온 뒤, 아르히날도는 나더러 자기 집으로 가자고 떼를 썼다. 누나가 예전에 잠깐 간호사였어요, 아저씨 이마를 치료해줄 거예요. 예전에 내 무릎을 한 번 꿰매준 적이 있었는데, 하나도 안 아팠어요.
 바딜다는 나를 부엌에 앉히더니 따뜻한 물로 피딱지를 닦아냈다. 그러는 동안 아르히날도는 내가 사력을 다해 바다에서 빠져나온 이야기를 해대느라 바빴다. 누나도 아저씨를 봤어야 하는데, 완전 에릭 모랄레스* 같았다니까. 그러더니 이번에는 자기가 모래 바닥에

● 멕시코의 권투 선수, 슈퍼밴텀급(1997~2000) 및 페더급(2001~2003), 슈퍼페더급(2004) 세계 챔피언.
 ─ 원주

다이빙했던 모습을 재연하기 시작했다. 테이블 위에 있던 접시들이 수차례 덜그럭거릴 정도였다. 아르히날도의 누나가 빙긋이 웃었다. 그녀의 미소는 아름다웠다. 그녀의 까만 눈이 내 눈과 잠시 마주쳤다. 그녀는 내 상처를 소독하고 살펴보았다. 그러고 나서 마침내 말문을 열었다. 계속 '구아포'가 되고 싶으면 세 바늘, '골포'가 되고 싶으면 한 바늘만 꿰매시면 되겠네요. 아르히날도가 웃음을 터뜨렸다. 아저씨, 세 바늘 꿰매요, 누나는 골포를 싫어해요! '골포'는 불량배, '구아포'는 미남이라는 뜻이다.

그녀의 손은 떨리지 않았다. 나 또한 미동도 하지 않았다. 바늘이 피부를 뚫고 들어가 실이 피부를 팽팽하게 당기는 순간에도, 그녀가 날 바라보는 순간에도, (이번에는 제법 오랫동안 바라보았다) 그녀가 다 됐다고 말하는 순간에도 움직이지 않았다. 다 됐어요, 그리고 제 동생한테 잘 대해주셔서 정말 감사드려요, 동생이 그쪽을 만난 뒤로 웃음을 되찾았어요, 오늘 저녁 식사까지 하고 가시면 좋겠어요. 그러자 아르히날도는 레옹이 했던 것과 같이 폴짝 뛰었다. 승리의 기쁨을 뜻하는 뜀뛰기.

나는 그녀가 저녁 준비하는 시간을 틈타 잠시 내 방으로 돌아왔다. 피부에 남은 짠기와 상처 입은 부분을 좀 씻어내고, 티셔츠 대신 흰 셔츠로 갈아입으려고 말이다. 분명 아르히날도가 '누가 보면 예배드리러 가는 줄 알겠어요!' 하고 놀려댈 테지만.

방에서 나와 그녀한테 줄 선물을 사러 갔다. 수많은 것 중 하나를 고르려는 순간 내 마음이 쿵쾅거렸다. 우리 사이엔 아무 일도 없었는데 말이다. 수상한 기미도 전혀 없었다. 그녀를 본 것도 딱 두 번뿐이었다. 그러나 나는 그녀의 까맣고 차가우면서도 미스터리 한 눈빛에 사로잡혔다. 온화하면서도 우울한 표정에서 체념이 느껴졌다. 거리감, 드러내거나 내비치기를 기피하는 아름다움.

과연 그녀에게도 그녀만의 야수가 있을까?

내가 도착해서 새 축구공을 건네자, 아르히날도는 날 끌어안고 엄청난 흥분을 감추지 못하며 뽀뽀를 해댔다. 한편 고심 끝에 고른 분홍색과 검정색이 섞인 비즈 팔찌를 마틸다에게 건네자, 그녀는 고개를 숙였고 볼이 빨개졌다. 마틸다의 손목에 팔찌를 채워주려는데 내 손가락이 마구 떨렸다. 간호사는 하면 안 되겠어요. 그녀가 웃으며 농담을 했다. 그녀의 웃는 모습에 내 마음이 놓였다. 나도 그녀를 따라 웃었다. 그 순간 나한테서 무언가 빠져나간 것 같은 기분이 들었다. 완전히. 오래된 가죽, 오래된 냄새.

사실 나날리 이후 나는 여자를 만난 적이 없었다. 그저 혐오감만 있었다. 가죽띠로 세상 밖에 묶여 있던 지난 3년 동안, 나는 그 여기자한테서 느꼈던 숭고한 우울함에 집착했다. 아름다움에 관한 마지막 보루였다고나 할까. 난 그녀 덕분에 살아남을 수 있었고, 흰색과 차가움, 냉혹함, 쇠창살을 견뎌낼 수 있었다. 그녀를 이곳, 멕시코 같은 곳으로 데려오는 상상을 했다. 3년 동안 매일같이 우리 둘이 새로운 삶을 시작하는 모습을 꿈꿨다. 그렇게 그녀는 우울함에서 벗어나고, 나는 슬픔에서 벗어나기를. 고열에 시달릴 때면 그녀의 밝은 웃음소리가 들려오는 듯했다. 우리의 피부가 서로 맞닿기도 하고, 그녀의 입술이 내 귓불을 스치기도 하고, 그녀가 아찔하고도 열정적인 표현을 내뱉기도 했다. 하지만 일이 성사되려면 상대방도 꿈꾸길 바라야 하는 법. 그녀는 내 전화를 매몰차게 끊어버렸고, 나는 슬프지 않았다. 그녀의 침묵으로 나는 정신을 차렸다.

웃는 모습이 멋지네요, 따라서 같이 웃고 싶게 만드는 웃음이에요, 마틸다가 말했다.

그 순간 나는 울고 싶어졌다. 모든 것이 매우 간단하고 분명했다. 그녀의 손목을 잠시 그대로 잡고 있었다. 그녀도 곧장 팔을 빼지 않고 손목에 채운 팔찌를 응시했다. 정말 예뻐요, 이런 색상은 드문데……. 보통은 빨간색이나 노란색, 주황색이 많잖아요.

우리.

그녀의 손목이 가볍고 우아하게 날아올라 다시 한 번 머리를 묶었다.

우리.

우리 이제 테이블로 가야 할 것 같아요, 그녀가 속삭였다. 그녀의 까만 눈이 내 눈을 피했다. 테이블로 가요, 얼른요.

살짝 입을 삐죽거리며 샐쭉한 표정을 짓는 모습이 매력적이었다. 황홀경에 빠졌던 것은 찰나였지만 그녀의 무한한 아름다움을 느끼기에는 충분한 시간이었다. 8년 넘게 꺼져 있던 빛이 또다시 이 세상에 켜졌음을 알 수 있었다.

46

포솔레블랑코 맛이 끝내줬다. 돼지고기와 옥수수 알갱이를 끓여서 만든 국물 요리인데, 희고 큰 옥수수 알갱이가 끓어오르면서 아래로 벌어져, 접시 안에서 꽃 모양을 하고 있었다.

아르히날도는 A 매치 경기에서 총 46골을 막은 골키퍼 하레드 보르헤티를 흉내 내며 우리를 웃겼다. 학교에서 있었던 이야기까지 늘어놓으며 정신없게 만들었다. 마틸다는 더 이상 머리를 다시 묶지 않았다. 가끔씩 내가 사 준 팔찌를 흘끔 쳐다볼 때는 있었다. 우리 둘은 시선을 마주치지 않았다. 아르히날도가 있어서 그랬던 것 같다.

이번에는 그녀가 병원에서 근무하며 있었던 일을 늘어놓기 시작했다. 만취한 마리아치* 단원이 바이올린 활로 눈을 찔러 병원에 온 적이 있었는데 정말 끔찍했어요. 옆에 있던 아르히날도는 장난기 넘치는 표정으로 술 취한 사람과 좀비를 흉내 냈다. 끔찍한 일이었다

● 멕시코의 전통 현악기와 관악기로 구성된 소규모 악단.

고, 웃을 일이 아냐, 아르히날도, 그럼 못써. 그렇게 우리의 웃음소리는 더욱 커져만 갔다. 그 두 사람에게선 삶의 에너지가 뜨겁게 타오르고 있었다. 타오르는 불길에 우리의 눈이 따가웠다. 그러다 아르히날도가 자러 갈 시간이 되었다. 아르히날도는 내 손을 잡고 자기 방으로 끌고 갔다. 아저씨, 이야기해줘요, 제발요, 누나는 맨날 똑같은 이야기만 해준단 말이에요.

나는 침대에 누운 아르히날도 옆에 앉아, 예전에 조세핀과 레옹에게 읽어주었던 이야기를 들려주었다. 괴물을 물리치는 아이들 이야기, 불가능한 일을 해내는 마법사 이야기, 해를 되찾아 준 사람 이야기, 여우로 변한 여인 이야기, 사라진 일곱 형제 이야기.

마틸다도 몰래 엿듣고 있었다. 한없이 평안한 이 순간이 정말 좋았다. 우리에겐 과거도 미래도 없었다. 그저 이 축복의 순간만 있었다. 그 어떤 것도 요구하지 않고 바라지도 않는 순간.

마틸다는 그녀의 집 대문 앞까지 나를 배웅했다. 데스코노시도로 가는 트럭이 올 때까지 네 시간도 남아 있지 않았다. 우리 둘은 포근한 밤공기 아래서 잠시 걸었다. 그녀의 손목에서 작디작은 비즈가 반짝였다. 우리는 아무 말도 하지 않았다. 마치 서로가 서로에게 발걸음을 맞추고 있는 것 같았고, 우리는 웃었다. 짙은 어둠 속에서 새어 나오는 피식 하는 둘의 웃음소리. 굳이 말하지 않아도 그것으로 이미 충분했다.

길 끝자락에서 우리는 헤어졌다. 나의 초록 눈동자가 그녀의 까만 눈동자에 뛰어들었다. 그건 이미 정해진 운명이었다.

오후 4시 30분

"고용지원센터에 드나든 적이 있었는데 아주 악몽 같았죠. 카프카의 소설 속에 들어간 것처럼 말이에요.

 센터 직원들은 사람들 말을 제대로 알아듣지 못했고, 들으려고 하지도 않았으니까요. 하나같이 작은 책상과 모니터 뒤에서 몸만 사리고 있었죠. 일을 하고 있다는 알량한 자존심을 내세우며, 자기들이 힘 있는 사람이라도 되는 것처럼 말이에요. 우리 세금으로 월급을 받으면서 말이죠. 그 사람들에게 퇴직 연금을 주려면 또 많은 돈이 들잖아요. 그런데 그걸 모른다니까요. 동정하는 마음은 눈곱만큼도 없고 융통성도 전혀 없고. 상담하다 말고 나가봐야 한다며 중간에 그만두는 것도 봤다니까요. 그것도 오후 4시 30분에, 젠장. 4시 30분이 잠시 휴식하는 시간이라나 뭐라나. 사람들이 찾아와서 무너져 내린 삶을 한탄하고 있는데, 자기들은 휴식하러 간다는 건 말이 안 되잖아요. 그러고는 한다는 소리가 '내일 다시 오세요, 8시 30분부터 시작합니다'라니. 하필 애들을 학교에 데려다주는 그 시간에. 그렇게 해서 도착하면 이미 줄이 길게 늘어서 있죠. 신경전이 벌어져요. 정작 상담을 받을 때는 아무 일이나 제안하더군요. 차체 제작공이나 페인트공부터 용접공, 음향 전문가까지.

연결해드릴 수 있는 일은 이것뿐이네요, 자동차 분야는 이미 마감 돼서요. 신발 장사나 자전거 장사를 해보시든가요, 직업 교육이라도 받아보세요. 이것저것 가릴 처지가 아니에요. 지금 매일같이 실업자가 1,000명이나 더 생기고 있는 실정이라고요. 그러니까 선생님께서 안 하시면 다른 사람한테 넘어가는 겁니다. 항의하셔도 돼요. 도대체 뭘 어떻게 해드리길 원하시는 겁니까? 내 자리를 원해요, 그래요? 내 일자리를 원하는 거냐고요. 자, 당장 나가요, 아니면 경비원을 부를 겁니다. 거참, 지독한 사람이네.

갈 때마다 늘 서류가 하나 부족했고, 1년 치 급여 명세서를 골백 번도 더 내라고 하더군요. 어떨 땐 5년 치까지. 이미 세 번이나 제출했던 증명서는 죄다 잃어버리기 일쑤였지요. 컴퓨터 프로그램이 바뀌어서요, 죄송합니다. 개소리. 계속 신경을 건드려서 나가떨어지게 하려는 거예요. 그래야 실업자가 한 명이라도 줄고 실업률도 떨어지죠. 언제나 거짓말이 이기는 법이니까요. 실업수당이 나오기를 하염없이 기다렸지만 8개월 동안 한 푼도 못 받았어요.

한번 생각해보세요. 아내는 돈이 떨어졌다며 죽는 소리를 하는데 어쩔 도리가 없었다고요. 게다가 그 당시 아내는 파리에 만나는 남자가 있었어요. 외박을 했죠. 난 혼자였고, 아이들은 베이비시터가 봐줬어요. 밤마다 와인을 마시며 뜬눈으로 지새웠죠. 아버지는 암에 걸리셨다 하고, 거구의 배관공들한테 당하기도 하고, 이 모든 치욕이 한꺼번에 몰려왔어요. 그래서 그때 내가 더 이상 사랑하지 않고, 날 더 이상 사랑해주지 않는 이 세상을 끝내버리고 싶다는 생각이 들었지요. 하지만 그것조차 내 맘대로 잘되지 않았어요. 그래서 결심했죠. 나의 비겁함과 환멸과 나약함, 이 모든 것을 내게서 끝내야겠다고. 더 이상 물려주지 않겠다고. 싹을 도려내고 싶었던 거예요."

"그건 일종의 불씨였던 건가요?"

"사람은 말입니다, 사생활이 엉망이 되고, 가족이 무너지고, 사회생활까지 땅속으로 꺼지다 보면 점점 어둠 속으로 들어가는 기분이 들어요. 다시는 아무도 자기를 찾지 못하는 곳으로요. 그래서 그랬겠죠. 아마도 그게 불씨였지 싶네요."

15만

엘 로코는 사라지고 없었다. 2년도 채 안 걸려 난 '엘 마고'가 되었다. 엘 마고, 마술사.

가난한 사람들, 또 다른 이유로 행복하지 못한 사람들, 빚에 허덕이는 사람들까지 여기저기서 파스쿠알과 손재주가 뛰어난 나에게 자기네 자동차나 소형 트럭을 맡기며 특별 점검을 부탁했다. 점검을 받고 나면 수일 내로 별 이유 없이 에어백이 터졌다. 그냥 잘 달리던 차가, 그것도 빨간불에 멈춰 서 있던 상태로. 아니면 그저 시동을 걸다가. 운전자 중에는 팔뚝에 가벼운 화상을 입은 사람도 있었고, 에어백이 터지면서 난 폭발음 때문에 고막에 약간 손상을 입은 사람도 종종 있었다. 보험회사도 자동차 제조사도 어떡해서든지 소문이 나지 않길 원했으므로 군말 없이 돈을 지불했다. 마스코타 출신의 한 여자는 15만 페소가 넘는 돈을 받기도 했다. 쓰고 있던 안경에 눌려 뺨에 상처가 났다며 말이다.

비열한 놈이 주 무대를 바꾼 것이다. 에어백을 부풀릴 때 쓰는 가스인 과염소산염의 조성에 살짝 변화를 줘서 하이에나들이 돈을 지불하도록 만들었다. 임신한 채 버림받은 여자들을 대신해 복수를 했다. 아내를 너무나 사랑하는 그제스코위악들, 세상의 모든 미물을 대신해서 말이다. 그렇게 나는 나를 죽인 사람들한테서 벗어났다. 순 날강도 배관공들과 사기꾼 택시기사들, 바람피운 여인들, 힘에 부쳐 자식을 내버리고 자기 자신을 다른 사람에게 내맡긴 아버지. 그리고 너무도 치명적인, 도저히 헤어날 수 없었던 나 자신의 일부분한테서.

피해자들은 지급받은 보험금의 일부를 파스쿠알과 나에게 떼어준다. 그래도 난 데스코노시도에서 청소 일을 계속한다. 그 일은 어머니의 손과 연결된 고리니까. 날 충분히 어루만져 주지 않았던 그 손.

상태가 좋은 1986년 형 비틀 중고차 한 대를 사서 일요일마다 마틸다를 데리고 200번 도로를 따라 드라이브를 다닌다. 특별한 목적지 없이 그저 달린다. 그녀는 창밖으로 팔을 쭉 뻗어 손가락 사이에 스치는 따뜻한 바람을 어루만진다. 그리고 가끔씩 이유 없이 웃는다. 그리고 가끔씩 눈물을 흘린다.

그래서 난 춤다.

먼저

안나가 왔다. 우리는 옆에 긴수기 앉아 있는 면회실에서 만났다. 아나는 나의 창백한 얼굴과 마른 모습, 신나게 두들겨 맞아 멍든 것처럼 눈 밑에 시커멓게 내려앉은 다크서클을 보더니 눈물을 글썽였다. '세상에, 그 사람들이 뭘.' 세상에, 그 사람들이 오빠한테 뭘 어떻게 한 거야? 난 여동생의 얼굴을 어루만졌다. 부드러움과 따스한 체온이 내 손에 배어들었다. 거의 1년 만에 처음으로 사람을 만져본 순간이었다. 여자의 살갗. 광대뼈를 스쳐 뺨을 타고 내려오다가 입에서 잠시 멈추고 안나의 입술을 조금 벌렸다. 입술이 촉촉했다. 안나는 눈을 감고 고개를 숙였다. 그녀는 몇 마디 말을 중얼거렸다. 안나는 아름다웠다. 깜짝 선물처럼 나타난 그녀가 절망감에 흐느끼고 있었다. 나는 노골적이고 외설적인 행동으로 어떡하든 삶에 매달리려 했다. 마침내 손가락이 깊숙이 들어갔고 나는 울기 시작했다.

 잠시 뒤 안나는 가족 얘기를 꺼냈다. 아버지는 지독한 병마와 싸우고 있다고. 거의 대부분 누워서 지낸다고. 진통제를 맞고, 토하고, 엉덩이에 대변 봉투를 차고 있다고. 얼마나 수치스럽겠냐고. 링거를 계속 꽂고 있다고. 아버지의 눈에서 눈물이 마를 새가 없다고. 아버지에게 욕창이 생길까 봐 새어머니가 마사지를 해준다고. 마지막 애정 행위라고나 할까.

 아버지는 거의 말을 하지 않으신다고. 내 총소리가 시끄럽게 울렸던 그날로 말문을 닫으셨다고. 그날 밤, 아버지는 입을 다문 채 공포에 질린 손자를 멍하니 바라보셨다고 한다. 타인을 구하려면 용기와 엄청난 사랑이 필요한 법. 아버지는 레옹에게도 나에게도 힘을 줄 수 있는 단 몇 마디 말도 베풀지 않으셨다. 새어머니는 그 전까진 입만 떨다가 이제는 온몸을 떨기 시작했다고. 바람에 떨리는 종잇장 같았다고. 이제는 아무도 내가 저지른 미친 짓거리와 짐승 같은 나의 흉악함을 언급하지 않는다고 했다. 침묵으로 모든 일을 무시하고 그것이 사라지기만을 기다린다고. 안나는 두 사람을 정기적으로 찾아뵀다. 시간이 흘렀고 낌새가 좋지 않았다. 느닷없이 죽음의 그림자가 드리웠다.

  나탈리와 아이들은 리옹으로 떠났다. 그 문신한 남자와 함께. 그렇게 넷이서 새 가정을 꾸렸고, 그 동네 사람들은 그들에게 인사하며 보기 좋은 가족이라고 생각했다. 사람들은 그들에 대해 전혀 몰랐고, 그들의 불안함도 알지 못했다. 넷은 라 테트 도르 공원 근처에 있는 넓은 아파트에서 살았다. 나탈리는 괜찮은 직책을 맡아 회사 차까지 끌고 다닐 정도였다. 레옹은 꾸준히 치료를 받았다. 악몽에 시달리는 횟수도 뜸해졌고, 자다가 오줌을 누는 일도 줄어들었다. 조세핀이 얼굴에 받은 첫 피부 이식 수술은 성공적이었다. 그렇지만 앞으로 적어도 두 차례는 더 수술받아야 할 거라고 했다. 재활 훈련으로 효과를 보았다. 아주 긴 시간이었지만 말을 되찾았다. 말은 더 이상 상처에 억눌려 있지 않았고, 무한한 슬픔으로 깊게 파인 구렁텅이 속으로 빠지지 않았다. 하지만 '아빠'라는 말은 예외였다. 그 말은 구렁텅이 속으로 완전히 모습을 감추고 말았다. 아이들은 더 이상 널 만나고 싶이 하지 않았디. 다시는. 내 성을 따르고 싶지 않다고, 나와 이어진 끈을 모두 끊어버리고 싶다고 했다. 함께 찍은 사진과 함께 나눈 추억을 불태워 버렸다. 날 지웠고 날 죽였다.

  어느 날 오후가 끝나갈 무렵, 간수가 문을 열어주길 기다리며 문 옆에 서 있던 안나가 발걸음을 멈추고 나를 돌아다보았다.

  '조세핀 물어. 아빠는 나를 먼저.' 오빠, 조세핀이 계속 내게 물어. 왜 아빠는 나를 먼저 쐈을까요?

1,000

아버지가 안나와 나를 여름 캠프에 처음 보냈던 때가 기억난다. 아버지는 우리 짐을 챙겨주면서 내 여벌 바지를 깜빡하셨다.

둘째 날 아침, 아침밥을 먹다가 누군가 나를 실수로 밀치는 바람에 내 앞에 있던 컵이 넘어졌다. 내 바지 위로 핫초코가 쏟아지면서 하필 중요 부위에 진한 얼룩이 생겼다. 요즘 아버지 바지에 생기는 오줌 자국처럼. 애들이 놀려댔다. 애들은 상처 주는 말을 서슴없이 내뱉었다. 내가 눈물을 터뜨리자 더욱 신나서 놀려댔다. 게다가 안나가 '뒈! 뒈!(그만뒈! 그만뒈!)' 하고 악을 쓰며 외치자, 애들은 더욱 크게 웃어댔다.

아버지가 나한테 여동생이 입을 속바지를 사 오라고 보냈던 때가 기억난다. 아버지는 속바지를 사러 직접 가지 못하셨다. 속옷 가게 앞을 지날 때면 늘 고개를 돌리셨다. 알자스로렌 거리에 있는 마담 크리스티앙의 가게 말이다.

아버지는 한 번도 길거리에서 우리 손을 잡아주신 적이 없었다.

안 얘기를 입 밖에 꺼내신 적이 없었다.

저녁때 우리 침대에 함께 누워 이야기를 들려주신 적이 없었다. 이야기를 지어내 본 적도 없었다. 어쩌다 책을 한 권 사 오는 일은 있어도 그 책을 읽어주진 않으셨다. 〈헨젤과 그레텔〉이 기억난다. 난 그 책을 안나에게 1,000번도 넘게 읽어주었다. 하도 침을 묻히는 바람에 책장 귀퉁이가 조금씩 닳았고 냄새까지 났다. 그래도 그건 우리의 이야기였고 우리의 책이었다. 그 책을 읽어줄 때마다 안나는 이불을 코밑까지 끌어당기고 벌벌 떨었다.

아버지는 한 번도 슬픈 눈빛으로 어머니의 사진을 본 적이 없었다. 밤마다 얼굴이 접시에 처박힐 때까지 맥주를 드셨다.

아버지는 나무나 꽃, 새 이름을 알지 못했다. 아는 거라곤 오직 화학식 이름뿐이었다. 사람과 별 연관도 없고, 대화를 주고받기도 힘든 이름. 아버지는 음악을 듣는 법이 없었다. 말러를 들으며 눈물을 흘리는 법을 가르쳐주신 적이 없었다. 갑자기 눈물을 흘리는 법도 가르쳐주지 않으셨다.

고통스러워하는 법도.

기뻐하는 법도.

화내는 법도.

아버지는 풀밭에 누워 하늘을 바라본 적도 없었다.

지렁이를 잡아먹어 본 적도 없었고, 말벌에 쏘여본 적도 없었다.

누구를 한 대 쳐본 적도 없었다.

우리와 함께 비를 맞으며 거닐어본 적도 없었다.

눈싸움을 해본 적도.

우리를 수영장에 데려간 적도 없었고, 물장구 한 번을 쳐본 적도, 물속에서 숨 오래 참기 게임을 해본 적도 없었다.

우리가 여름 캠프에 있을 때도 편지 한 통을 보낸 적이 없었다.

훗날 나탈리와 내가 헤어졌을 때도 전화 한 통을 하지 않으셨다.

학교 행사는 늘 깜빡하셨다.

나랑 같이 축구를 해본 적도 없었다. 테니스도, 탁구도.

꿈도.

날아가는 깃털도.

아버지는 일요일마다 빠지지 않고 몽투아 카페의 테트 드 네그르를 사러 가셨다.

우리 생일을 늘 착각하셨다. 안나에게 똑같은 선물을 두 번 사 준 적도 있었다.

한 번도 손주들한테 선물을 사 주신 적이 없었다. 선물을 주는 사람은 늘 새어머니였다.

아버지의 부모님에 대한 얘기를 해준 적 역시 한 번도 없었다. 알제리 전쟁에 대해서도. 대인공포증에 대해서도. 아버지의 꿈에 대해서도. 우리가 태어나기 전까지 아버지가 살아온 인생에 대해서도.

하루는 아버지가 날 데리고 영화 〈나비〉를 보러 극장에 간 적이 있었는데, 사형수의 목이 잘리는 장면이 나오는 순간 내 눈을 손으로 가리신 적이 있었다. 아버지와 나는 그 뒤로 한 번도 영화관에 같이 가본 적이 없었다.

아버지는 내게 면도하는 법을 가르쳐준 적이 없었다.

사랑에 대해, 여자의 성기에 대해 얘기해준 적이 없었다.

남성의 폭력성에 대해서도.

날 보고 잘생겼다고, 아니면 못생겼다고, 키가 크다고, 아니면 작다고, 뚱뚱하다고, 아니면 말랐다고 얘기한 적이 없었다.

웃긴 이야기도 한 번 해준 적이 없었다.

아버지는 아마도 천국이 존재할 거라고 생각하셨다.

세르주 레지아니의 노래를 좋아한다고 말씀하셨다. 세르주 레지아니 콘서트에 가보신 적은 한 번도 없었다. 세르주 레지아니는 이미 세상을 떠났다.

2

언젠가 아버지한테 낚시하는 법을 가르쳐달라고 한 적이 있었다. 집에서 겨우 몇 킬로미터밖에 떨어져 있지 않은 곳에 물고기가 많은 연못이 여럿 있었다. 송어부터 잉어, 모래무지까지.

아버지는 한숨을 내쉬었다. 동네에 어시장이 두 군데나 있는데, 뭣하러. 아버지가 말했다. 그래도요, 아빠, 2주 뒤에 학교에서 낚시하러 가기로 했단 말예요, 한 번도 낚시를 해본 적이 없으니 분명히 또 창피를 당할 거라고요.

그건 창피한 게 아냐, 앙투안.

그 순간 난 폭발했고 소리쳤다. 창피한 건 아빠예요, 아빠라고요! 떨리는 목소리로 앙칼지게 외쳤던 '아빠예요! 아빠라고요!'라는 말이 지금도 생생하다. 부엌 사방에 날카롭게 울려 퍼졌던 그 목소리. 더 크게 소리치며 말했다. 아빠가 떠났으면 좋았잖아요!

그러자 아버지는 양손으로 얼굴을 감쌌다. 그리고 서서히 어깨가 축 처졌다. 아버지의 주특기. 그때 나는 아버지가 몹시 부끄러웠고, 결코 아버지 같은 아버지는 되지 않으리라고 다짐했다.

그런데 더 못난 아버지가 되고 말았다.

10 대 1

강력한 슛이었다. 공은 휙 하고 요란한 소리를 내며 날아갔다. 관중은 숨을 죽였다. 꼬마 골키퍼는 얼빠진 듯 얼어붙어 있다가 한발 늦게 반응했고, 공은 총알같이 날아와 그대로 골키퍼의 안면을 강타했다. 결국 허약한 골키퍼는 뒤로 나자빠졌다. 함성이 들려왔다. 공과 골키퍼의 몸이 골대 안으로 같이 들어가자, 반대편에서 기쁨의 함성이 같이 터져 나왔다. 심판이 있는 힘껏 호루라기를 불었다.

사람들이 우르르 달려 나왔다. 그중에는 간호사도 있었다. 넘어진 골키퍼는 코가 부러지고 앞니가 흔들거렸다. 잠시 비틀거리며 주저앉았다가, 사람들이 자신을 들것에 실어 경기장 밖으로 옮기려고 하자 싫다며 거절했다. 어떡하든 몸을 일으켜 걷겠다고 했다. 얼굴에서 피가 흘러도 기어코 스스로 몸을 일으키더니, 양팔을 높게 들어 올리고 커다랗게 V 자를 그렸다. 관중이 모두 박수를 보냈다.

이 골로 스코어는 동점이 되고 말았다. 하지만 경기 시간은 아직 30분이 남아 있었다. 게다가 팀에는 골키퍼 후보 선수도 없었다. 그럼에도 불구하고 규칙상 남은 경기를 치러야만 했기에, 팀의 분위기는 상당히 혼란스러웠다. 그리고 상당히 격렬한 의견이 오갔다. 스스로 골문을 지키겠다고 나서는 선수도 없었다.

골키퍼 없이 경기를 해보든지. 심판이 제안했다. 앞으로 2분만 시간을 더 주고, 그 뒤엔 다시 경기를 시작할 거야. 안 그러면 기권패로 경기를 끝내고.

그 말을 들은 나는 관중석에서 벌떡 일어나 어린 선수들 쪽으로 다가가 제안을 했다. 그러자 그들은 고개를 갸웃거렸고, 그중 두 명은 비웃었다.

걔는 안 돼. 기름손은 안 돼. 그랬다가는 10 대 1로 지고 말 거야.

어쩔 셈인가? 심판이 물었다.

그렇게 해요. 그런데 만약 우리가 지면 아저씨가 우리한테 새 신발을 사주겠다고 약속하세요.

모두한테 사주겠다고 약속하지.

그렇게 아르히날도는 야유를 받으며 경기장 안으로 들어갔다. 경기가 이어졌다. 마틸다의 까만 눈이 내 눈과 내 입술을 차례로 바라보았다. 그녀의 손가락이 내 손가락을 스쳤다. 감미로운 손길이 고맙다는 말을 전하는 듯했다. 나비같이 가벼운 손길은 그녀의 불안감과 안도감을 동시에 전달해주었다.

아르히날도네 팀은 '기름손'이 지키고 있는 골대에 상대 팀 공격수가 가까이 접근하지 못하도록 두 배로 열심히 뛰었다. 공격적인 전술이 통한 것이다. 종료 6분 전에 (아르히날도는 여전히 공을 한 번도 만져보지 못했다) 아르히날도네 팀이 두 번째 골을 넣었다. 그 뒤에도 긴장을 늦추지 않았다. 그런데 그만 역습이 들어오고 말았다. 상대 팀 선수 하나가 황금기 시절의 마라도나와 같은 발재간을 부리며 미꾸라지처럼 공을 가로채더니, 신들린 듯 공을 몰아 아르히날도가 지키고 있는 골대를 향해 달렸다. 공과 골대 사이에 수비수라고는 아르히날도 딱 한 명뿐이었다. 마침내 아르히날도는 그 공격수에게 태클을 걸었다. 그것도 골문 앞 18미터 안에서.

페널티킥이 선언되었다.

2 대 1

우리는 밤늦게까지 파티를 열었다. 남자들은 멕시코식 데킬라를 엄청 마셔댔다. 철벽녀들마저 무너뜨리는 음험한 술. 즉석에서 상을 차려내고 샐러드를 가져다 놓았다. 닭고기를 그릴에 구워 파히타 요리도 만들었다. 뮤지션들은 기타와 바이올린의 현을 현란하게 튕겼고, 여자들은 춤추기 시작했다. 노랫소리는 어둠을 날렸고, 분위기는 점점 달아올랐다. 마틸다가 웃었고 그녀의 까만 눈이 반짝였다. 어둡고 미스터리 한 불꽃처럼.

한 남자가 마틸다에게 케브라디타를 함께 추자고 권했다. 갑자기 마틸다의 입가에 번졌던 미소가 사라지며, 뜨거운 불에 데인 듯 몸이 움츠러들었다. 그녀는 거절했다. 우리 둘의 시선이 마주치자 그녀는 고개를 숙였다. 난 그녀한테 다가갔다. 마침내 용기를 냈다. 걱정 마요, 나도 춤 못 춰요. 그녀가 웃음을 터뜨렸다. 아르히날도랑 같이 추면 되겠네요. 저기 좀 봐요, 얼마나 행복해 보여요, 활기 넘치고.

저 멀리 20여 미터 떨어진 곳에서 잔뜩 흥분한 축구단 아이들이 아르히날도를 둘러싸고 박수를 치며 축하해주었고, 아르히날도는 골을 막고 당당히 승리를 쟁취했던 그 다이빙 캐치를 친구들 앞에서 수차례 해 보였다. '엘 마고'가 말해준 대로 했어, 아르히날도가 말했다. 상대의 시선을 따라가, 그쪽이 진짜로 공이 날아오는 방향이니까. 상대 선수가 오른쪽을 바라보는 거야. 그래서 난 그쪽으로 다이빙했지.

아르히날도가 승리를 알리는 선방을 하자마자, 아이들은 아르히날도에게 우르르 달려갔다. 그러고는 아르히날도를 골대 밖으로 잡아끌고 가마를 태우며 승리 기념 세리머니를 했다. 그때 경기 종료를 알리는 호루라기가 울렸다. 우리가 골목길에서 첫 훈련을 시작한 지 3년이 지난 시점이었고, 아르히날도는 조금씩 세계 최고의 골키퍼 자리에 올라서고 있는 중이었다.

남동생이 공을 막아내는 순간 마틸다는 내 손을 꼭 움켜쥐었다. 그녀는 울고 싶지 않았다. 진정한 행복은 사람을 취하게 만들고 모든 것을 빼앗아 가는 격렬함을 지니고 있다. 수줍음도 두려움도. 행복은 아주 고통스러울 수도 있고, 다리를 후들거리게 해 쓰러뜨릴 수도 있다. 불행이 그러하듯 말이다. 하지만 우리는 그런 말을 절대 입 밖으로 내뱉지 않는다. 혹여나 사람들이 행복을 경계하는 일이 벌어질까 두려워서. 그러면 모든 것이 무너질 테니까. 우리 모두 서로가 서로를 잡아먹는 야수가 되고 말 테니까.

잠시 후 아르히날도가 먼지를 잔뜩 뒤집어쓰고 기진맥진한 모습으로 우리가 있는 곳에 오더니, 우리 둘한테 펄쩍 뛰어올랐다. 그가 작은 품으로 우리 둘을 안자, 우리 셋은 잠시 한 몸이 되었다.

그 순간 마침내 깨달았다. 처음부터 내게 부족했던 것이 무엇이었는지를.

동이 트면서 캄캄한 구석을 밝혔다. 술과 웃음에 취해 뒤섞여 잠든 남자들의 얼굴이 드러났다. 여자들이 거부하는 손길에 긁혀 얼굴에 상처가 난 남자도 종종 눈에 띄었다.

한편 엘 투이토의 어린이 축구 팀은 16년 만에 처음으로 라스 훈타스 팀을 물리쳤다. 경기 직후, 라스 훈타스 팀 선수들은 눈물을 보이며 경기장에서 떠났다. 여덟에서 열두 살 나이의 어린 패자들은 이번 패배에 대한 트라우마를 안고 자라나겠지. 페널티킥을 차기 직전에 오른쪽을 쳐다보았던 그 어린 선수가 원정용 버스에 타기 전에 소리쳤다. 아빠가 날 가만두지 않을 거야, 아빠가 날 가만두지 않을 거야! 그러자 아르히날도는 나에게 선물 받은 공을 그 아이한테 선물로 건넸다. 아르히날도한테 행운을 가져다주었던 그 공을. 그 모습에 나는 왠지 모르게 아버지처럼 마음이 뿌듯해졌다.

날이 밝았다. 파스쿠알과 여태 유혹에 넘어가지 않은 도밍가와 나는 데스코노시도로 가는 소형 트럭을 놓치고 말았다. 나는 대신 마틸다와 아르히날도를 집까지 데려다주었디. 아르히날도가 처음으로 내 이름을 불렀다, 안토니오. 마틸다가 내게 잠깐 들어오지 않겠냐고 했다. 나는 소파에서 이불에 파묻힌 채 행복하게 잠이 들었다.

오후가 되어 정신을 차리고 눈을 떴을 때, 마틸다가 내 곁에 앉아서 날 바라보고 있었다.

그리고 우리는 더 이상 두렵지 않았다.

9

 몇 주 뒤, 아르히날도와 마틸다는 나더러 자기들 집에서 함께 지내는 게 어떻겠냐고 했다. 그렇게 해요, 아저씨, 좋다고 말해요. 전에 지내던 방과 같은 가격으로(10페소), 역시나 아주 작은 방을 내주겠다고 했다. 하지만 이번에는 바로 옆에 부엌도 붙어 있고, 몇 발자국 떨어진 곳에 (텔레비전이 놓인) 거실도 있고, 테라스도 있다(사실 집 앞에 작은 쿠션을 놓은 의자 하나가 있는 게 전부였지만). 함께 식사도 할 수 있고, 웃을 수도 있다.
 그렇게 해요, 아저씨, 좋다고 말해요. 저녁마다 이야기를 나눌 수도 있다. 우리한테 프랑스어를 가르쳐주면 되겠네요, 안토니오 씨, 대신 제가 요리를 가르쳐드릴게요, 겨울엔 추우니까 불도 뗄 거예요, 그리고 혹시 상처가 나면 치료도 해드릴 수 있어요. 그 순간 그녀가 내 마음을 치료하면서 자기 마음과 아르히날도의 마음도 치료하는 거라고 생각했다. 마틸다는 우리를 하나로 이으려 했다. 우리를 연결하려 했다. 우리를 보다 강하게 만들어주려고 했다.
 어느 날 아침, 데스코노시도로 일하러 가는 길이었다. 파스쿠알에게 왜 마틸다는 여태 결혼하지 않고 혼자인지 물었다. 그는 고개를 들어 하늘을 보더니 침을 뱉듯 단 한 마디 말을 내뱉었다. '피에라스.'
 짐승들.

어느 날 밤, 벌써 9년도 넘은 일이지. 소녀 시절의 마틸다는 간호사가 되려고 공부하던 학생이었어. 저녁에 가끔씩 병원으로 가서 간호 일을 돕기도 했지.

그날 밤, 남자 둘이 병원에 왔어. 유리병 파편에 맞아 머리에 상처가 난 사람들이었지. 주먹다짐을 신나게 한판 했던 거였어. 술에 취해 난동을 부린 거였지. 치료실에서 한 놈이 먼저 마틸다를 붙잡았고 다른 한 놈도 이어서 붙잡았어. 아무도 그녀의 비명을 듣지 못했어. 소리를 지르지 않았으니까.

일이 벌어진 뒤, 그놈들 상처에서 흘러내린 피가 마틸다의 온몸에 묻었지. 그녀는 자기 살갗을 세차게 문질러 닦고 그놈들의 더러운 침도 닦아냈어. 더러운 정액도 더러운 말도. 그렇게 마틸다는 집으로 돌아왔어. 그 후 그녀는 공부를 중단했어. 다른 사람을 도우려던 마음도 구원해주고 싶은 마음도 사라졌지. 그녀의 생기는 저 멀리 날아가 버렸고, 웃음도 더는 볼 수 없어졌어. 웃는 모습이 예뻤는데……. 정말 예뻤지.

그런 뒤에 마틸다는 가족이 있는 푸에르토 발라르타로 잠시 돌아갔어. 한참이 지나고, 어린 남자아이를 데리고 다시 이곳으로 왔는데, 남자아이가 자기 남동생이라고, 어머니가 돌아가셨다고 얘기하더군. 사람들은 그 말을 믿었지. 그렇게 된 거야.

그런데 이 사연을 어떻게 알았죠?

그날 밤 내가 그 자리에 있었으니까. 그런데 겁이 나서 숨고 말았어. 날 나쁜 놈으로 생각하진 말게나. 자네도 숨지 않았나. 자네도 겁이 났잖아. 자네 눈에서 두려움을 읽었거든. 자네가 이곳에 온 뒤로 수없이 그 눈빛을 지우려 한 걸 알지만, 내 눈엔 여전히 그 흔적이 보인다네. 나도 자네와 똑같은 두려움을 가졌던 거지. 숨고 싶었어. 여자들의 배 속에 숨어 있고 싶었어. 여자들을 행복하게 해주고 싶었어. 모든 여자를. 내가 버렸던 한 여자 때문에.

자네의 은신처는 침묵이더군. 하지만 있잖아, 침묵은 권총의 총알과도 같은 걸세. 결코 잠자코 있지 않아. 언젠가는 파멸을 부르지.

이번엔 내 얘기를 모두 털어놓았다. 내 안에 든 악마와 짐승에 대해. 그러자 그가 내 손을 꼭 잡았다. 따뜻하고 묵직하면서도 거친, 수많은 여자를 홀렸던 그 손으로 말이다. 남자의 손이자 아버지의 거대한 손이었다.

그 뒤로 여러 말이 꼬리에 꼬리를 물고 입 밖으로 나왔다. 자식들 이름부터 비겁했던 아버지, 도망간 어머니, 아주 심했던 어머니의 기침 소리, 영원히 깨지 않은 여동생 안, 어린 시절에 벽을 쳤다가 손등이 부러진 일, 새벽에 다른 남자의 체취를 한껏 안고 집으로 돌아와 웃음을 흘렸던 나탈리, 고용지원센터 직원들이 휴식 시간이라며 상담을 중단했던 일까지…….

그렇게 흘러나온 말은 모두 거친 바람처럼 흩날려 먼지 속으로 사라지고 죽은 자의 세계인 '믹틀란'*으로 빨려 들어갔다.

파스쿠알은 나를 꼭 끌어안았다. 그의 숨결에서 나오는 썩은 사과의 시큼한 향이 코끝을 톡 쏘았다. 서로 만나려면 상처받은 사람 둘이 필요한 걸세. 그가 나지막이 말을 내뱉었다. 방황하는 사람 둘, 타락한 영혼 둘. 그렇지 않고 한쪽이 너무 강하면, 강한 쪽이 나머지 한쪽을 압도해 결국 죽이고 말겠지.

너희 두 사람은 서로를 구원해줄 거야.

15만 (이어지는 이야기)

또다시 겨울이 찾아왔다. 그날 밤의 사건이 있었던 지 벌써 7년. 아이들은 나 없이 자랐다. 내가 엄마 없이 자랐던 것처럼 비뚤어진 채. 나탈리는 아마도 문신한 그 남자와 헤어졌겠지. 아마 그 남자와 애도 하나 만들었을 테고. 아마 딴 남자들도, 딴 아이도 결국 버렸겠지. 우리와 함께했던 시절에 우리한테 그랬던 것처럼.

그리운 사람에게 남아 있는 거라곤 그저 모자람뿐이다. 내 기억 속에서 조세핀과 레옹의 얼굴이 흐려졌다. 죽은 여동생의 얼굴이

● 아즈텍족의 신화에 전해오는 지하 세계이자 망자의 세계로, 죽음의 신인 믹틀란테쿠틀리가 다스리는 곳.

희미해졌던 것처럼. 아무런 기억도 없이 완전히 버림받고 혼자가 될 생각으로 겁에 질려 만들어낸 허상만 남아 있었다. 예를 들면 있지도 않았던 웃음소리가 지금도 정원에서 들려올 때가 있다. 파란색 작은 외투가 빨간색으로 보이기도 하고, 햇빛 없는 날에 반짝이는 황금빛을 보기도 한다. 이 같은 인상주의적인 소소한 터치는 우리가 짊어진 고통을 한데 모아 하나의 앨범을 만든다.

여동생한테 사진 몇 장을 좀 보내달라고 부탁하려던 적이 있었다. 소식도 함께. 딱 한 번. 그 뒤로는 없었다.

이곳에 온 뒤로 그들에 대한 얘기를 꺼낸 적이 없었다. 파스쿠알만 빼고. 이곳에서 나는 죽을 만큼의 고통을 서서히 죽여나가는 법을 배웠다. 이곳에서는 시간이 나를 바로잡아 주었다.

어느 날 아침, 먼지를 뒤집어쓰고 찌그러진 쉐보레 아스트라 한 대가 우리 작업실 앞에 멈춰 섰다. 파스쿠알은 운전자가 여자인 걸 보고 또 잘못 걸렸구나 하고 생각했다. 그러나 운전자가 함박웃음을 지으며 운전석에서 내리는 모습에 우리는 이내 안도의 한숨을 내쉬었다. 에피파니아 플로레스 알론소. 메스카토에서 온 그녀는 왼쪽 광대뼈에 보일 듯 말 듯한 상처가 있었다. 에어백이 터지면서 안경 유리가 깨져 생긴 상처 말이다.

보험 회사에서 15만 페소가 넘는 돈을 받은 다음부터 그녀의 남편은 그 돈으로 하고 싶은 게 많아졌다. 그런데 그녀 몰래 하려는 게 문제였다.

그래서 말인데요. 안토니오 씨, 혹시 제 남편의 전동 면도기에 손을 써서, 그 사람이 면도할 때 면도기가 목을 따버리도록 할 수 있나 해서요. 목에 있는 대정맥을 끊어서 피를 철철 흘리게 말이에요. '찬초'처럼요, 돼지. 돈은 얼마든지 드릴게요. 그러자 파스쿠알이 873명의 여자를 품었던 (까다롭게 굴었던 도밍가를 제외하고) 그 품 안에 그녀를 안고는 노래 가사로나 흥얼거릴 법한 말을 귀에 대고 속삭였다. 정신 나간 남자예요, 자기 애인한테 총알 세 발을 쏴 죽인 사람, 그 여자의 심장에서 피눈물이 흐르고 그 심장이 얘기하네요, 왜 도망치지 않았냐고, 왜, 도대체 왜, 에피파니아, 화가 있는 곳엔 사랑이 없는 거예요.

그 얘기를 들은 에피파니아 플로레스 알론소는 심장이 소생하는 듯했다. 그리고 얼굴에 난 상처를 타고 천천히 흘러내리던 눈물을 닦아냈다. 무슨 말인지 알겠어요, 그녀가 코를 훌쩍이며 말했다. 당신 덕분에 내가 눈을 떴네요. 그라시아스, 그라시아스. 그리고 안토니오 씨, 그 훌륭한 손으로는 멋진 일만 하세요.

3

"당신이 몇 주 전에 꺼냈던 얘기를 다시 했으면 합니다. 아무래도 아주 중요한 얘기인 것 같아서요. (정신과 의사가 수첩을 뒤적거리는 동안 난 담배에 불을 붙였다. 첫 모금은 여전히 감미롭고 약간의 현기증을 불러왔다) 아, 여기 있네요. 아버지를 만나러 가서 영화 〈사랑은 비를 타고〉를 보고 아버지와 시간을 보냈다고요. 아버지에게 당신만의 작별 인사를 건네고 싶어서요. 그러고 나서 여동생 집에 들렀군요. 그때가 당신이 총을 쏘기 전 마지막 방문이었고요. 어쨌든 그게 당신이 의도한 바였죠.

그런데 당신이 여동생 집을 나서려고 할 때 여동생이 말했죠. '날을 잡아.' 이 부분에 대해 다시 한 번 이야기해보았으면 좋겠어요."

"그 얘기를 다시 꺼내다니 참 놀랍군요. 사실 그 두 마디가 아주 오랫동안 내 머릿속을 맴돌았어요. 아시겠지만 쌍둥이 여동생 중 하나가 세상을 떠난 다음, 남은 여동생과 나는 아주 특별한 사이로 지냈답니다. 우리 인생에 토마가 들어오기 전까지 그녀의 반쪽짜리 말을 알아듣는 유일한 사람은 나였으니까요. 우리는 서로의 손을 꼭 맞잡은 채 유년기를 보냈고, 온갖 폭력과 버림받음에 맞서 서로를 지켜주었지요. 그러다가 결국 여동생이 나 자신보다 나를 더 잘 알 거라는 생각까지 들었어요. 여동생은 분명 나에게서 이미 야수의 모습을 보았을 겁니다. 야수가 튀어나와 우리 모두와 나 자신까지 마구잡이로 풀어놓을 거라는 사실을 알았겠지요. 다른 방법이 없었다는 것도요. 전 이미 모든 걸 잃은 상태였어요. 아내, 직장, 자식들의 사랑까지. 저는 여동생의 입에서 나온 '날을 잡아'라는 말이 무슨 계시처럼 들렸답니다. 어서, 지금이야, 날짜를 잡고 마음먹은 일을 저질러, 난 오빠를 이해하고 용서할게, 우린 남매니까 오빠가 무슨 짓을 하든 영원히 오빠를 사랑해."

"그런데요?"

"그게 아니었어요. (난 잠시 말을 잇지 못했다. 눈물을 흘리기 싫어서 숨을 깊게 들이쉬고 내뱉었다) 그게 아니었어요. '날*을 잡아'라는 말은 야수의 그림자가 아니라, 빛을 잡으라는 거였어요. 그 말을 하고 싶었던 거죠. 다른 걸 잡으라고, 미지의 것을 향해 가라고, 인생을 향해 가라고. (난 담배 한 개비를 또 꺼내 들었고 양손이 떨렸다) 이제는 그곳에 가고 싶네요. 미지의 것을 향해."

---

* jour. 프랑스어로 '날' '낮' '태양'을 의미.

85

 이번 겨울, 우리는 마이토 해변을 다시 찾았다. 바람이 세차고 파도가 높고 거칠다. 서퍼의 모습은 보이지 않는다. 해변은 어딘지 모르게 황량했다. 어린아이 몇 명이 모여 막대기를 들고 개를 쫓아다니며 노는 게 전부다. 나는 마틸다와 나란히 걷는다. 완전히 다른 세상 속에서. 내 얼굴은 몇 년 사이에 쭈글쭈글해졌고, 눈가와 이마에도 주름이 졌다. 햇볕에 그을려 피부는 까매졌고 머리카락은 하얗게 셌다. 마틸다는 밤마다 내 머리카락을 쓰다듬고 날 바라보며 빙긋 웃어 보이기도 한다. 그게 사랑을 나누는 그녀만의 방식이랄까. 우리는 온전히 시간을 누린다. 더는 서두를 이유가 없으니까. 나는 그녀가 내게 마지막이라는 걸 안다.
 우리 앞에서 아르히날도가 공을 몰고 다닌다. 한번씩 공이 돌풍에 실려 멀리 가기라도 하면, 아르히날도는 웃으며 공을 쫓아 달린다. 레옹이 비둘기를 잡으려고 웃으며 쫓아갔던 모습과 꼭 닮았다. 못된 비둘기들은 늘 레옹이 다가올 때까지 잠자코 있다가, 양팔을 쭉 뻗는 순간 멀리 날아가 버리곤 했다. 똑같은 상황이 열 번 반복되면 레옹은 더 이상 참지 못하고 비둘기를 발로 차고 막대기로 찌르고 돌멩이까지 던지며 쫓아갔다.
 조금 전 우리의 손가락이 서로를 스쳤다. 굳이 맞잡으려 하지 않았다. 그러자 마틸다가 뾰로통한 표정을 짓더니 이내 빙긋 웃는다.

그 모습이 진정 예뻐 보인다. 모든 게 참으로 더디다. 피팅 룸에서의 만남 때와 같은 격렬함 따위는 없다. 처음과 마지막이라는 것에 대한 감사만이 있다.

난 사랑을 해본 지도, 여인의 향기에 취해 정신을 잃어본 지도, 절정의 섹스를 해본 지도 7년이 넘었다. 병원에 있을 때 딱 한 번 여동생의 축축한 입안에서 내 손가락이 방황했던 게 전부다. 그때 손가락을 여동생 입안에 불쑥 집어넣어 입천장을 더듬자, 여동생이 혀로 내 손가락을 핥더니 이로 깨물어 버렸다. 결국 손가락에서 피가 났고 나는 눈물을 흘렸다. 기쁘기도 하고 부끄럽기도 하다. 누군가와 섹스를 나눈 지 7년이 지났다니. 내 몸뚱이는 더 이상 중고가 아닌 새것이 된 듯하다.

마틸다와 그녀의 아들이 사는 집에 들어가 10페소짜리 코딱지만 한 방에서 지낸 지 어느새 1년이 넘었다. 새벽마다 데스코노시도 호텔에 가는 소형 트럭을 타려고 도둑 걸음으로 집을 나설 때 두 사람은 여전히 자고 있다. 우리 셋은 오후에 다시 집에서 만난다.

난 아르히날도를 데리러 학교 앞으로 가서 축구 연습을 시킨다. 다른 아이 몇 명도 우리와 함께한다. 아르히날도는 이제 100개의 슈팅 중에서 85개쯤 막는다. 키가 작아서 로빙슛에는 여전히 약하다. 그래서 아르히날도는 얼른 크고 싶어 하는데 난 그럴 때마다 여유를 가지라고, 어린 시절을 즐기라고 얘기해준다. 어린 시절은 전쟁 없는 나라와도 같다고. 어린 시절 역시 황량한 폐허가 돼버릴 수 있다는 사실을 알고 있지만, 난 아르히날도를 위해 그렇게 믿고 싶다. 예전에 조세핀과 레옹을 위해 그렇게 믿고 싶었던 것처럼.

  어릴 땐 하늘에서 반짝이는 별은 더욱 멀리 보이고 꿈은 더욱 크게 보이는 거란다. 나무에 열린 사과를 따고 체리를 따기 위해 높이 뛰어올라 보렴. 무수히 많은 승리의 영광을 누릴 테니까.

  우리 셋은 드넓은 바다를 바라보고 앉았다. 서로의 어깨가 닿아 있다. 바람에 머리카락이 엉망이 되고, 마틸다의 머리카락이 내 뺨을 간질인다. 그녀의 아들은 공이 보물이라도 되는 듯 가슴에 꼭 안고 있다. 심장이 두근거린다. 그녀는 아들의 얼굴을 어루만지고, 아들은 미소를 짓는다. 아들은 그녀가 자기 엄마인 줄 모른다. 그는 그녀의 파란만장한 인생에 대해 전혀 알지 못한다. 지금 천천히 조심스레 쓰고 있는 이야기도 알지 못한다.

  내 자식들과 지냈던 시절에는 몰랐던 것을 아르히날도를 위해 배운다. 슈팅을 날리고, 모래 위에 드러누워 하늘을 올려다보고, 손을 잡고, 과일 이름을 익힌다. 까만 눈동자의 마틸다가 다정한 시선을 보내온다. 조용히 가족이 탄생한다. 축복 안에서 평화롭게. 바람이 구름을 몰고 왔다. 하늘에 짙은 먹구름이 끼었다. 구름이 수평선쯤에서 떠다닌다. 그리고 아르히날도가 고개를 돌려 내게 묻는다.

  아저씨, 비는 왜 내려요?

세월이 흘러, 때가 왔다.*

● 클레망스 불루크, 《나는 이 세상에서 아무것도 가져가지 않아》. - 원주

3부

행복만을 보았다

2월 23일

소리를 지를 수도 없다. 안 그럼 욕을 지껄였을 텐데. 머저리, 또라이. 매일 아침 고통 속에서 깨어난다. 끔찍한 고통이다. 매번 마음을 단단히 먹어도 아무 소용없다. 개 같은 사건이 벌어진 지 두 달이 지났다. '개 같은'이라는 말이 마음에 쏙 든다. 개는 냄새나고, 또 그 말만 해도 썩은 냄새가 나는 듯하니까. 어쨌든 날 죽이려 했던 아버지를 부를 만한 마땅한 이름을 찾기가 어렵다.

4월 18일

오늘 아침에 '옹 우르'라고 말했다. 열한 살짜리 여자아이가 이 정도면 뭐, 나쁘진 않은 건가. ㅋㅋㅋ. 준비에브 선생님이 박수를 쳐주셨다. 그녀는 병원에서 내 재활 훈련을 맡고 있는 선생님이다. 지금껏 할 수 있는 말이라곤 '오'나 '아'밖에 없었다는 사실에 그저 눈물만 흘렀다. 그녀는 정말 친절하다. 나한테 말하는 법을 다시 가르쳐준다. 내가 무언가 말하려고 하면, 그 말은 그대로 뒤로 미끄러져 상처 안으로 빠지고 만다. 크레바스*에 빠지듯.

처음 왔을 때, 선생님은 내 턱뼈의 일부가 빠진 상태라고 얘기해주었다. 내가 거울 그림을 그리자 선생님은 아직 안 된다고 했다. 아직은 너무 일러, 조세핀. 내 모습은 끔찍한 게 분명했다. 그래서 난 공책에 '죽여주세요'라고 썼다. 죽여주세요! 간호사들이 내 메시지를

● 빙하 표면의 균열. 깊이가 수십에서 100미터에 이름.

잘 볼 수 있도록 문장 끝에 느낌표를 적어도 서른 개는 붙였다. 그런데 간호사들은 글을 읽을 줄 모르나 보다.

5월 5일

준비에브 선생님이랑 영화를 한 편 같이 봤다. 〈잠수종과 나비〉, 마티외 아말릭이 주연으로 나온 영화. '감금증후군'에 걸린 한 남자의 실화를 바탕으로 한 이야기.

 그 남자는 더 이상 몸을 움직일 수도, 말을 할 수도 없게 되었다. 눈꺼풀을 깜빡이는 것만 할 수 있었다. 그 상태로 그는 책을 한 권 쓴다. 한 글자 한 글자씩, 눈꺼풀을 깜빡이기만 하면서 말이다. 간호사가 그에게 글자를 보여준다. 한 번 깜빡이면 맞다는 뜻, 두 번은 아니라는 뜻이다. 영화 속 주인공을 보니, 나는 운이 좋은 편이라는 생각이 들었다. 개 같은 일을 당했지만.

 (내가 싫어하는) 의사가 오더니 괴물 같은 얼굴을 가리고 있던 붕대를 풀었다. 간호사가 내 얼굴에 달라붙어 있던 거즈를 떼어냈다. 이식은 잘된 것 같았다. 이미 뼈 이식은 마친 상태였다. 이제 남은 건 피부 이식이다. 내 엉덩이에서 잘라낸 피부를 이식하는 것이다. 이

건 뭐, 볼에 햄 조각을 붙이는 꼴이 아닌가. 난 수첩에 글자를 썼다. 끔찍해요? 의사는 바보 같은 미소를 지었다. 만족스럽게 잘됐어요, 시간이 지나 자리가 잡히면 거의 티가 안 날 겁니다. 의사가 대답했다. 유감스럽게도 웃을 수가 없었다. 어린아이 머리에 총을 쏴놓고 잘도 거짓말을 둘러대는군.

—

당신한테 편지를 쓰는 건 준비에브 선생님의 생각이었어요. 고통이란 이물질 같은 거라고요. 사람은 외피를 만들어 더 이상 고통을 느끼지 못하게 만들지만, 느끼지 못하면 치유될 수 없는 거라고 말했어요.

아직 속속들이 다 쓰진 않았어요. 하지만 걱정 마요, 나머지 부분도 채워나갈 거니까.

물론 레옹은 비뚤어진 시기를 맞았어요, 결국. 오줌싸개. 사춘기의 시작. 당신이 모든 걸 망쳐놓은 거죠.

하지만 그 전에, 개 같은 사건이 벌어지고 내가 오랫동안 병원 신세를 지고 있을 때, 레옹은 매일같이 학교 수업이 끝나면 나한테 왔어요. 내 손이 떨릴 때면 나한테 먹여주기도 하고, 내 턱 밑으로 흘러내리는 수프를 닦아주면서 울기도 했지요. 따가워? 레옹은 몹시 당황하며 물었죠. 그러나 나는 아무런 감각이 없었어요. 내 피부는 무감각했으니까. 피부가 죽은 것 같았어요. 어쩌면 정말 그랬을지도 모르죠. 그럼 레옹은 내 침대로 올라와 옆에 앉아서, 내 얼굴을 자기 어깨에 올려 감싸며 따뜻하게 녹여주었어요. 우리는 둘 다 수치스러웠고, 당신에 대해 얘기한 적이 없었어요.

하루는 레옹이 당신을 죽일 거라고 얘기하더군요. 난 그 말이 기뻤죠. 아홉 살 난 어린 소년의 작디작은 범죄였다고나 할까요. 레옹은 내게 책을 가져다주고 읽어주었어요. 지금도 레옹이 책을 읽다가 돌부리에 걸리듯 탁탁 막혔던 단어가 떠올라요. '친절을 베풀다' '어르다' '빛나는' '통증' 그 부분이 애정 표현에 해당하는 단어였다는 사실을 나중에 깨달았어요. 자신을 나약하게 만들고 상처를 주는 말.

바깥일도 얘기해주고, 집과 엄마와 올리비에 아저씨 이야기도 해주었어요. 레옹은 어떡하든 빨리 크려고 애썼어요. 제대로 된 살인자가 되려고. 유도 수업을 듣고, 자신을 지키고 나를 보호해주는 방법을 배우고 싶어 했지요. 어떨 땐 내 머리카락을 빗겨주고 뿌듯해하기도 했어요. 하루는 내가 눈 화장을 해줄 수 있냐고 물었는데, 그건 하질 못하더군요. 누나 한쪽 눈까지 후벼 파진 않을 테야!

그렇게 우리 둘은 사이가 좋았어요. 레옹은 우리 둘을 위해 꿈을 꾸기도 했죠. 이다음에 누나한테 약혼자가 나타나지 않으면 내가 누나 옆에 계속 있을 거야, 우리 같이 살자. 그러다가 저녁이 되면 간호사가 들어와 이제 갈 시간이라고 얘기했어요.

하루는 레옹이 복도에 있는 화장실에 숨어 있다가, 밤에 다시 몰래 들어와 내 옆에 눕고서 둘이 운 적도 있었어요. 당연히 간호사가 회진을 돌다가 우리를 발견했죠. 간호사는 잠시 우리를 바라보더니 기계음만 들리는 적막한 어둠 속에서 우리에게 천사를 닮았다고 얘기했어요. 그러자 레옹이 흥분한 목소리로 아니라고, 천사는 죽은 아이들이지 않냐고, 누나는 살아 있다고, 총알을 맞고도 살아난 사람이라고 대들었어요.

몇 달 뒤, 난 퇴원해서 집으로 갔어요. 그때 가면 파티에 초대받은 적이 있었는데, 레옹이 웃으며 말했죠. 누나 얼굴은 가면이 필요 없겠군. 그때 알았어요. 유년기의 천진난만함이나 친절함은 이제 레옹에게서 찾아볼 수 없게 되었다는 걸요.

그해 여름, 올리비에 아저씨가 뤼베롱 지방에 있는 친구들을 만나러 갔죠. 친구 중에는 아이 셋을 둔 부부가 있었는데, 열한 살짜리 막내가 레옹보다 한 살 더 많은 나이였죠. 그래서 레옹은 아저씨를 따라갔어요. (조금) 질투가 났죠. 아저씨가 미리 사진을 보여줬거든요. 커다란 수영장과 테니스장, 사우나, 무수히 많은 올리브 나무, 낚시하기 좋은 강가와 카누까지. 광고 에이전시 사장이었던 사람의 집이었던 것 같아요.

결국 나는 엄마랑 둘이 리옹에 남았죠. 엄마는 저녁마다 일찍 돌아와, 엄마가 말한 여자들만의 파티 시간을 보내려고 무지 애썼어요. 엄마는 그 파티를 전화상으로 누릴 때가 더 많았지만요. 어떨 땐 전화기를 들고 엄마 방으로 들어가서 통화할 때도 있었죠. 얼굴은 일그러졌지만 귀머거리는 아니었던 나는 엄마가 내뱉는 모든 단어와 음절 하나하나, 걱정을 듣고 있었어요. 그럴 때마다 우울해졌죠. 더러운 개자식이 떠올랐어요. 그도 분명히 똑같은 가시덤불에 긁혔겠지. 어쩌면 그래서 그 사람이 인간쓰레기가 된 걸지도 모르지. 이런 얘기는 정신과 상담을 받으러 가서 해야 한다고 속으로 생각했어요.

하루는 엄마가 전화기를 손에 들고 방에서 나왔는데, 엄마 인중에 땀이 송골송골 맺혀 있었죠. 나중에 알았어요. 그게 쾌락과 향락, 죄의식이었다는걸.

우리는 멜론을 먹었어요. 엄마는 굳이 향을 맡을 필요가 없다고, 멜론은 멜론 향이 날 뿐이라고 말했어요. 제대로 익었는지를 보려면 꼭지 부분을 눌러 봐야 한다고, 꼭지 부분이 깔끔하게 떨어지면 잘 익은 상태라고. 엄마는 이런 잡다한 상식을 가르쳐줬어요. :-)

병원에 있을 때 준비에브 선생님이 멜론 조각을 입에 넣고 침이 고이게 할 때처럼 이리저리 돌려주면 설측음 발음 연습에 도움이 된다고 얘기해준 적이 있었어요. 난 얼굴을 붉히며 '이 연습을 하면 언젠가 남자랑 키스할 때도 도움이 될까요?'라고 물었죠. 선생님은 빙긋이 웃었어요. 가르쳐줄래요? 그래, 네가 호두를 씹을 수 있게 되면. 하루아침에 쉽게 되진 않을 거란다.

둘이서 멜론을 먹고 시시한 영화를 한 편 틀었어요. 그런데 엄마는 로제와인을 마시며 이메일만 들여다보았죠. 서로 아무런 얘기도 하지 않았어요. 여자들만의 파티가 아니라 멍청한 여자들끼리의 파티였죠. 엄마한테 저녁마다 반드시 일찍 들어올 필요는 없다고 얘기했어요. 그러자 엄마가 내 손을 잡더라고요. 아주 잠깐이지만 난 살아 있는 기분이 들었고, 엄마가 나한테 무슨 얘기를 하려는 줄 알았죠. 그런데 엄마는 그저 눈물을 흘리기 시작했어요.

개 같은 일이 벌어졌던 그 첫해의 5월 5일, 그 '끔질(끔찍한 질문)'이 다시 떠올랐어요. 왜 당신은 날 먼저 쏘았나요?

5월 21일

오늘 정오에 앰뷸런스를 타고 집으로 돌아왔다. 고물 차. 파리에서 출발해 집까지 타고 온 앰뷸런스는 상태가 별로 좋지 않았다. 밤중에 켠 푸르스름한 비상등이 아주 빠르게 깜빡였다. 엄마와 올리비에 아저씨가 아파트 현관에 현수막을 달아놓았다. '공주님을 환영합니다.' 아저씨는 내 머리카락을 한 번 헝클어뜨리고는 다시 밖으로 나갔다. 레옹은 아직 학교에 있었다. 나는 내 방에 들어가 간호사 선생님들이 주신 추억의 선물들을 정리했고, 엄마랑 같이 짐을 풀었다.
 짐 정리를 끝내자 엄마가 선물을 하나 건넸다. 주황색 오버사이즈 스카프. 이걸 왜 주셨는지 잘 알고 있다. 엄마랑 스카프가 싫다.

5월 24일

오늘 만난 정신과 상담 선생님은 나름 괜찮았다. 개를 닮은 나이 든 의사였다. 개 중에서도 순한 개. 우울한 눈빛에 작고 동글동글한 눈이 꼭 코커스패니얼 같았다. 날 쳐다볼 때면 괜히 내 마음이 아프기도 했다. 왜냐하면 그 선생님도 내 볼에 붙은 베이컨 조각을 보면서 마음이 아플 테니까.
 말로 표현할 수 없는 것을 설명할 수 있는 단어에 대해 같이 얘기해보았다. 광기, 우울증, 슬픔, 무한한 슬픔, 병. 하지만 나에겐 너무도 평범하게 다가오는 단어였다. 의사 선생님 말에 따르면 그가 나한테 저질렀던 일, 내 남동생과 자기 스스로에게 차례로 저지르려 했던 일은 무어라 이름을 붙일 수 없는 것이었다. 그는 자신을 먼저 쐈어야 했다.

나는 존재하지 않는 무언가에 이름을 붙일 수 있는지 궁금했다. 의사 선생님은 내 생각이 참 흥미롭다고 생각했다. 계속해서 찾아보는 게 어떻겠냐고 했다. 단어 하나, 실마리 같은 것 말이다, 우리는 그게 필요할 거야, 의사 선생님이 말했다.

처음엔 슬펐어요. 병원에서 정신이 들었는데 머리가 타는 것 같았죠. 엄마는 두 눈이 시뻘게져서 울고 계셨고, 의사들은 엄마한테 밖으로 나가 있는 게 어떻겠냐고 했죠.

모든 것이 희미했어요. 머리가 깨질 듯이 아팠어요. 누군가 무슨 일이 있었냐고 물었어요. 아무것도 몰라요. 그저 자고 있었어요. 잠에서 깼는데 얼굴 반쪽이 없어진 느낌이었어요. 입이 있어야 할 자리에 바람이 있는 것 같았죠. 더 이상 말을 할 수 없었어요. 피가 철철 흘렀고 침대 시트까지 피가 스며들어 들러붙어 있었어요. 몸을 일으켰더니 개자식이 총을 들고 레옹 쪽으로 몸을 숙인 게 보였어요. 그게 끝이었어요.

화는 나중에 뒤늦게 났죠.

6월 28일

야호! 아슈파르망티에*를 삼킬 수 있었다. 수프나 아이스크림, 주스는 이제 지긋지긋하다. 이가 다 빠진 노인이나 할아버지 같은 중환자한테나 주는 그런 음식 말이다. 여전히 삼키기가 힘들긴 하다. 스테이크를 씹어 먹는 꿈을 꾸기도 한다. 햄치즈크레이프를 입안 가득 넣고 우물우물 씹어 먹는 꿈도.

다진 고기 요리는 맛있었다. 올리비에 아저씨가 만든 요리였다. 리옹에 온 뒤부터 요리 담당은 아저씨였다. 부인께서는 대단한 일을 하느라 시간이 없으시다. 아저씨는 현재 프리랜서다. 아저씨의 몸에 점점 문신이 늘어난다. 일본어 단어. 어제는 견갑골에 새로 새긴 문신을 보여주었다. 모도루,** '되돌아오다'라는 뜻의 일본어. 우리의 과거가 아직 완벽하게 계산이 끝나지 않았다는 것을 기억하려고 새긴 문신이라고 했다. 대마초를 너무 많이 피우는 것 같긴 하지만, 그래도 아저씨는 나름 멋질 때가 있다. 그런데 엄마는 더 이상 멋지지 않다.

● 프랑스 가정식으로, 으깬 감자와 다진 고기를 넣은 파이 형태의 요리.
●● 일본어의 'もどる'.

一

 그 사건이 벌어지고 처음 맞는 여름이었어요. 집에 처박혀 있었는데 고깃덩어리 하나가 넘어가지 않고 목에 걸리는 바람에 다 토했지요. 분수처럼 뿜어냈어요. 나는 코르티손 주사를 맞았고 몸이 붓기 시작했어요. 엄마가 보는 잡지에 나오는 모델의 눈을 파내고, 검정 볼펜으로 이를 모조리 새까맣게 칠하고, 볼을 박박 찢어놓았죠. 모델을 증오했어요. 당신은 모를 거예요. 내 손이 당신의 손이었어요. 모든 것을 망쳐놓은 손.

 밖에서는 아파트 바로 앞 공원의 풀밭에 여자애들이 누워 담배를 피우고 있었어요. 남자애들이랑 데이트를 나와서 까르르거리며 웃고 있었죠. 하나같이 예쁘더군요. 이제 겨우 열두 살인 나는 이미 할머니처럼 흉한 몰골을 하고 있는데 말이에요.

 개자식을 죽이고 싶다고, 당신이 날 망쳐놓았으니까 당신을 찔러 죽이고 싶다고 정신과 의사한테 말했죠. 당신은 날 죽이는 데 실패했고, 난 살아가는 데 실패한 셈이죠.

 내가 하는 말을 수첩에 적어 내려가는 의사 선생님의 모습을 보며, 대단한 사람이라도 된 것 같은 기분이 들었어요. 뭐, 그럼 뭐하겠어요. 한 달 뒤부터 여름휴가가 시작되어도 나는 뜨거운 햇볕을 쬐러 나갈 수도, 수영을 할 수도, 남자애들이랑 놀러갈 수도 없는 처지인걸요. 그리고 예쁜 여자애들은 이미 자기 옆에 세울 못생긴 들러리 친구를 각자 한 명씩 데리고 있었죠. 참으로 형편없는 유년기의 끝이자 한심한 시작이었어요. 나는 비뚤어져 자랐죠.

어느 날 밤, 나는 구급차에 실려 중증 화상 환자들을 치료하는 병원으로 향했어요. 내 얼굴에서 진물이 나왔거든요. 자세한 얘기는 하지 않을래요.

그런데 이번엔 괜찮았어요. 이식한 곳이 자리를 잡았죠. 엉덩이는 의사들이 살을 잘라내는 바람에 얼룩덜룩해졌지만요.

일주일에 세 번씩 병원에 들러 준비에브 선생님을 만났어요. 여전히 아주 더듬더듬하긴 해도 빠뜨리는 말 없이 완벽한 문장을 구사하기 시작했지요. 하루는 레옹이 상당히 진지하게 말하더군요, 누나, 좀 나아진 것 같아. 너무 진지한 모습에 웃음이 났어요. 웃고 싶었지만 아주 오래전부터 웃지 못하는 처지였죠. 그 짜릿함을 느껴보지 못한 지 오래였어요. 그땐 웃는 게 너무 두려웠으니까. 혹시라도 만화영화에서처럼 내 턱이 빠질까 봐 두려웠어요. 하지만 텍스 에이버리 감독의 만화영화에 나오는 늑대와는 좀 달랐죠. 그 늑대는 아름다운 여자 옆에 있다 보니 턱이 아래로 늘어지는 것이었으니까. 그런데 난 아름다운 여자가 아니라 '코끼리 우먼'이죠.

당신이 내게 준 고통이 어떤 건지 알겠죠.

정신과 의사 선생님이 휴가를 떠났어요. 의사 선생님 없이 지내려니 괜히 기분이 이상했어요. 추웠어요. 다른 단어를 써 내려갔어요. 학대하는 사람, 인간 말종, 인간쓰레기, 더러운 개자식. 결국엔 개자식으로 끝나더군요.

어느 날 저녁이었던가, 아빠가 날 웃게 한 적이 있었어요. 그때 난 예닐곱 살 정도였고, 엄마는 집에 없었고, 우리 셋이서 저녁으로 햄과 국수를 먹었던 날이었지요. 아빠가 햄을 제대로 잘라놓지 않는 바람에 햄 한 조각을 한입에 넣어 먹지 못했어요. 그래서 10센티미터쯤 되는 선홍빛 햄 조각이 내 입가에 대롱대롱 달려 있었지요. 아빠가 그 모습을 보더니 말했어요, 조세핀, 혀 집어넣어. 난 잠깐 무슨 말인가 생각하다 웃음을 터뜨렸어요. 행복한 시간이었죠.

8월 14일

오늘 릴에서 안나 고모가 와서 나랑 히루를 보냈다. 아주 즐거웠다. 고모는 반쪽짜리 말을 하고 나는 달팽이 기어가는 속도로 말하는 처지이다 보니, 우린 말이 서로 아주 잘 통했다.

고모는 개망나니가 어린 시절에 어땠는지에 대한 얘기를 꺼냈다. 개망나니가 고모를 어떻게 지켜주었는지 말이다. 둘이서 바뇰레에 있는 엄마를 보러 가려고 했던 날의 이야기. 나의 친할머니, 친할머니에 대한 이야기도 꺼냈는데 참 슬펐다. 지금은 돌아가신 할머니,

참 불쌍하게 돌아가셨다. 내 생각엔 다른 무엇보다 비참한 사랑이 문제였던 것 같다. 고모는 할머니의 사진도 한 장 보여줬다. 아주 미인이었다. 물론 헤어스타일은 촌스러웠지만. 여배우처럼 담배 한 개비를 손에 들고 있는 모습이었다. 카트린 드뇌브의 옛날 사진 중에는 이렇게 담배 한 개비를 들고 있는 모습이 자주 있었는데 정말 관능적이다.

할머니는 분명 지금의 할아버지한테서 마스트로얀니 같은 섹시한 매력을 썩 느끼지 못했을 것 같아요. 영화배우 마스트로얀니의 이름을 발음하기가 힘겨웠다. 그 순간 고모랑 나는 웃음이 터졌다. 나는 입을 다문 채 웃으려 애썼다. 나는 고모가 정말 좋다. 고모한테 자식이 없다니 유감이다. 고모라면 정말 멋진 엄마가 됐을 텐데.

그날 저녁, 고모는 날 데리고 로자리오 정원으로 향했다. 대교회당까지 죽 이어지는 예배 행렬을 보기 위해서였다. 고모는 신자라서가 아니라 그저 아름다운 행렬이 보고 싶어서 날 데리고 갔다. 나가기 전에 내가 조잡한 오렌지색 스카프를 두르려고 하자, 고모가 그러지 말라고 했다. 그래서 처음으로 나는 맨 얼굴로 밖에 나갔다. 고모가 내 손을 잡았다. 인파 속으로 들어서자 사람들이 아무렇지 않은 듯 나를 쳐다보며 미소 지었다. 그래서 나도 사람들에게 미소로 화답했다. 더 이상 미소 짓는 일이 힘들지 않았다. 한 소년이 내게 윙크를 했다. 뭐, 상처 없는 쪽을 본 거겠지. 하지만 아무렴 어때.

8월 14일, 오늘은 개 같은 그날 밤 이후 가장 즐거운 하루였다.

8월 18일

오늘은 스카프도 붕대도 감지 않고 혼자서 외출했다. 계속 벽에 붙어서 걷거나 왼편에 무언가를 두고 걸으려고 했다. 누군가 그랬다, 사실 사람들은 길을 걸을 때 다른 사람들을 그다지 잘 쳐다보지 않는다고. 아니다, 쳐다본다. 마흔 살쯤 된 아저씨들은 종종 쳐다본다. 내 늘씬한 다리에 어울리는 짧은 청반바지를 입을 때면. 엄마가 나더러 길어도 너무 길다고 했던 그 다리. 엄마가 질투했을 리는 없다. 왜냐하면 엄마는 소위 말하는 인기녀 스타일이니까.

언젠가 엄마가 나한테 개자식을 어떻게 꼬셨는지 얘기해준 적이 있다. 그 장면을 내 눈으로 봤다면 좋았을 텐데. 엄마는 볼륨 있는 가슴에 브래지어만 한 채로, 개자식은 기장이 길어 바닥에 끌리는 바지를 입은 채로, 만남은 피팅 룸에서 이루어졌다. 지금 결과만 놓고 보자면 엄마는 그날 그렇게 유혹할 필요가 없었던 것 같은데.

하시만 엄마는 내게 말했디. 둘은 서로 사랑했다고, 서로 사랑했는데 뒤늦게 개자식은 느긋한 성격이고 엄마는 불같은 성격이라는 사실을 알게 되었다고. 자기 딸한테 총을 쏘는 사람한테서 느긋함은 전혀 찾아볼 수 없는데 말이다.

내일은 정신과 의사 선생님과 상담이 있는 날이다. 엄청 신난다.

8월 19일

평소에는 엉덩이 속살처럼 하얀 피부였는데, 오늘은 완전히 구릿빛이었다. 손가락 사이사이에서만 살짝 보이는 하얀 부분이 진짜 귀여웠다.

오늘은 괴물을 정의 내리는 단어에 대해 이야기를 나누었다. 난 새로운 단어를 떠올렸다. 잔인한, 야만스러운, 놀라울 정도로 형편없는. 의사 선생님은 매번 나더러 그 단어를 정의 내려보라고 했다. '야만스러운'을 예로 들면 이렇다. 도덕성이 전혀 없고 문명인이 아닌 사람이라고 대답했다. 의사 선생님은 고개를 끄덕이며 내 이야기를 이끌어냈다. 그래서 나는 대답을 이어갔다. 미개인, 자기 새끼를 잡아먹는 짐승 같은 상태로 되돌아간 사람. 바다거북은 정말로 새끼를 잡아먹는다. 암퇘지도 마찬가지로 새끼 돼지를 잡아먹는다. 나는 '암퇘지'라는 단어도 마음에 들었다. 그 상황에 딱 맞는 단어를 쓰는 건 중요하다.

외모에 대해서도 이야기를 나누었다. 의사 선생님은 스스로의 모습을 어떻게 생각하냐고 물었다. 3주 뒤엔 학교로 돌아가야 하는데 기분이 어떠하냐고도 물었다. 매우 힘들다고 대답했다. 왜냐하면 그날 그 사건이 벌어지기 전에는 예뻤는데 이제는 그렇지 않으니까. 지금은 나 자신을 묘사하는 일이 참 어렵다. 예전에는 엄마도, 올리비에 아저씨도 나한테 예쁘다는 얘기를 했고, 남자아이들이 날 차지

하겠다고 서로 싸우기도 했다. 그런데 지금은 가족도 더는 그런 얘기를 하지 않고, 대신 내가 나아지고 있다고, 좋아지고 있다고, 티가 덜 난다는 얘기만 한다. 헛소리. 차라리 내 왼쪽 뺨에 목까지 이어진 햄 조각이 붙어 있는 것 같다고, 이름이 기억나진 않지만 〈행오버〉에서 얼굴에 문신을 새기고 나온 권투 선수가 강펀치라도 날린 것처럼 내 턱이 움푹 파였다고 얘기하는 편이 낫겠다. 솔직히 어디가 어떻게 나아졌다는 건지 영 모르겠다.

　의사 선생님이 내 앞으로 거울을 내밀었다. 여전히 끔찍했다. 미소를 한 번 지어보고 그 모습을 잘 살펴본 뒤, 뭐가 보이는지 설명해보라고 했다. 미소요, 내가 대답했다. 확실하니? 난 다시 한 번 쳐다보고 이번에는 완전 바보같이 더 헤벌쭉한 웃음을 지었다. 네, 확실해요. 찡그린 표정이 아니라고 확신하니? 그래서 나는 내 두 눈으로 그 미소를 똑바로 바라보았다. 사실 그 전까지는 감히 쳐다보지도 못했다. 난 의사 선생님한테 고맙다고 인사했다. 비록 내 얼굴 반쪽은 아직도 보기 흉했지만, 그래노 미소를 되찾았으니까. 이제는 처음에 그랬듯 완전히 일그러진 미소가 아니었다. 옛날 사진에서 찾아볼 수 있는 아주 귀여운 모습을 되찾은 상태였다. 개 같은 사건이 벌어지기 전, 보기에도 예쁘고 새파란 하늘 혹은 환한 밤같이 예뻤던 그 미소를.

8월 29일

오늘은 엄마랑 쇼핑을 했다. 제라르 다렐 매장에서 외출할 때 들고 다닐 만한 예쁜 쇼퍼백을 발견했다. 올리비에 아저씨는 나한테 멋진 만년필을 선물했다. 요즘 세상에 만년필을 쓰는 사람이 어디 있겠냐만, 그래도 아저씨가 날 생각하는 마음만큼은 고맙다. 아저씨는 자동차 새 모델 출시와 관련된 광고 기획 일을 맡게 되어서 2주간 파리로 간다. 3주가 될지도. 아저씨는 어딘가에 문신을 하나 더 새기고 돌아올 게 분명하다. 새 차를 타고 돌아올지도 모르지, 아저씨가 농담을 했다. 아저씨는 내게 학교생활을 잘하길 바란다고 말하며, 많이 웃으라는 얘기도 덧붙이셨다.

   사실 좀 두렵다. 사실 올해는 수업을 거의 듣지 못했다. 초반에 병원에서 편지로 수업에 조금 참여했던 게 전부다. 그래서 유급하게 되었다. 정말 별로다. 전학도 간다. 새로 간 학교에 친구가 있건 없건 별 상관없다. 파운데이션을 이것저것 많이 발라보았다. 그중에서 나한테 꼭 맞는 걸 하나 발견했다. 그래서 그나마 기분이 좀 괜찮아졌다.

'끔질'에 대해 내가 찾았던 첫 번째 답이 떠오른다.
'단지 정면을 향해 쏘았다.'

9월 13일

전학 간 학교는 나쁘지 않았다. 왼편에 창가가 있는 자리에 앉았다. 선생님들도 괜찮다. 특히 미술 선생님이 엄청 귀엽다. 그 남자 선생님은 베스파를 타고 선생님을 만나러 오는 끝내주는 여자 친구가 있다. 무슨 광고의 한 장면 같다.

친구를 한 명 사귀었다. 그 친구의 이름은 사샤. 그 친구는 자기 이름이 싫다고 했다. 예전에 맨날 벙거지 모자를 눌러쓴 못된 아저씨가 이웃에 살았는데, 그 사람이 키우던 새끼 당나귀만 한 독일산 개 이름이 사샤였다고. 그리고 꼭 남자 이름 같아서 싫다고 했다. 내가 조세핀이라는 이름도 정말 별로라고, 괜히 겉멋만 잔뜩 들어간 이름이라고 했더니 사샤는 아니라고 했다. 엄청 멋진 이름인데 왜 그래, 사샤가 말했다, 너처럼. '너처럼'이라는 이 말 한마디로 우리는 친구가 되었다.

사샤는 빨강 머리에 얼굴부터 팔, 어깨, 가슴까지 온통 주근깨투성이다. 사샤를 세게 흔들면 주근깨가 흩날려 빙글빙글 돌면서 떨어질 것만 같다. 얼마나 예쁠까. 하지만 사샤는 그 주근깨가 지독한 콤플렉스다. 내 손 좀 봐, 누가 보면 꼭 손에 녹슨 못을 엄청나게 박아놓은 줄 알 거야. 사샤를 보면 날 보는 것 같아서 참 좋다. 우린 둘 다 현재의 자기 모습을 좋아하지 않는다. 그러니 우린 자존감을 키울 필요가 있다. 정신과 의사 선생님이 늘 하는 얘기다.

오늘 사샤가 우리 집에 왔다. 내 방에서 공부를 하긴 했지만, 사실 공부는 흉내만 내고 '마르디 범'을 무한 반복해서 들었다. 같은 반 남학생들의 외모도 평가했다. 우리 반에는 정말 못생긴 남학생이 일곱 명, 별로인 남학생이 두 명, 봐줄 만한 남학생이 한 명, 괜찮은 남학생이 네 명, 조각 미남이 한 명 있다. 하지만 얼굴에 녹슨 못이 박힌 사샤와 햄을 붙인 나는 꿈도 꾸지 않는다.

9월 14일

패트릭 스웨이지가 죽었다. 어째서 멜 깁슨이 아니라 패트릭 스웨이지였을까?

10월 4일

사샤가 물었다. 사샤에게 진실을 말할 용기는 당연히 생기지 않았다. 진실은 여전히 힘겹다. 지독히도 끔찍한 일이다. 암퇘지한테 잡아먹히고, 미친놈한테 질식사당하는 일. 그러니까 우리는 어쩌면 암퇘지 그 자체이거나 미친놈일지도 모른다. 사랑받을 자격도 없고, 인생을 숭고하게 만드는 무한한 애정도 받을 자격이 없는 사람. 사샤에게 자동차 사고를 당했다고 얘기했다. 안전벨트를 매지 않는 바람에 앞으로 튕겨 나갔다고. 사샤는 믿지 못하겠다는 듯 입을 약간 삐죽거렸다.

만성절 방학*이 2주 앞으로 다가왔다. 사샤가 날 집으로 초대했다. 그르노블 근처의 온천 마을 유리아쥬 레 뱅에 사샤네 가족 별장이 있다. 그곳에 가서 온천을 즐길 예정이다. 완전 멋짐.

10월 10일

오늘 아침의 데생 시험에서 17점을 받았다.** 특정한 화가의 화풍으로 자화상을 그리는 시험이었다. 나는 (프랜시스) 베이컨을 택했다.

● 11월 1일의 '모든 성인의 날 대축일'을 기념하는 2주일가량의 방학.
●● 프랑스 고등학교의 성적은 보통 20점 만점이며, 16점부터 우리나라의 A에 해당.

10월 29일

이런 일이 생기다니! 사샤 엄마가 우리 둘에게 '휴식 풀패키지'를 제공해주셨다. 사흘 동안 (진짜 좋아하는) 안마 욕조부터 진흙 목욕(웩), 분사 샤워기, 온수 수영장, 손 관리, 온천수 마사지까지.

나는 누가 내 얼굴을 만지는 게 싫어서 등 마사지를 골랐다. 온수 수영장부터 일광욕실, 목욕탕, 휴게실을 돌아다니면서 보니 우리가 제일 어리고 예뻤다. 처음엔 나이 든 사람들이 우리를 부러운 눈길로 바라보았다. 물론 무시하는 눈길도 있었지만. 그러다가 녹슨 못이 박히고 햄이 붙어 있는 얼굴을 보고는 동정의 눈길 같은 걸 보내왔다.

사샤의 엄마는 정말 멋진 분이다. 우리는 밤늦게까지 오랫동안 이야기를 나눈다. 그녀와 함께 있으면 내가 좀 더 성숙하고 어른이 된 듯한 기분이 든다. 지금의 모습 그대로 중요한 존재가 된 것 같은 기분도 든다. 언젠가 나한테 있었던 일을 꼭 얘기하게 된다면 좋겠다. 두려워하거나 부끄러워하지 않고. 왜냐하면 한때는 이 모든 두려움 이전에, 공포 너머에 사랑이 존재했을 테니까.

11월 21일

'끔질'에 대한 두 번째 답.

'레옹을 먼저 쏘면 그 소리에 내가 깰까 봐 무서워서. 내가 그 모습을 목격하고 더 이상 자기를 사랑하지 않을까 봐 두려워서.'

—

나머지 부분을 이어서 쓸게요.

내가 열다섯 살이 되었던 날, 레옹은 학교에서 3일간 정학 처분을 받았어요. 올리비에 아저씨가 레옹을 데리러 갔죠. 두 사람은 공원에서 오랜 시간을 함께 걸었어요. 난 그 모습을 창가에서 바라보았죠. 계속 고개를 가로젓는 레옹의 모습이 보이더군요. 한때 레옹이 가출하려고 했는데, 아저씨가 레옹을 붙잡았어요. 꼭 아버지가 아들을 혼내듯 과장된 몸짓과 큰 목소리로 호되게 꾸짖었죠. 내 기억에는, 정작 당신은 우리를 그렇게 꾸짖은 적이 한 번도 없었던 것 같은데 말이에요. 우리한테 소리친 적도 우리를 때린 적도.

당신은 엄마 말처럼 느긋한 편이었죠. 감정이 억제된 사람, 뭐든지 마음속에 담아두는 사람. 아, 보다 근사한 말이 있군요. 내면화하는 사람. 왜, 정신과 의사들이 하는 말 있잖아요. 내향성, 감정 표출을 거부하고 자기 통제력을 잃을까 봐 두려워하는 것. 사실 나도, 당신이 나한테 그렇게 한 다음 마음속에서 화가 나기까지 시간이 좀 걸렸거든요.

처음엔 수치심이 먼저 들었어요. 난 쓰레기 같은 인간이었죠. 아버지가 더 이상 자식을 원치 않는다면, 그건 분명히 그 자식한테 잘못이 있는 거라고, 오랫동안 그렇게 생각했어요. 내가 아버지를 행복하게 해주지 못해서, 아버지를 실망시켜서, 내가 못생겨서, 재미가 없어서, 매력적이지 못해서, 예쁘지 않아서 그랬구나 하고 말이에요. 내 눈이 초롱초롱하지 않아서 그랬다고. 그런데 내 눈은 아버지라는 그 사람의 눈과 똑같은 색인데 말이에요. 결코 아버지 잘못이라는 생각은 하지 않았어요. 왜냐하면 아버지는 누가 뭐래도 내 아버지니까.

인터넷에서 검색해보았어요. 나랑 같은 처지에 놓인 딸이 또 있는지 궁금했거든요. 그런데 아무래도 그 친구들의 아버지(때론 어머니)는 당신보다 조준을 잘했나 봐요. 그런 증언을 남긴 생존자는 없더라고요. 근친상간이나 폭력을 쓰는 아버지, 리플리증후군[•] 환자와 관련

[•] 퍼트리샤 하이스미스의 소설 〈재능 있는 리플리 씨〉에서 비롯된 용어로, 반사회적 인격 장애의 하나. 모든 언행이 거짓되며, 그 거짓에 맞춰 현실 세계가 아닌 자신이 만들어낸 허구의 세계를 현실이라고 믿는 것.

된 사건은 수도 없이 나오는데, 친아버지가 딸을 죽인 사건은 아무리 찾아도 없더군요.

'생존자'라는 말을 쓰니 기분이 묘하네요. 처음이에요. 예전에는 쉽사리 떠올리지도 못했던 단어죠. 영화에서나 나올 법한 단어. 《라루스 사전》은 생존자를 이렇게 풀이해놓았네요. '수많은 희생자를 낳은 사건에서 살아남은 사람.'

나는 살아남았어요. 하지만 이유를 알지 못한다는 사실이 참 힘들어요.

아무튼 레옹은 내가 열다섯 살이 되던 날, 어떤 남자애 얼굴을 한 대 쳤다고 정학당했어요. 그 남자애가 하굣길에 레옹한테 '너희 아빠는 호모 새끼야'라고 놀렸거든요. 그날 저녁에 내가 레옹한테 우리 아빠는 그보다 더 나쁜 사람이라고 했더니, 레옹이 고개를 세차게 가로저으며 말하더군요. 진짜 우리 아빠는 더 이상 그 인간이 아냐.

한참 뒤에 올리비에 아저씨가 오토바이를 한 대 샀어요. 트라이엄프 대형 오토바이. 굉음을 내는 오토바이였죠. 길거리를 지나가던 여자들이 다 쳐다볼 정도였으니까요. 남자들도요. 아저씨는 그 오토바이로 레옹을 등교시켜줬고, 그럴 때마다 레옹은 자기가 배트맨이라도 된 것처럼 행동했어요. 학교 앞에서 헤어질 땐 불량배처럼 서로의 주먹을 툭 치며 인사를 주고받았죠.

레옹은 크리스마스 기념으로 문신을 하고 싶어 한 적도 있었어요. 새기고 싶은 글자도 이미 생각해놓았더라고요. 不羈獨立(불기독립). 레옹은 이 글자를 크게 확대해서 자기 방 벽에 붙여놓았죠. '후키도쿠리쓰.'* 독립하여 남에게 속박되지 아니함.

엄마가 천장을 바라보았어요. 레옹, 쓸데없는 생각 마, 열두 살짜리가 무슨 문신을 한다고 그러니. 이제 조금 있으면 열세 살이에요. 레옹이 말대꾸했죠. 그러고는 엄마를 흘겨보았어요. 엄마 면전에 대고 감히 하지 못한 말이 뭔지 알겠더라고요. 닥쳐, 난 내 맘대로 할 거야, 위선자! 레옹이 엄마를 미워하게 된 건 모두 당신 탓이라고 생각했어요.

그리고 우리 사이엔 대화가 끊겼죠. 퇴원하고 나서 레옹과 나는 성을 바꾸고 싶다고 했어요. 조세핀 암퇘지, 레옹 암퇘지가 되고 싶지 않았으니까요.

흉악한 암퇘지가 나온 사진이란 사진은 모조리 불태워 버렸어요. 암퇘지가 우리한테 사줬던 물건도 모조리 깨부수었어요. 심지어 그저 손길이 닿기만 했던 물건까지도. 암퇘지의 흔적을 지우고 싶었어요. 죽이고 싶었어요. 우린 더 이싱 '아빠'라는 말은 하지 않았어요. 더 이상 당신을 부르지 않았어요. 어떤 대상에 대해 일체 얘기하지 않으면 그 대상이 더 이상 존재하지 않기도 하잖아요.

하지만 지금은 내가 존재하려면 이 얘기를 해야만 돼요.

● ふきどくりつ. 우리말의 '독립불기'를 의미.

―

 엄마랑 올리비에 아저씨가 다투는 일이 점점 잦아졌어요. 오토바이 때문에요. 아저씨가 늦게 들어오는 날이 점점 많아졌거든요. 어떨 땐 점퍼에서 향수 냄새가 나거나 머리카락에서 순한 담배 냄새가 나기도 했고요. 그럴 때면 아저씨는 엄마한테 당신이 이런 걸로 뭐라 할 처지가 아니라며 맞받아쳤어요. '내가 무슨 말을 하는 건지 잘 알 텐데'라고 말하며 사악한 웃음을 지었죠. 하루는 이런 말까지 덧붙였어요. 다 알잖아, 당신의 그 잘난 피팅 룸 사랑.
 결국 엄마는 그날 아저씨의 뺨을 때렸죠. 그러고는 방으로 가더니 방문을 쾅 닫았어요. 그러자 레옹은 부리나케 아저씨한테 달려가서 아저씨를 꼭 안으며 애교를 부렸고, 아저씨는 레옹의 머리카락을 쓰다듬었어요. 오토바이 친구, 당장 헬멧 써. 그렇게 두 사람은 밖으로 나갔어요.
 그리고 같은 날, 레옹은 결국 문신을 했어요. '불기독립', 어깨 삼각근 위치에. 돌아와서는 절대 엄마한테 얘기하지 말라고 하며 문신을 보여줬어요. 말하면 죽을 줄 알아. 그래서 내가 맞받아쳤죠, 이미 죽이려고 했는데 잘 안 됐잖아, 난 불멸의 존재라고.
 나는 이 불멸하다는 개념이 참 좋았어요. 이 얘기를 정신과 의사 선생님과도 나눈 적이 있었죠. 불멸에 대해 깊이 파고들어 가보려고 애썼어요. 당연히 나도 언젠가는 세상 모든 사람들처럼 죽겠죠.

하지만 이번엔 아니었어요. 살아남았고, 이렇게 살아 있다면, 어쩌면 그것만으로도 살아야 할 이유를 얻은 거겠죠. 나만의 인생, 내가 선택한, 내가 앞으로 사랑할, 혹은 나의 햄 얼굴까지 사랑해줄 사람들과 만들어가는 나만의 인생. 엄마랑 올리비에 아저씨는 그렇게 위대한 러브스토리를 써 내려가지 못할 거란 사실을 알아요.

어느 밤이었던가, 사샤와 사샤 엄마랑 이미 이 얘기를 한 적이 있었어요. 우린 욕망에 대해 얘기했죠. 격렬한 모든 것. (아직 그게 무엇인지 제대로 몰랐던 존재도 포함해서……) 욕망으로 인해 아플 수도 있다고. 욕망 뒤에는 상실이 따른다고. 왜냐하면 그 누구도 영원히 욕망 속에서 머무를 수는 없으니까. 정말 너무도 힘겹고 고통스러운 이야기죠. 그날 사샤는 평생 결혼을 하지 않고 애인만 만날 거라고 얘기했어요. 사샤 엄마는 코웃음을 쳤죠. 그리고 나는 두 사람에게 그냥 털어놓았어요. 지금 내가 유일하게 바라는 건 생리를 시작하는 거라고. 열다섯 살인데도 여전히 생리를 하지 않았어요. 누가 내 심장을 말려서 내 몸속에 있던 피를 모두 빼내 갔거든요. 뱀파이어 개자식.

12월 25일

크리스마스는 얼어 죽을. 올리비에 아저씨랑 엄마는 괜히 상냥한 모습을 보이려고 애썼다. 안나 고모와 토마 고모부가 릴에서 기차를 타고 오셨다. 쟈딕 앤 볼테르 구두랑 마크제이콥스 향수 데이지, H&M 상품권(300유로)을 선물로 받았다. 에이미 와인하우스의 앨범도(이미 가지고 있는 앨범인데 고마워요, 엄마), 베어미네랄의 메이크업 키트도 받고, 아주 멋진 골동 시계(여전히 가는) 리베르소도 받았다. 시계 안에는 나랑은 아무 상관이 없는 이니셜도 새겨 있다. 레옹은 무슨 선물을 받았는지 보지도 않았다. 별 관심 없으니까. 레옹이 날 죽이겠다고 협박한 이후 우리 둘은 말도 안 하고 지낸다. 지금도 레옹을 오줌싸개라고 부르는데, 그럴 때마다 레옹은 분을 삭이지 못하고 식식거린다. 그 모습을 보는 게 재밌다.

　고모가 할아버지 소식을 전해주셨다. 그저 기다리고 있다고. 사실 고모는 '그저', 고모부는 '기다리고 있어'라고 말씀하셨다. 고모부는 그 미친놈 말고 유일하게 고모 말을 알아듣는 사람이다. 나도 조금은 알아듣는다. 내일이 될지, 1년이 될지, 2년이 될지 몰라, 그저 기다리는 거야. 그리고 콜레트 새 할머니는 날이 갈수록 파킨슨병 환자의 모습을 닮아가고 있다고 했다. 사실 콜레트의 모습은 그저 버림받을지도 모른다는, 어느 날 아침에 혼자가 될지도 모른다는 두려움으로 온몸을 떠는 사람 그 자체였다. 남편을 먹일 때 손이 떨려 음식을 여기저기 묻히다 보니, 남편한테 미안한 마음이 들고 수치심까지 들어 엄청 눈물을 흘리셨다는데, 얼마나 괴로우셨을까.

그래서 고모가 손을 떨지 않는 사람을 한 명 써서, 식사 시간 때마다 오게 하고 이런저런 시시콜콜한 잡담을 나누게 했다. 벨포르의 거리 공사 이야기부터 쇼드로니에르 거리에서 일하는 미용사가 죽은 이야기, 차에 깔려 죽은 개 이야기 등등.

고모는 콜레트가 전해주라고 했다며 선물을 하나 내밀었다. 작은 반지였다. 눈곱만 한 다이아몬드가 박힌 반지. 우리 모두를 이어주는 끈. 비록 그녀가 괴물 아버지의 부인일지언정 나에게 가족이 있다는 생각을 하니 기분이 좋았다. 혼자가 아니라는 생각, 버려지고 살해되지 않았다는 생각에. 어른들은 계속 거실에 있고, 난 사샤한테 전화 걸기 전에 글부터 쓰려고 내 방으로 왔다.

1월 8일

오늘 아침, 엄마가 레옹을 기숙학교에 보내야겠다는 얘기를 꺼내셨다. 아저씨는 반대하셨다. 그러자 엄마가 어쨌든 자신이 레옹의 엄마라며 목소리를 높이셨고, 레옹은 고함까지 지르며 반항했다. 아저씨는 내 아빠예요. 엄마는 헉 소리를 삼키거나 쏟아져 나오는 구토를 억지로 밀어 넣을 때처럼 손으로 입을 막으셨다. 순간 엄마의 얼굴에 어둠이 드리운 듯했다. 옆에서 나도 한마디 거들었다. 기숙학교에 보내면 오줌싸개한테 좋을 거고, 오줌싸개도 철이 좀 들 거라고. 그러자 아저씨가 나더러 입 다물고 가만히 있으라고 했다.

세 사람 다 싫다. 세 사람 다 싫다. 세 사람 다 싫다.

1월 8일 (밤)

'끔질'에 대한 세 번째 답.

'여자들은 자기를 두렵게 하는 존재였기 때문에.'

1월 21일

오늘은 정신과 상담 시간에 게임 같은 걸 했다. 의사 선생님이 나더러 나중에 어떤 사람이 되고 싶은지 묘사해보라고 했다. 뭐라고 대답해야 할지 쉽게 입이 떨어지지 않았다. 선생님은 기다렸다.

난 뜸을 들이다가 대답했다. 평범한 사람이요. 그러자 선생님이 말씀하셨다. 넌 이미 평범하잖니, 평범해. 내가 말했다. 아뇨, 그렇지 않아요, 평범한 사람은 누군가한테 사랑을 받는 존재예요.

―

봄이 끝나갈 무렵, 엄마는 오줌싸개가 어깨에 새긴 문신을 발견하고 말았어요. 엄마는 미친 듯이 화를 내며 아저씨한테 떠나라고 했어요. 아예 집에서 나가라고. 무책임한 짓을 했다고. 경찰에 신고할 거라고 소리를 질렀죠. 어린애한테 문신을 하게 하다니! 아저씨는 정말로 오토바이를 가지고 집에서 나갔고, 그 뒤로 레옹은 학교에서 아무것도 하지 않았어요. 순 날라리로 변했죠.

엄마는 밤에 울 때도 있었어요. 어떨 땐 집에서 주무시지 않기도 했어요. 예전에 암퇘지랑 같이 살 때 그랬던 것처럼. 그러고는 아침에 크루아상을 사 들고 좋은 엄마인 척하며 다시 집으로 돌아오셨죠. 하지만 내 눈엔 엄마의 빨개진 눈과 화장을 제대로 지우지 않아 번들번들해진 피부가 그대로 보였어요. 까치집처럼 헝클어진 머리카락에, 목과 손에 할퀸 상처까지. 엄마의 고통이 그대로 전해졌어요. 그래서 지금 엄마의 모습은 정신과에서 보던 미친놈보다 더하다고 울부짖었죠. 사람은 타인의 고통을 외면할 수 없다고, 당신이 원치 않아도 그 고통이 당신 얼굴에 들러붙고 당신을 필요로 한다고. 이런 얘기를 아주 많이 했죠. 고통과 슬픔, 상처, 고뇌에 대해. 이런 것을 1부터 10까지 정도에 따라 단계를 매겨놓고 객관화시켜가며 다스려보려고 애썼어요.

내 볼에 붙은 햄은 색이 밝아지면서 몽고반점처럼 보이기 시작했어요. 봐줄 만했죠. 턱의 구멍은 여전히 있었지만요. 껌도 씹고 담배도 피웠어요. 나름의 보상을 받은 거였죠. 많이 웃었어요. 미용실에 가서 머리를 예쁘게 잘랐더니 개자식이 남긴 파렴치한 자국도 어느 정도 가려졌어요. 남학생이 수업 끝나고 스타벅스에서 만나자고 할 때도 한 번씩 있었죠. 조각 미남도 아니고 괜찮은 애들 중 한 명도 아니었지만, 그렇다고 해서 제일 못생긴 남학생도 아니었어요. 그 정도면 됐죠, 뭐.

준비에브 선생님을 일주일에 두 번씩 만나서 꾸준히 발성 훈련도 했어요. 4년 동안 고생한 끝에 아주……. '유창한' 수준으로 말하게 되었죠. 앞으로 절대 배우나 아나운서가 될 수 없다는 걸 알면서도 (다행이죠, 뭐) 선생님이 용기를 북돋아 주시는 게 정말 좋았어요. 그런데 진정한 고통은 사실 마음속 깊은 곳에 있었어요. 그 고통이 무한하고 한없이 깊어서 내 배와 심장, 뼈를 조금씩 갉아먹고 있었죠.

더는 견딜 수가 없었어요. 그 고통이 사라지지 않는다면 내가 사라질 것만 같았으니까요.

물론 그 생각도 했죠. 그거 알아요? 당신이 했던 짓을 내가 제대로 마무리하려고 했다는걸. 심지어 망설였죠. 약을 먹고 안락하게 죽을까, 아니면 비참하게 죽을까. 비참하고 격렬한 쪽을 택했어요. 조세핀은 괴물의 딸이니까. 그건 결코 변하지 않는 사실이니까. 그때 우리는 8층에 살았고 높이는 21미터였어요. 거기서 뛰어내리면 2.069초 동안 날아서 시속 73.1킬로미터로 떨어지는 거예요. 그렇게 길바닥에 처박혔다면 내 얼굴이 어떻게 됐을까요. 800그램짜리 페탕크* 공이 시속 580킬로미터로 얼굴에 그대로 날아든 거나 마찬가지니까, 당신이 쏜 총알보다 더 센 충격이었겠죠. 얼굴은 묵사발이 나서 더 이상 햄 조각도 붙어 있지 않았을 테고.

정신과 상담을 받으며 이 얘기를 했더니 의사 선생님이 말했어요. 어떤 면에서는 너도 '그 사람'과 같구나, 극단적이고 격렬한 면모 말이다. 그 말에 난 벌떡 일어나 문을 쾅 닫고 상담실을 나왔어요. 밖에는 비가 내리고 있었어요. 그때 이런 생각이 문득 들더군요. 아빠한테 비는 왜 내리는 거냐고 물어본 적이 한 번도 없었구나.

● 작은 나무 공 하나를 바닥에 놓고, 나무 공께로 구슬치기하듯 금속 공을 던지는 프랑스의 전통 놀이.

一

사샤는 남자 친구를 사귀었어요.

남자 친구는 고3이야. 솔직히 카미유 라쿠르는 아닌데, 뭐 나도 발레리 베그는 아니니까. 열여덟 살이고, 고딕 스타일 추종자. 주중에는 평범한 스타일로 입다가, 주말이 되면 방독면에 용접 안경까지 쓰고 화려하게 등장하지. 내 얼굴에 박혀 있는 녹슨 못과 아주 잘 어울려.

사샤의 말에 우리 둘은 배꼽을 잡고 웃었어요. 한 달을 사귀었죠. 정확히 말하면 26일. 사샤가 남자 친구를 찼어요. 남자 쪽에서 잠자리를 원한 것도 있었지만 무엇보다 남자가 사람을 맥 빠지게 하는 스타일이었던 거예요.

그래도 키스만큼은 진짜 죽여줬는데……. 혀가 엄청 길어서 혀를 쭉 빼면 턱까지 닿았거든. 그런데 그 동작을 하면 보기 거북하더라고, 꼭 물컹물컹한 배말뚝 같다고나 할까.

사샤랑 둘이서 얼마나 웃었는지 몰라요. 난 사샤가 정말 좋아요. 자매 같은 친구죠. 인간쓰레기가 나한테 한 짓도 털어놓았어요. 둘이서 눈물을 흘렸죠. 좋았어요.

그리고 올리비에 아저씨가 다시 돌아왔어요. 엄마가 아저씨한테 다시 돌아와 달라고 했거든요. 인간쓰레기의 자식인 레옹과 내가 엄마를 불안하게 만들었던 것 같아요. 우리 곁에서 혼자 엄마로 지내고 싶은 마음도 그다지 없었던 거죠. 엄마는 피팅 룸에서의 짜릿함을 아주 좋아하는 사람이었으니까. 유혹, 정복, 뭐, 그런 것.

 엄마는 참 예쁘다고 생각했어요. 그러나 엄마를 더욱 매력적으로 보이게 한 건 엄마가 위험한 여인이기 때문이었죠. 엄마처럼 되고 싶기도 하고, 그렇지 않기도 했어요. 나한텐 차분한 면도 좀 있어요. 그래요, 의사 선생님, 나도 안다고요. 차분함, '그 사람'과 같은 면모. 나와 '그 사람'을 연결해주는 면모. 나를 '그 사람'과 가깝게 만드는 면모.

 한편 아저씨가 되돌아오자 레옹은 다시 멋진 남동생이 되었죠. 숙제도 하고, 씻기도 하고(가끔씩 심하게 냄새 날 때도 있었거든요), 이도 닦고, 가끔 가다 데오드란트도 뿌리고, 볼일 보고 화장실 물도 내렸어요. 심지어 나더러 누나도 괜찮은 여자라는 얘기까지 했어요. 에바 멘데스나 셀마 하이에크는 아니지만, 그래도 그 정도면 나쁘지 않다고. 꿈같이 달콤한 가족의 모습이 만들어진 거죠. ㅎㅎㅎ.

 엄마랑 아저씨는 집에 있을 때 시도 때도 없이 입을 맞췄어요. 아저씨가 엄마 엉덩이를 만지면 엄마는 까르르거리며 몸을 비비 꼬아댔고요. 서로 사랑하고 원하는 사이인 척했죠. 한번은 아저씨가 엄마를 오토바이에 태워서 데리고 나갔다가, 엄마가 포르노 영화에서 나올 법한 소리를 내며 잔뜩 흥분한 상태로 돌아온 적이 있었어요. 그 모습을 본 레옹은 눈물을 터뜨렸고, 아저씨는 레옹을 달래기 바빴죠. 걱정 마, 나한테 오토바이 단짝은 너뿐이야. 그러고는 둘이서 오토바이를 타고 드라이브를 나갔어요.

난 학교생활을 잘했어요. 성적도 아주 좋았고 사샤랑 같이 고등학교로 진학했어요. 그리고 마침내 생리를 시작했죠.

9월 19일

올여름에 남자 친구를 한 명 사귀었지만 키스는 못하게 했다. 그렇지만 준비에브 선생님한테 배운 기술을 총동원하면 분명 키스의 여신이 될 수 있을 텐데. 나는 병원에 있으면서 선생님이랑 여자들끼리 하는 이야기를 정말 많이 했다. 남자 친구랑 함께 있는 시간이 정말 좋아서 온몸을 남자 친구한테 맡기기도 했지만 입만큼은 허락하지 않았다.

이 얘기를 정신과 의사 선생님한테 했더니, 선생님은 흥미로운 눈빛으로 상당히 프로이트적이라고 말했다. 나는 내 입은 성역과도 같은 곳이라고 딱 잘라 말했다. 고통의 성막이자, 죽음의 장소이며, 소생의 흉터라고. 내가 생각해도 좀 격하게 심각했던 것 같기는 하다.

궁금한 게 참 많다. 요즘 내 머릿속은 온통 질문투성이다. 왜 사람들은 그 사람과 엄마 얘기를 하지 않을까, 왜 그런 짓을 저질렀을까, 왜 둘은 서로 사랑하지도 않으면서 자식을 낳았을까, 왜 나였을까, 왜 욕망은 언제나 불을 질러놓고 결국 재가 되고 마는 걸까, 왜 난 아무것도 아닌 일에 그렇게 눈물이 나는 걸까, 왜 부끄러울까, 어째서 가슴을 에는 듯한 세찬 바람과 차가움이 밀려오는 걸까.

클레망. 남자 친구의 이름이었다. 상냥했다. 애무하는 손길은 조금 투박했지만. 그래서 사샤는 내 남자 친구한테 '서툰손'이라는 별명을 붙였다. 우리 둘은 별명을 떠올리며 웃음을 터뜨렸다. 어쨌든 클레망은 그렇게 능숙하진 않았다. 그래서 좋았다. 억지로 리드하지도 않았고, 굳이 손발이 오그라드는 애정 표현도 하지 않았다. 그저 구체적인 단어만 얘기했다. 질, 음경, 가슴. 탐구만 했다.

그러다가 클레망은 할머니의 집으로 떠났다. 에귀유에서 5킬로미터 떨어진 리스톨라의 오래된 농장이었다. 알프스에 있는 아주 작은 마을이라고, 가축도 기른다고 클레망이 얘기했다. 암소, 암염소, 이런 것. 그 말을 들으니, 클레망은 2주일 동안 나를 실컷 애무하고 나서 소젖을 짜러 가는구나 하는 생각이 들있다. 클레망과 키스하지 않아서 얼마나 다행스러운지. 키스는 아주 심각한 거니까. 그런데 어떨 땐 남자가 그저 소젖을 짜듯 여자들 가슴을 만진다고 생각하니 구역질이 났다.

9월 20일

엄마랑 올리비에 아저씨 둘이서 일주일 동안 여행을 떠났다. 내가 오줌싸개(물론 지금은 수염이 더 많이 나게 하려고 면도를 하는 녀석이다)를 돌본다는 건 있을 수 없는 일이다. 먹여주고, 엉덩이를 닦아주고, 아침마다 책가방을 제대로 챙겼는지, 저녁마다 숙제를 했는지 봐준다는 건 말이 안 되는 얘기다. 나는 그 녀석의 유모도 아니고 엄마도 아니니까. 쿨 하지 못하네, 아저씨가 말했다. 그래서 내가 한마디 덧붙였다. 나는 그 녀석 아빠도 아니라고요. 팽팽한 긴장감이 감돌았다.

두 사람이 서로에게 다시 기회를 주려고 여행을 떠난다는 얘기에 피식 웃음이 났다. 서로에게 다시 기회를 준다니. 그게 왜 우스웠냐며 정신과 의사 선생님이 물었다. 서로를 용서하지 않고는 무의미한 일이니까요. 기회라는 건 용서가 주는 선물이잖아요. 그래서 우리는 용서에 대해 얘기했고, 그 순간이 격하게 힘들었다. 왜냐하면 그건 아주 무거운 것까지 힘겹게 끄집어 냈으니까. 손가락을 으스러뜨릴 만큼 무거운 것. 이 충격이 영원히 끝나지 않고, 총소리가 영원히 멈추지 않을 것만 같다. 이 모든 고통이 멈추지 않을 것만 같다. 입 밖으로 내뱉으려 할 때마다 통증을 수반하는 단어가 몇 개 있다. 바로 용서 같은 단어.

용서하다, 어루만지다, 유년기, 애정, 받아들이다, 아빠.

10월 24일

'끔질'에 대한 네 번째, 다섯 번째, 여섯 번째 답.
 '마지막 순간에 생각을 바꾼 거라면 아무래도 레옹을 자기 곁에 두는 게 더 좋아서. 내가 동생보다 좀 더 살았으니까, 동생이 좀 더 사는 게 맞는 것 같아서. 날 지나치게 사랑해서.'

10월 25일

오늘은 사샤의 생일 기념으로 수업을 빼먹었다. 사샤한테 자라에서 산 엄청 예쁜 재킷을 선물했다. 빨간색에 검정 버튼이 달려 있고, 오드리 헵번이 연상되는 50년대 실루엣을 드러내는 새킷이었다.
 사샤는 빨강 머리 때문에 어디서든 눈에 띄는 스타일이다. 길거리를 지나다가 사샤를 보고 휘파람을 부는 남자들도 있었다. 싱글남부터 유부남, 굶주린 남자 들까지. 그럴 때마다 우리 둘은 킥킥거렸다. 스타벅스에 들렀는데 나이 든 남자 하나가 우리한테 커피와 머핀을 사 주겠다고 했다. 우리가 무시했더니 그 남자는 우리를 나쁜 년으로 취급했다. 남자들이란 나이가 들어도 똑같다니까.

그러고 나서 우리는 잭 에프런과 매튜 매코너헤이, 니콜 키드먼이 뇌쇄적 캐릭터로 나오는 영화 〈페이퍼보이〉를 보러갔다. 니콜이 감옥에서 자위하는 장면도 괜찮았고, 결말도 상당히 극단적이었다. 매코너헤이가 식스팩을 보여주는 장면이 나올 때마다 우리 둘은 웃음을 터뜨리며 엄청나게 팝콘을 먹어치웠다(심지어 혹시 턱이 떨어지지 않을까 걱정하며).

영화관에서 나왔는데 날씨가 엄청 좋았다. 우리는 손 강에 있는 조제프질레 둔치를 따라 산책도 했다. 생뱅상 둔치까지. 더할 나위 없는 하루였다. 샤샤랑 나랑 둘만의 시간. 녹슨 못과 햄, 둘만의 시간. 우리 둘은 시간을 초월해 떠다녔다.

11월 2일

어제저녁, 짐 정리를 하다가 2년 전 어느 여기자한테서 받았던 편지를 발견했다. 나한테 벌어진 일을 소재로 책을 쓰고 싶다며, 날 만나고 싶다는 내용을 담은 편지였는데, 그때 편지를 받고 엄청 우울했던 기억이 난다. 라나 델 레이*의 진수 같았다고나 할까.

―

가슴에 사무치는 후회로 쪼그라들면 좋겠어요.

물론 그 후에도 정기적으로 병원에 갔죠. 검사도 받고, 엑스레이도 찍고, 테스트도 하고. 의사들이 아주 만족스러워했어요. 햄 조각은 어떠냐고 내가 물었더니, 처음에는 무슨 소리인지 금방 못 알아듣더군요. 설마 떠올리기에도 두려운 것에 대해 그런 식으로 조롱했을 거라고는 생각 못 했겠죠. 뒤늦게 이해한 의사들은 날 안심시키려 하더군요. 하지만 약간의 자국은 그대로 남아 있을 거야, 조세핀, 그래도 시간이 지나면 색소 침착이 되면서 조금씩 원래 피부색과 유사한 색으로 변할 거야. '시간이 지나면'이라고? 그건 아무짝에도 소용없는 얘기였어요. 오히려 짜증이 났어요.

준비에브 선생님은 노래도 가르쳐주셨어요. 발성 연습을 했는데 죽는 줄 알았어요. 내 목소리는 끔찍했거든요. 당신은 내 목소리까지 망쳐놓았다고요. 선생님은 나한테 유튜브에서 찾은 여성 성악가들 영상을 보여주셨어요. 별 재미가 없더군요. 그래서 이번에는 내가 선생님한테 〈어셉터블 인 디 에이티즈(Acceptable in the 80's)〉와 〈배

● 미국의 유명 싱어송라이터로, 침울함과 염세적 분위기의 새드 코어(sad core)라는 독특한 장르를 선보임.

드 로맨스〈Bad Romance〉라는 노래를 들려드렸죠. 선생님은 나를 병원 구내식당으로 데려가셨어요. 6개월 동안 매일같이 먹었던 음식 맛을 다시 느끼니 기분이 묘했어요.

당신이 혐오스러웠죠. 그래서 나는 정신과 의사 선생님의 도움을 받아 내가 거쳐온 모든 길과 모든 슬픔을 하나씩 따져보았어요. 하루는 정신과 상담을 받으러 가서 거울 속의 내 모습을 오랫동안 바라본 적도 있었어요. 의사 선생님이 말했죠, 인정해, 어쨌든 네가 예쁘다는 걸 인정해. 그래서 내가 인정했죠, 어쨌든 난 예뻐요. 그러자 선생님이 안도의 한숨을 내쉬며 말했어요, 드디어 한발 앞으로 내딛었구나. 난 미소를 지어 보였어요. 예전에 있었던 작은 보조개가 끔찍한 모습을 하고 있는 왼 볼에서 서서히 모습을 되찾아 다시 자리를 잡았어요. 기분이 엄청 좋았어요. 예전의 초록 눈동자도 되찾았죠. 개자식(당신)과 할아버지의 눈동자처럼 말이에요. 할머니가 비참한 사랑에 눈물짓도록 내버려 두셨던 그 할아버지.

사람들은 늘 내 눈을 바라보았죠. 운 좋게 꽤 괜찮은 인물이었으니까요. 엄마한테 고맙네요. 자기보다 더 긴 다리를 물려준 건 빼고요. 사샤는 내 기다란 다리를 보고 당황스럽다고 얘기했어요(지금도요). 내 얼굴이 어떤 모습이든지 더는 불평하지 않기로 마음먹었어요. 그날 정신과 상담을 마치고 나오는데 기분이 좋았어요.

그런데 실은 그 전날 밤에 엄마랑 아저씨가 또 대판 싸웠죠. 레옹은 두 사람이 헤어지면 아저씨를 따라가서 살 거라고 말했어요. 오토바이 친구. 엄마는 그 말에 꼭지가 돌아서 마구 고함을 질러댔죠, 넌 내가 시키는 대로 하는 거야, 난 네 엄마니까, 결정은 내가 해! 그랬더니 머리에 피도 안 마른 오줌싸개가 말대꾸했죠, 그럼 난 가출할 거야, 도망갈 거라고! 결국 엄마는 아무거나 손에 잡히는 대로 집어 들고 벽으로 던졌고, 산산조각 난 유리 파편이 레옹의 얼굴에 박히고 말았어요. 곧장 두 군데에서 피가 흘러내렸어요. 레옹이 뺨을 만졌더니 손바닥이 빨개졌어요, 핸드페인팅을 할 때처럼 말이에요. 순간 나는 그 모습에 정신을 잃었어요.

잠시 뒤에 창피해졌어요. 레옹은 날 놀려댔죠, 오줌 지렸지! 오줌 지렸지! 레옹은 작은 반창고 두 개만 붙였어요. 하나는 이마에, 다른 하나는 볼에. 괜찮아, 얼굴에서 피가 좀 많이 났을 뿐이란다, 그러면서 응급구조사가 나한테 수면유도제를 주었어요. 그걸 먹는 순간 모든 게 푹신푹신해진 느낌이 들었어요. 매트리스, 이불. 난 솜 위에 놓은 돌덩이가 된 것 같았죠.

갑자기 암퇘지의 목소리가 들려왔어요. 아주 멀리서 아주 희미하게. 맞아요, 정말 당신 목소리였어요. 〈헨젤과 그레텔〉을 읽어주는 목소리가 들렸고, 나는 스르르 깊은 잠에 빠졌어요.

12월 2일

요즘 정신과 상담 시간에는 예전 이야기를 제법 많이 한다. 예를 들면 레옹이 태어나기 전의 얘기.

 그때 기억은 꽤나 선명해요. 엄마랑 곧 태어날 아기 방을 꾸몄고, 엄마 배가 엄청 불렀던 기억이 나요. 엄마 젖가슴도요. 엄마가 가슴을 드러내놓고 찍은 사진도 있었어요. 장난감 동물 인형도 샀는데, 그때 아빠 엄마가 나한테 직접 인형을 고르라고 했어요. 동생 방에 꾸며놓을 그림도 많이 그렸어요. 그러면 아빠 엄마가 작은 집게로 그림을 집어 색실에 걸어놓으셨죠. 엄마는 정원에 보랏빛, 분홍빛 꽃을 심으셨어요. 인간쓰레기는 우리 모습을 카메라에 담으며 엄마랑 나한테 예쁘다고, 두 사람은 자기를 행복하게 해주는 존재라고, 우리 둘한테 고맙다고 말했죠.

 그런데?

 인정하긴 싫지만 내 인생에서 최고로 행복한 시기는 그때였어요. 그때만 해도 아빠랑 엄마는 말이 아주 잘 통했거든요. 그리고 난 늘 두 사람의 품 안에 있었어요. 나는 두 사람 모두 사랑했어요. 우리 식구 모두 행복한 인생을 살 줄 알았죠. 그런데 결국 이렇게 되고 말았어요.

 이렇게?

 잘 아시잖아요.

선생님은 내가 그 얘기를 직접 꺼내길 원했다. 정신분석치료 중이었으니까. 말을 밖으로 꺼내야 해, 그걸 극복하고 싶으면 그 말을 쏟아내야 하는 거야. 그래서 말했다. 밤중에 개 같은 일이 벌어졌던 그날, 그 하루 동안의 이야기를 꺼내놓았다.

12월 2일 (밤중, 모두 잠든 시각)

살다 보면 가끔 완벽한 날이 있지요. 그런데 우리는 그런 날을 그냥 지나쳐요. 그저 당연하게 받아들이죠. 그날은 잠에서 깨자마자 뭔가 다른 느낌이 들었어요. 제일 먼저 눈에 들어온 건 창밖의 밝은 햇살과 푸르디푸른 하늘이었어요. 모든 것이 사진을 찍어놓은 듯 아주 선명했죠. 공기가 아주 맑은 것 같았어요. 무슨 얘긴지 아시겠죠.

그 사람은 크루아상과 팡오레를 사러 갔어요. 팡오레는 레옹 거였죠. 레옹은 팡오레에 누텔라를 발라 먹는 걸 엄청 좋아했거든요. 우리 셋이서 아침을 먹었어요. 웃으며 그날 하고 싶은 일에 대해 얘기를 나누었죠. 그 사람이 말했어요. 너희 둘이 원하는 건 뭐든지, 너희가 하고 싶은 거 뭐든지 하자.

레옹이랑 나는 특별한 걸 원하진 않았어요. 뭐, 박물관에 간다든지 수상 스포츠를 한다든지 그런 거 말이에요. 그저 온 가족이 함께 보내는 시간을 누리고 싶었을 뿐이었죠. 그냥 집에 있으면서 오디오 볼륨을 끝까지 높여놓고 신나게 춤추기. 우리가 그날 했던 일이에요. 그 전까지 그 사람이 춤추는 모습을 한 번도 본 적이 없어서 좀 이상했어요. 내가 록 음악도 살짝 가르쳐줬는데 리듬감이 정말 꽝이었죠.

우리는 온몸이 땀범벅으로 되었어요. 추운 날이었지만 그 사람은 정원에서 쓰는 호스로 우리 두 사람을 씻겨주었어요. 레옹이랑 내가 앞마당에 수영장이 있으면 좋겠다고 했더니 그 사람이 알았다고, 곧 수영장을 하나 만들자고 했어요. 레옹이 물었죠, 진짜 수영장이요? 그래, 진짜 제대로, 시시한 플라스틱 수영장 말고 다이빙대도 있는 수영장 말이다. 그러자 레옹이 덧붙였죠, 따뜻한 물도요. 우리 셋은 웃었죠. 서로 끈을 마주 잡고 당겨서 수영장 만들 자리를 잡았고, 그 사람은 다음 날 아침에 수영장을 설치해주는 곳으로 연락하겠다고 말했어요. 그리고 세 달 뒤에 봄이 오면 다 같이 수영을 하자고. 그 날 그랬어요. 그런 일이 있었죠. 가족끼리 하는 일. 작은 꿈이 둥지를 틀고 실현되었죠.

그런 뒤에 셋이서 식사 준비를 했어요. 난 샐러드를 만들었어요, 샐러드만큼은 기막히게 잘 만들거든요. 레옹은 테이블을 차렸고요. 그 사람은 와인 병을 따서 레옹과 나한테 조금씩 따라 주었고, 셋이서 수영장을 위해 건배했죠. 파란 하늘을 위해. 할아버지의 건강을 위해,

할아버지 몸속에 있는 암이 사라지도록. 콜레트를 위해, 그녀가 더 이상 몸을 떨지 않도록. 엄마를 위해, 엄마가 언젠가 돌아오도록.

그 사람은 우리한테 멋진 아빠가 되어주지 못했던 모든 순간을 용서해달라는 말도 했어요. 그러자 레옹이 벌떡 일어나더니 그 사람한테 아빠는 멋진 아빠라고 얘기하며 애교를 부렸죠.

'끔질'에 대한 일곱 번째 답.
'나는 그 사람한테 멋진 아빠라는 얘기를 하지 않아서.'

그 사람은 레옹의 애교 섞인 말에 감동을 받아 어쩔 줄 모르며 눈물을 훔쳤어요. 그러면서 우리를 사랑한다고, 곧 직장을 다시 구해 모든 일이 자리 잡을 수 있게 할 거라고 말했어요.

우린 맛있게 식사했지요. 샐러드도 정말 맛있게 잘 만들었어요. 레옹이 그 사람한테 유도 수업을 등록해도 되냐고 물었더니, 그 사람은 썩 내켜하진 않았지만 알겠다고 내답했어요. 그러자 레옹은 벌떡 일어서더니 자기가 좋아하는 제이슨 본 흉내를 내며 우스꽝스러운 액션 동작을 해댔지요.

나는 학교생활에 대해 이야기하고, 나중에 하고 싶은 일이 무엇인지 얘기했어요. 스타일리스트나 조향사가 되고 싶다고. 에르메스에서 나온 향수의 향을 거의 다 만든 사람이 쓴 책을 읽어보기도 했다고. 정말 좋았다고. 그 언어, 향이 나는 단어, 단어의 뒤에 남는

고요하면서도 아주 분명한 문장이 좋았다고. 그 사람은 내가 하는 얘기를 가만히 듣고 있었고, 난 기분이 좋았어요. 어른이 된 느낌이었죠. 그 사람이 나한테 오랜 시간을 내어주고 있다는 사실이 뿌듯하기도 했어요.

레옹은 비디오를 보러 가고 우리 둘만 테이블에 남게 되자, 그 사람은 어떤 향을 만들고 싶은지 설명해줄 수 있냐고 물었어요. 어려운 질문이었죠. 누가에 말라바, 감초 약간, 히아신스(엄마가 우리 정원에 심었던 꽃 이름) 약간, 거기에 유년기까지 더하고 싶어요, 내가 대답했죠. 그러자 그 사람은 아주 멋지다고 얘기하더군요. 그러고는 내가 말한 향을 느끼고 젖어들려는 듯 지그시 눈을 감고 내 볼을 어루만졌어요. 그리고 내게 미소를 지으며 말했죠. 조세핀, 넌 언제까지나 최고로 멋진 어린 시절을 간직하게 될 거야, 날 믿으렴. 그래서 난 믿었어요. 그때는 아빠의 말을 믿고 싶었으니까요.

그 순간 의사 선생님이 내게 한마디를 했다. 우리가 상담을 시작하고 처음으로 네가 '아빠'라는 말을 했구나.

아빠. 갑자기 그 두 음절이 묘한 느낌을 가져다주며 내 입이 타들어가는 듯했고, 바늘처럼 내 살갗을 찌르는 듯했다. 그러면서 동시에 그 음절이 따뜻하고 편안하게 다가왔다.

우리는 함께 설거지를 하고 디저트를 먹으러 몽투아 카페에 갔어요. 그 사람은 우리한테 테트 드 네그르의 이름이 왜 오델로가 되었는지, 하지만 머랭쿠키의 이름 하나를 바꾼다고 해서 사람이 보다 너그럽고 온화하고 관대한 존재가 되는 건 아니더라는 얘기를 했어요. 고용지원센터에서 상담받는 일이 괴롭다는 얘기도 했고요. 그곳 사람들이 아무렇게나 툭 내뱉는 말이 사람들한테 상처가 된다고. 그곳에서 당신은 이제 더 이상 어떤 권리도 없다는 얘기를 듣고 그 자리에서 쓰러진 사람도 있었다는 얘기를 들려주었죠. 정말 치명적인 말이지 않니, 아무런 권리도 없다는 말. 꼭 어른한테 말하듯 우리한테 얘기를 했어요. 레옹이랑 나는 제법 인정받는 느낌이었죠. 기분이 좋았어요. 반대로 우리도 그 사람한테 이런저런 질문을 늘어놓았고, 그 사람이 대답하기도 했어요.

그런데 갑자기 그 사람이 운을 뗐어요. 우리가 자기한테 단 한 번도 묻지 않았던 질문이 하나 있는데, 그 질문을 해주면 좋겠다고요. 그게 뭔데요, 아빠? 비가 왜 내리는지. 그러자 레옹이 대답했죠, 그거야 일기예보에서 알려주잖아요. 그 말에 우리는 웃음을 터뜨렸어요. 하지만 그 순간 나는 아빠의 두 눈에 우울함이 스쳐 지나가는 모습을 분명히 보았어요.

집으로 다시 돌아온 다음에는 셋이서 모노폴리˙ 게임을 했어요. 이상하게도 계속 내가 졌지요. 한 번은 그 사람이 은행가 역할을 맡았는데, 나한테 테이블 밑으로 500달러짜리 지폐 여러 장을 몰래 건네주었어요. 혹시라도 레옹이 그 모습을 볼까 봐 엄청 벌벌 떨었

● 미국의 땅따먹기 보드게임.

죠. 테이블 아래에서 주고받은 작은 황록색 지폐는 그날 오후 우리 둘만의 비밀이었어요. 우리 둘이 마지막으로 간직한 엄청난 비밀.

저녁은 피자로 때웠어요. 레옹은 100번도 넘게 본 〈다이하드 1〉을 또 틀었고, 나는 1,000번도 넘게 한 롤 게임을 시작했어요. 세 사람 모두 소파에 앉아 있었죠. 엠앤드엠 초콜릿도 나눠 먹었어요. 다 먹고 난 후에는 우리더러 욕실로 가서 깨끗이 이를 닦으라고 했어요. 이는 관리를 잘해야 해, 새로 나지 않으니까. 얼굴도, 손도, 귀도. 제대로들 해, 침대에 누우면 아빠가 가서 검사할 거야. 레옹과 나는 고함도 지르고 까르르거렸어요. 그날 하루 동안 우리 둘은 어른도 되었다가 아이도 되었다가 했죠. 온전히 우리 둘만의 아빠였어요. 정원에 수영장도 만들 거고, 그 사람은 새 직장도 찾을 거고, 어쩌면 할아버지도 암이 나을지 모른다고 생각했어요. 우리 인생에서 가장 멋진 하루였죠.

그 전에도 한 번 그런 날이 있었는데 그땐 엄마와 함께였고, 이번에는 아빠와 함께한 인생 최고의 날이었던 거죠. 제기랄. 내 손으로 직접 이런 말을 쓰다니. 하지만 사실이니까.

그날 아빠는 세상에서 가장 멋진 아빠였어요. 잠자리에 든 우리 곁에서 〈헨젤과 그레텔〉을 읽어주셨어요. 그 사람이 어렸을 적에 안나 고모한테 매일 읽어줬던 책이었지요. 그때마다 안나 고모는 코밑까지 이불을 끌어올리고 속삭였대요. '작게, 얘기 무서워.'

우리는 엄청나게 애교를 부렸어요. 그러면 그 사람은 몇 번이고 우리한테 사랑한다고 말했어요, 세상 그 무엇보다 사랑한다고. 그리고 말했죠, 이제 잘 시간이야, 내일 또 학교에 가서 알찬 하루를 보내야지.

그리고 밤이 찾아왔어요.

5월 19일

사샤랑 나는 고등학교 2학년으로 올라간다. 당당히. 평균 점수 16.2(사샤), 15.8(나). 햄과 녹슨 못의 설욕. 우리가 가장 강하고 가장 예뻐! 우리 엄마들은 완전 흥분해서 우리를 데리고 쇼핑을 하러 갔다. '애들아, 마음껏 쇼핑해!'

괜히 흥분할 필요 없었다. '마음껏'이라고 해봤자 최대 400유로니까. 그래도 그게 어디야.

─

병원 사람들이 당신의 퇴원 소식을 엄마한테 전해주었어요. 잠깐 동안 엄마는 꼼짝 않고 굳은 채로 서 있었죠. 옆에서 겨우겨우 엄마를 앉히고 안심시켜야만 했어요. 다시 돌아오지 않을 겁니다, 아무것도 바라지 않을 거예요. 우리를 만나겠다는 얘기도 안 할까요? 걱정 마세요.

병원 사람들은 정말 친절했어요. 한 사람이 엄마한테 약봉지를 건넸어요. 이걸 먹으면 좀 편안해지실 거예요. 그럼 두려워할 필요가 전혀 없는 거죠? 엄마가 물었어요. 전혀요, 자신은 사라질 테니 부인께서 앞으로 자기 소식을 들을 일이 없을 거라는 말을 남기고 떠났어요. 용서를 구하면서, 절대 용서받지 못할 거라는 사실을 알고 있다는 말도 하더군요. 그러니까 이제 그 사람은 죽은 거나 마찬가지인 거네요. 엄마가 말했어요. 그러자 레옹은 만약 당신이 다시 나타난다면 죽여버릴 거라며 허세를 부렸고, 옆에 있던 올리비에 아저씨도 한마디 거들었죠, 나도 널 도와줄게, 오토바이 친구. 그러더니 둘은 서로 주먹을 부딪치며 같잖은 행동으로 이야기를 마무리했어요.

그날, 개 같은 사건이 벌어진 지 3년이 지난 2010년 7월 7일 월요일, 내가 말했어요. 턱에 통증도 없이, 말을 더듬지도 않고, 슬프지도 않고, 그 어떤 고통도 없이. '아빠는 떠났어요'라고. 마치 태풍

이 물러가거나, 불이 꺼지거나, 식사 준비가 끝나고 상을 다 차렸다고 말할 때처럼.

그랬더니 갑자기 내 어깨와 엉덩이에서 어마어마한 양의 악취 섞인 피가 쏟아져 나와, 나의 너무도 긴 다리를 타고 흘러내리는 것 같았어요. 엄청난 양의 따뜻하고 끈적끈적한 생리가 흘러내렸죠. 엄마가 곁으로 다가와 나를 품에 꼭 안아주셨어요. 엄마는 몸을 떨었어요. 내 밑으로 흘러내린 피는 엄마의 발을 적시고 거실 매트에 스며들었어요. 엄마는 눈물을 흘렸고, 나는 미소를 지었어요. 나의 보조개도 웃었어요. 몸이 가벼워진 느낌이었어요. 몸을 깨끗이 씻어낸 느낌. 살아 있는 느낌.

마치 당신이 죽은 것처럼.

5월 21일

오늘 아침에 열일곱 살이 되었다. 오늘 아침에 할아버지가 돌아가셨다. 엄청난 선물이네, 사샤가 말했다. 곧 릴로 떠난다. 기차로 3시간. 직행. 꼭 가지 않아도 돼, 엄마가 말씀하셨다. 하지만 나는 가고 싶다. 엄마는 가지 않으신다, 레옹도 마찬가지. 레옹은 자기랑 상관없는 사람이라고 했다. 그 사람은 자기 할아버지가 아니라고, 자기한테 진짜 할아버지는 올리비에 아저씨의 아버지라고. 살인자의 아버지 장례식에 우리가 왜 가야 하냐고.

5월 22일

안나 고모네 집에 왔다. 창밖으로 정원이 보이는 아주 예쁜 방이 있었다. 릴 구시가지에 있는 작은 집이었다.

우리는 오늘 아침 일찍 콜레트를 만나러 캉브레로 갔다. 그녀는 앉아 있었고 더는 떨지 않았다. 할아버지가 눈을 감은 순간에도, 할아버지의 양손이 썩은 과일처럼 무릎 위로 툭 떨어질 때도 떨지 않았다고 한다. 입술은 되새김질을 멈춘 채 굳게 닫혔고, 고개는 천천히 옆으로 기울어졌고, 더 이상 온몸을 떨지 않았다. 한 시간 만에 머리카락이 하얗게 세어버렸다. 신부가 작은 면사포를 두른 듯. 여태껏 콜레트를 떨게 만들었던 건 그녀 안에서 숨 쉬던 할아버지의 목숨이었다는 생각이 들었다. 그런데 이제는 숨결이 사라지고, 그저 체념만 남은 것이다. 돌덩이처럼 무거운 불변의 슬픔. 그녀는 나를 무기력하게 품에 안았다. 나는 그 품 안에서 한참 머물렀다.

얼마 지나지 않아 그녀가 운을 뗐다. 죽기 전 몇 주 동안 힘겨운 시간을 보냈다고. 할아버지는 귤 조각 하나도 제대로 씹어 넘기지 못했다고 한다. 그래서 그녀가 귤즙을 내어 먹여주면 즙이 입술과 턱을 타고 흘러내렸고, 할아버지는 그걸 혀로 핥아 먹을 힘조차 없었다고 한다. 그리고 할아버지 몸은 종잇장처럼 가벼웠다고 한다. 무게 없는 후회만이 온몸을 가득 채우고 있었다고. 그런데 충분히 사랑받지 못한 사람이 이 세상을 떠나면서 후회하는 건 뭘까? 할아버지는 더 이상 콜레트를 알아보지도 못하셨다. 더 이상 눈도 뜨지 못했지만 계속 눈물을 흘리셨다. 아빠가 저지른 일을 한탄하셨던 걸까? 그 몇 주 동안 콜레트는 그 어느 때보다 몸을 사시나무 떨듯 떨었다고 했다. 격렬한 몸짓으로 격하게, 마치 할아버지의 목숨이 달린 스파크가 계속 튀도록 발전기를 돌리려 애쓰듯.

그녀가 처절하게 몸부림친 흔적이 집 안 곳곳에 남아 있었다. 고모와 나는 집 안 정리를 하고 삶이 남긴 조각과 추억을 주워 담으며 아침나절을 보냈다. 어질러진 물건을 정리하다가 아빠가 1983년 여름에 썼던 엽서 한 장을 발견했다. 고모와 아빠가 랄프뒤에즈 캠프에 갔던 때였다. 아빠가 열세 살이었을 때 콜레트한테 쓴 엽서였다.

'그동안 못되게 굴어서 죄송해요. 앞으로 최선을 다해볼게요. 그렇다고 해서 당신이 나랑 내 동생의 엄마가 될 거라는 생각은 하지 마세요.'

나는 아빠도 열세 살이었던 때가 있었다고, 이런 어린 시절이 있었다는 생각을 해본 적이 없었다. 먼저 세상을 떠난 어린 여동생과 반쪽짜리 말을 하는 또 다른 여동생, 떠나서 영영 돌아오지 않은 엄마를 버텨냈던 어린 시절. 그렇게 분노의 중심에서 버티고 있었던 콜레트는 어느새 아빠의 아픔 속으로 들어가, 그저 수많은 아픔 중 하나로 자리 잡았다.

오늘 저녁, 고모가 콜레트와 나를 레스토랑에 데리고 갔다. 고모부도 그 자리에 함께했다. 콜레트는 음식을 거의 먹지 못하고 냅킨으로 얼굴을 가린 채 하염없이 눈물만 흘렸다.

마음이 아팠다. 친절한 분이니까. 그날 레옹의 옆에 엄마처럼 있어주었던 사람이니까. 끔찍한 일이 벌어졌던 그날 밤, 그녀는 곧장 우리에게 달려왔다. 내가 병원 응급실로 실려 갔을 때, 엄마가 어떤 남자랑 니스나 파리에서 관계를 맺고 있을 때, 우리 인생이 쓰러진 그 순간에.

시간이 늦었지만 사샤한테 전화를 걸어야겠다. 사샤와 전화 통화를 하면 어느새 내가 평범한 사람처럼 느껴지니까.

5월 23일

사샤, 옛날에 우리 가족이 살았던 집 앞을 방금 지나왔어. 새로 이사 온 사람들이 2층 창가에 꽃을 놓아두었더라고. 근데 거기 무슨 꽃이 있었는지 아니? 글쎄 히아신스가 있는 거야. 갑자기 추억이 스쳐 지나가더라고. 아빠, 엄마, 우리 모두. 어린 시절의 조각이 작은 퍼즐 조각처럼. 그 조각을 다 끼워 맞추고 나면 어떤 그림이 되는지 결코 알지 못했지. 그렇지만 완성된 퍼즐의 모습이 정말로 궁금했어. 완성된 그림을 맘속에 그리며 컸고, 얼른 자라고 싶었어. 속으로 생각했지. 우리는 지나고 나서야 행복했음을 깨닫는다고. 고통과는 달리 행복하게 사는 순간에는 결코 그 행복을 깨닫지 못한다고.

고모 집에 온 다음부터 날 위한 행복과 평화를 찾고 싶은 마음이 들어. 괜히 불안해. 그 얘기를 하려고 오늘 오후에 정신과 의사 선생님한테 전화를 걸었어. 나의 가족과 나의 자리를 되찾고 싶은 마음이 불쑥 드는 건 뭐냐고. 그랬더니 선생님이 그러셨어. 좋은 현상이구나, 예전에 살아왔던 모습이 아니라 이제 지금 네 모습 그대로 존재하고 싶은 거야, 마침내. 그가 말한 예전의 내 삶은 언제나 결국 연민과 고통, 환멸, 멸시로 끝났지.

작년에 학교에서 날 '포토샵'이라고 불렀던 나쁜 놈이 떠오르네. 그때 아무런 대꾸도 못했거든. 응수할 필요가 없는 말이었으니까. 그렇지만 뭐, 아주 틀린 말도 아니었지. 고모한테 지금 아빠가 어디

계신지 아냐고 물었어. 그랬더니 고모가 놀란 기색을 보이셨어.

왜?

할아버지가 돌아가셨다는 소식을 전해야죠.

5월 23일 (밤 11시 20분)

아빠가 슬퍼하실지 궁금하다. 정작 내가 슬퍼할지도 잘 모르겠다. 내일 장례식을 치른다.

5월 24일

날씨가 엄청 좋았다. 그래서 사람이 많았던 거였나 싶다. 과부며 늙은 여자들이 바글바글하네, 고모가 말했다. 레메부터 젱랑, 생토베르에서 온 여자 손님들, 할아버지가 완벽한 화학자이자 이 수많은 여인의 신사였던 시절. 할아버지가 속까지 완전히 쪼그라든 채 돌아가신 모습을 보고 나니, 예전에 할아버지가 이런 매력을 풍기며 수많은 여자에게 사랑의 탄식을 불러일으켰다는 게 잘 상상되지 않는다. 할머니는 할아버지를 떠나보내는 순간에 왜 그리 슬퍼하셨을까?

  몇몇 사람이 할아버지가 생전에 친절했던 모습을 떠올리며 추도사를 했다. 콜레트는 〈어린 왕자〉의 한 소절을 읽으려 했지만, 눈물이 앞을 가려 말을 하지 못했다.

  장례식이 끝나고 할아버지가 일하셨던 약국 근처에 있는 카페, 할아버지도 생전에 종종 들르셨던 카페에 모여 앉아 와인을 한 잔씩 했다. 키르와 팽슈프리즈, 마카롱도 있었다. 장례식이 끝나면 허기가 진다. 공허하면 허기가 진다. 몇몇 사람은 안면이 있었다. 실루엣이 예전과 많이 달라져 있었다. 그러다가 어느 순간 한 남자가 눈에 들어왔다. 충격이었다. 못 해도 20킬로그램은 더 살찐 것 같았다. 스프프. 아저씨는 아빠의 소꿉친구이자 심지어 절친한 사이였다.

  예전에 우리한테 선물도 종종 해주신 분이었다. 영원히 우리 곁에 있겠다는 얘기도 했다. 하지만 세상 모든 어른이 그렇듯 아저씨의 말도 거짓이었다. 시선이 마주칠 때까지 아저씨를 가만히 응시했다. 아저씨는 나한테 바로 다가오지 못하고 오히려 날 피하는 눈치였다. 왜 그러는지 아주 잘 알지. 결국 내가 먼저 아저씨한테 다가갔다. 얼굴이 하얗게 질린 키 큰 남자 한 명이 서 있었다. 아저씨는 키르를 연거푸 두 잔 마셨다. 단숨에. 옆에 있던 아저씨의 부인이 아저씨를 매섭게 노려보았다. 그러더니 아저씨가 나한테 용서를 구했다. 나한테.

용서해다오, 조세핀, 그 일이 있고 나서 네 아빠를 내버려 두고, 옆에서 끝까지 진정한 친구가 되어주지도 못하고, 네 소식을 살피려고 하지도 않아서 미안하구나.

아저씨는 부끄럽다는 말을 했다. 7년 동안 수치심과 불행이 이어졌다고.

두려웠다, 매일 아침 구역질을 하고 피를 토했지. 손가락이 점점 뻣뻣해져서 이젠 더 이상 주먹을 쥘 수가 없어. 내가 저지른 배신에 나는 조금씩 죽어가고 있어. 우정이라는 것 때문에 나는 매일같이 화를 내고 미쳐갔지. 소용돌이 속에서 하루하루를 보냈어. 너의 그 비열한 아빠가 보고 싶다. 그 비겁함이 그리워. 그 비겁함은 그저 삶을 향한 무한하고도 수줍은 사랑이었는데……

끔찍한 일이 벌어졌던 그날 밤 이후 술을 엄청 마셔댔어. 아침에 눈만 뜨면 그놈이 생각나고, 그 생각을 떨쳐내려 애썼지. 그렇게 내 몸은 서서히 망가지고 있어. 조세핀, 나도 나 자신을 용서하지 못해, 그러니까 넌 날 멸시해도 되고, 내 얼굴에 침을 뱉어도 돼. 내가 빌어먹을 놈이지.

아저씨의 두 눈이 반짝였다. 격한 감정과 키르, 수치심. 나쁜 조합이었다.

'아저씨도 나쁜 놈이야!' 하고 외치고는 아저씨의 얼굴에 침을 뱉었다. 옆에 있던 부인이 아저씨의 팔을 잡고 개 끈을 잡아당기듯 일으켜 세웠다. 아저씨는 끌려가는 길에도 테이블 위에 있던 술잔 하나를 또 집어 들고 입술에 가져다 댔다. 그러자 부인이 술잔을 내리쳤고, 잔이 깨지며 사방으로 키르가 튀었다. 바닥에 반투명한 작은 핏자국이 생겼다. 아저씨는 초점을 잃은 눈빛으로 날 바라보았고, 부인은 그런 아저씨를 무작정 밖으로 밀어냈다. 복도로 나간 아저씨는 결국 쓰러지고 말았다. 회한이 아저씨를 먹어치운 것이다. 아저씨한테는 그게 암 덩어리와도 같은 존재였다. 그리고 나는 생각했다, 아저씨가 그냥 이대로 죽어버리면 좋겠어.

누가 죽기를 바라다니, 내가 제대로 미쳤나 보다.

저녁 8시 10분, 정신과 의사 선생님한테 전화하기에는 너무 늦은 시간이다.

5월 24일 (늦은 시간)

고모랑 나는 부엌에서 다시 만났다. 고모부는 잠들었고 우리는 잠을 이루지 못했다. 고모는 와인을 한 병 따고, 치즈도 꺼내고, 아침에 먹고 남은 빵도 조금 구웠다. 우리는 둘이서 많은 얘기를 주고받았다. 약간 지루한 감도 있었지만 온전히 둘만의 시간에 빠져 있었다.

나는 고모가 참 좋다. 지난 몇 년 동안 엄마하고도 이렇게 얘기해 본 적이 없다. 사실 엄마는 요즘 우리한테 말을 거의 하지 않는다. 그리고 일하러 나가는 시간이 점점 많아지고, 어떨 땐 며칠씩 외국에 나가 있기도 한다. 레옹은 올리비에 아저씨가 돌본다. 아저씨는 레옹한테 오토바이 타는 법을 가르쳐주셨다. 심지어 앞바퀴를 들고 타는 것까지. 참 별로다. 그러다가 사고라도 나면 앉은뱅이 신세가 될 텐데. 내가 뭐라고 하면 두 사람이 네 일이나 신경 쓰라고 맞받아치는 바람에 결국 말싸움으로 끝나고 만다. 둘 다 꼴 보기 싫다. 내년에 고등학교를 졸업해서 얼른 이곳을 떠나고 싶다.

고모랑 이런저런 얘기를 나눴다. 고모한테는 자기 오빠랑 간직하고 있는 좋은 추억이 있었다. 고모가 얘기하는 사람이 나의 아빠라고 생각하기는 어려웠다. 아빠가 예전에는 멋지고 친절하고 든든한 오빠였다니.

아빠는 고모한테 껌을 잔뜩 사 준 적이 있었다고 했다. 혹시라도 껌을 씹다 보면 구강 근육이 발달해, 입 밖으로 내뱉지 못하는 나머지 반쪽 말을 할 수 있게 되지 않을까 하는 생각에서 나온 행동이었다고. 그리고 캠프에 갔을 때는 무서워하는 고모를 지켜주기 위해 밤이 되어도 어떡하든 옆에 붙어 있었다고 했다. 그뿐 아니라 옆에서 다른 사람이 놀리거나 말거나 〈헨젤과 그레텔〉도 읽어줬다고 했다. 고모가 고모부를 만난 뒤, 세 사람은 서로 헤어지지 않고 늘 함께였다고 했다.

고모는 5년 전, 우리가 리옹으로 가서 살게 되었을 때 정신병원에서 아빠를 만난 적이 있었다. 그 자리에서 아빠한테 내가 했던 '끔질' 얘기를 꺼내놓았더니 눈물을 흘리셨다고 했다. 그리고 레옹이랑 내가 아빠와 관련된 건 모조리 불태워 버렸다고, 성도 버렸다는 얘기까지 전했다고. 그날 이후로 아빠는 그 누구도 만나지 않겠다고 하셨고, 그렇게 둘 사이에도 침묵이 시작된 거였다.

창밖으로 아침이 밝아왔고 고모랑 나는 하품을 했다. 고모가 나한테 봉투 하나를 건넸다. 내 생일 선물이라고 했다. 아빠와 고모의 엄마가 돌아가시고 뒤늦게 찾아간 집에서 아빠와 고모 앞으로 남아 있던 단 두 가지 물건이었다.

조세핀, 이건 행복이 존재한다는 걸, 행복은 분명 어딘가에 존재했다는 걸 말해주는 선물이란다.

봉투 안에는 사진이 두 장 들어 있었다. 첫 번째 사진에는 분홍색 원피스를 입은 어린 쌍둥이 자매의 모습이 있었다. 얼굴이 백옥같이 하얗고 예쁘다. 정원에서 웃고 있다. 영원할 것만 같다. 두 사람 뒤로 원피스 색과 똑같은 빛깔의 히아신스 꽃이 보인다.

두 번째 사진은 즉석 증명사진으로, 사진 속에는 여섯 살 난 어린 소년이 있었다. 단정히 머리를 빗고 흰 셔츠를 입은 모습이었다. 오빠가 유도 수업 등록 서류에 붙이려고 찍은 사진이었는데, 정작 유도 수업은 잠깐 듣고 말았지 아마, 고모가 사진을 보며 설명을 덧붙였다. 이 사진을 찍은 날이 자기 인생에서 가장 멋진 날이었다고 하더구나. 사진을 찍은 다음, 아빠는 할머니랑 영화관에 갔고 콘아이스크림도 사 먹었다고 했다.

그날은 아빠의 엄마가 영화 보는 내내 아빠한테 손을 내민 날이었다. 아빠 인생에서 가장 멋진 날.

나는 내일 다시 집으로 돌아간다.

8월 27일

사샤랑 나는 4주째 스페인에 와 있다. 바칼로레아 합격 기념 여행 중이다(사샤는 16.1점, 나는 15.9. 내 점수는 진짜 형편없음). 고등학교를 졸업하고 사샤는 수학을, 나는 화학을 전공하기로 결정했다. 할아버지처럼. 하지만 할아버지와는 반대로 자국을 없애는 게 아니라 남기고 싶다. 언젠가 새로운 향을 만들고 싶다.

이곳 사람들은 가끔씩 밤새 춤을 추기도 한다. 사샤는 여러 명의 남자들과 데이트를 한다. 별로 거리낌이 없다. 사샤는 평생 연애만 할 거라는 말을 입에 달고 산다. 내 상황은 좀 더 복잡하다. 남자들은 내가 키스를 원치 않는다는 사실을 납득하지 못한다. 남자 쪽에서 고집을 피우면, 대놓고 난 '키스포비아'라고 얘기한다. 그러면 남자들은 그게 무슨 성병이라도 되는 듯 당장 내뺀다. 불쌍한 녀석들.
 그런데 어제 만난 한 남자는 이미 그 단어를 알고 있었을 뿐 아니라 설명까지 덧붙였다. 그거 어린 시절의 상처 때문에 입 밖으로 내뱉지 못한 말이 있어서 그런 거야. 그 말에 난 꼼짝도 못 했다. 심지어 얼굴까지 잘생긴 남자였다.

―

그러다가 일곱 번째로 맞는 겨울의 어느 날 아침, 안나 고모한테서 전화가 왔지요. 당신한테 편지를 한 통 받았다고. 당신이 멕시코에 있다고. 멕시코 서안인 듯싶다고. 별말은 없었고 그저 당신이 죽지 않고 살아 있다는 정도의 얘기였다고. 새로운 삶을 찾고 새로운 친구도 만났다고.
 나는 그날 내내 딴 생각을 할 수가 없었어요. 저녁에 정신과 의사 선생님이 날 보더니 얼굴이 창백하다고, 긴장한 것처럼 보인다며 걱정하는 눈치였죠. 선생님한테 구역질이 난다고 얘기했어요. 그러자 선생님은 당신이 어딘가에 살아 있다는 사실 때문에 그런 거냐고 묻더군요. 그래서 난 아니라고 대답했어요. 그러자 선생님은 정말 아니냐고 계속 물었어요. 그래서 나는 똑같은 말만 반복했죠. 아니에요. 아니에요, 아니에요. 그럼 뭐야? 뭐니?

그 순간 나는 그 자리에 주저앉아 엄청난 눈물을 쏟아냈어요. '나이아가라 조세핀'이었죠. 눈물을 멈출 수가 없었어요. 2분 만에 상담실에 있던 휴지 한 통을 다 써버렸죠. 그러자 선생님이 자기 셔츠 옷자락을 내밀었고 그 모습에 나는 딸꾹질을 하면서 피식 하고 웃었어요. 조금은 진정되었죠. 옷자락은 얼마든지 내어줄 수 있어, 선생님이 말을 이었어요. 셔츠가 엄청 많으니까. 그 말에 다시 눈물이 흘렀어요. 폭포수처럼. 참 못났죠.

그러자 선생님이 내게 결코 잊히지 않을 아주 아름다운 얘기를 건넸어요. 원래 탄생의 순간에는 언제나 엄청난 양의 물과 눈물이 동반되는 거란다. 반갑다, 조세핀, 반가워.

12월 22일

비행기 탑승 2시간 전, 햇볕이 내리쬐는 곳으로 휴가를 떠나는 사람들 틈에 앉았다. 피부가 백옥같이 하얀 사람들. 사람들은 잔뜩 들뜬 모습으로 쉼 없이 이야기를 주고받는다. 마치 말을 하지 않고 가만히 있으면 초조해지는 사람들처럼. 하지만 나는 침묵을 원한다. 바람과 거친 파도 소리, 숨 막히는 더위를 원한다.

내가 가겠다고 말씀드리자 역시나 엄마는 불같이 화를 내셨다. 사실 엄마가 이번 크리스마스에는 올리비에 아저씨랑 가족 행사 같은 걸 할 예정이라고 미리 얘기하긴 했다. 참 기대되네요! 아마도 이번 크리스마스에는 두 사람이 갈라서지 않을 거라고, 적어도 새해까지는 그럴 일이 없을 거라는 얘기를 하려고 했겠죠. 우린 가족이 아녜요, 엄마, 그렇게 생각하는 사람은 레옹뿐이라고요. 게다가 엄마는 그 가족에 끼지도 못해요. 레옹의 가족은 아저씨라고요. 오토바이 친구. '하이파이브!' 언젠가 둘이서 문신을 새기고 나서 여자도 나눠 가질지 모르죠. '도리와케루.'● 레옹이 학교를 그만뒀어도 엄마는 레옹한테 신경도 안 쓰잖아요. 한 마리의 온순한 양 같은 레옹은 사라진 지 오래예요, 엄마 아들은 이제 머리가 컸다고요.

엄마는 지금껏 자기 자신만 바라보았잖아요. 맨날 눈가의 주름만 들여다보고, 혹시 똥배가 나온 건 아닌지 걱정하기에 바빴잖아요. 날이 갈수록 엄마는 미쳐갔어요. 세월을 흘려보내며 낭비한 거죠.

엄마한테 내 얘기를 하고 싶었어요. 세월이 흐르면서 조금씩 회복되는 내 모습을 말이에요. 하지만 엄마는 그런 얘기에 전혀 관심도 없었죠. 내가 점점 좋아지는 모습을 보지 않았으니까요. 얼굴에 붙은 햄 색깔이 옅어지고 얇게 구운 칠면조 고기 색깔처럼 변해 원래

● とりわける, '나누다' '각자에게 나누다'라는 뜻.

피부색에 가까워진 것도, 보조개가 다시 생긴 것도 몰랐잖아요. 날 보고 나시 (거의) 예뻐졌다는 말 한마디 해준 적도 없잖아요. 나한테도, 레옹한테도 맨날 엄마 모습이 어떤지만 물었잖아요. 그럴 때마다 내가 얘기했죠, 맨날 그런 질문만 하다가는 결국 엄마도 남자들의 눈짓 한 번에 넘어갔다가 하루아침에 비참하게 버림받는 여자 꼴이 될 거라고. 미모라는 건 어느 날 갑자기 허무하게 사라지고 말 거라고. 엄마가 지나치게 꾸미지 않은 모습은 언제나 정말 예뻐 보였어요.

고모가 엄마랑 아빠가 함께였을 때의 얘기를 해준 적이 있어요. 두 사람이 처음 만나 사랑했던 시절, 내가 태어났던 때, 그리고 엄마의 마음이 흔들렸던 때. 엄마는 이미 떠나고 싶어 했잖아요. 아빠를 영원히 사랑할 거라는 확신이 없었으니까. 우리를 영원히 사랑할 거라는 확신도. 엄마는 누군가를 남겨두고 떠나는 거 잘하잖아요. 그거 하나는 세계 챔피언감 아닌가요.

그때 나는 정말 슬펐어요. 우리는 엄마의 사랑을 받지 못한 채 꼬여 있었고, 결국 삐딱하게 자랐어요.

12월 22일 (늦은 시간)

사샤한테 전화를 걸었다. 사샤는 부모님이랑 유리아쥬에 가 있었다. 가족끼리 트리도 세우고 장식도 꾸몄다고 했다. 사샤는 그게 정말 싫다고 한다. 장식이 내 머리통만 해, 사샤가 말했다. 우리 둘은 웃음을 터뜨렸다. 나는 사샤의 웃음이 정말 좋다. 이제 전화를 끊어야겠어.

12월 22일 (비행기에서)

영화도 별로. 음식도 완전 별로. 그래도 다행히 내 옆자리에 뚱뚱한 여자나 미친놈이 타지는 않았다. 내 옆에는 노부부가 앉았다. 두 사람은 서로 손을 꼭 맞잡고 있다. 서로 아무 말도 하지 않는다. 기도를 하는 것 같다. 방금 할머니가 할아버지한테 닭고기를 잘라 주고, 자기 것에서 완두콩과 마늘 조각도 골라내 할아버지한테 주었다. 할아버지는 음식을 천천히 씹는다. 할머니가 한 번씩 할아버지 입을 닦아준다. 할머니는 할아버지한테 두 시간마다 약봉지를 건네는데, 할아버지는 먹을 때마다 약 넘기는 걸 힘들어하신다. 그러면 할머니가 할아버지 고개를 뒤로 젖혀 물과 함께 알약이 넘어가도록 해주신다. 두 사람은 영화도 보지 않고, 책도 읽지 않고, 서로 얘기도 하지 않는다. 그저 손만 맞잡고 있다. 나도 언젠가 누군가의 손을 저렇게 잡고 있겠지. 그땐 세상 그 무엇도 두렵지 않겠지. 언젠가는.

나는 정신과 의사 선생님이랑 이번 여행에 대한 얘기를 많이 나누었다. 선생님은 나에게 떠날 준비가 된 것 같다고 했다. 그런데 두려워요. 그러면서 한편으론 이번 여행을 떠나기로 마음먹었다는 사실이 말할 수 없이 기쁘기도 해요. 그런데 왜? 선생님은 내게 더 이상 망설이지 말라고 했다. 처음부터 네가 선택한 일이잖니, 이번 여행은 그 자체로 목적지에 도착하는 것 이상의 의미가 있어. 그런데 날 알아보지 못하면 어쩌죠, 낯선 사람이 되면 어쩌죠. 스페인어로는 '데스코노시도'.

그 순간 선생님은 나의 왼쪽 얼굴을 어루만지며 말했다. 그런 일은 없을 거야, 조세핀.

왜 그런지 알 수 없지만, 나는 그 말을 믿었다.

12월 22일 (비행기에서, 낮잠 자고 난 뒤)

벌써 9시간째 비행 중이다. 아직도 4시간 정도 더 가야 한다. 길다. 계속 먹는다. 〈007〉 시리즈를 봤다. 에바 그린이 나온 편. 에바 그린이 사샤랑 닮았다(아님 그 반대인가). 달콤한 미소와 함께 살며시 드러나는 송곳니, 그리고 엄청 섹시한 것도.

  옆자리에 앉은 노부부는 여전히 손을 잡고 있다. 할아버지는 할머니 어깨에 머리를 기댄 채 잠이 들었다. 할머니는 혹시라도 할아버지를 깨울까 봐 미동도 하지 않는다. 방금 헤드셋을 끼고 노래가 나오는 채널을 듣고 있는데, 내가 모르는 옛날 노래가 한 곡 흘러나왔다. 여가수가 부르는 노래인데 가사는 대충 이런 거였다.

  그 사람 얘기 좀 들려줘요, 어떻게 지내죠? 이젠 행복해하나요?●

  '어게인 나이아가라 조세핀'이 되고 말았다. 갑자기 두려워졌다. 할머니는 아주 천천히 내게 손수건을 건네셨다. 아직 할아버지가 주무시고 계시니까. 그리고 미소를 지었다. 그 미소는 말할 수 없이 인간적이었다.

● 〈파를레 무아 드 뤼〉(Parlez moi de lui), 장 피에르 랑 작사, 위베르 지로·장 피에르 랑 작곡, 1973년 발표. – 원주
  이집트 태생의 프랑스 여가수 달리다(Dalida)가 부른 노래.

12월 23일

호텔에 도착하자마자 내리 10시간을 잤다. 깊고 감미로운 밤이었다. 꿈도 꾸지 않았고 어두운 그림자도 없었다. 늘 이런 밤을 보내야만 할 것 같다. 내일은 처음으로 혼자서 크리스마스를 맞는다. 거리 곳곳에 음악이 흘러나오고, 마리아상이 보인다. 유리잔 속에 든 촛불이 꼭 영혼의 길을 알려주는 듯하다.

―

당신이 고모에게 보낸 편지에 '파스쿠알'이라는 친구를 한 명 사귀었다고 적혀 있었어요. 그래서 두 사람이 함께 일하는 호텔에 전화를 걸었어요. 데스코노시도 호텔. 어쩌나, 오늘은 그 친구가 출근을 안 했는데. 파스쿠알 아저씨는 당신이 분명 마이토 해변에 있을 거라고 하더군요. 바람이 많은 곳이긴 해도 날씨가 정말 좋은 곳이라고 했지요. 12월에 기온이 20도를 웃도는, 크리스마스 선물이나 다름없는 곳.

  아저씨가 얘기하더라고요. 그 친구는 항상 호텔 주변에 머물러, 그쪽에 가면 호텔이라고는 딱 하나뿐이니 쉽게 찾을 거요, 아가씨.

버스를 탔어요. 총 맞은 내 인생 이야기가 담긴 수첩을 양손에 꼭 쥐고 말이에요. 콜레트처럼 손이 떨리네요. 울퉁불퉁한 길 때문이겠죠. 아니면 두려움 때문일까요. 아니, 두려움이 아니라 기쁨 때문일 거예요.

기뻐서 몸이 벌벌 떨리는 것 같아요.

버스가 멈춰 서요. 버스 기사 아저씨가 아래쪽에 있는 해변을 손으로 가리켜요. 바람이 불고 파도가 높게 치네요. 아주 세차게. 서퍼는 보이지 않아요. 어딘지 모르게 황량한 느낌이에요.

천천히 발걸음을 옮겨요. 미지근한 모래 속에 벗은 발로 들어가요. 어린아이 몇 명이 모여 막대기를 들고 개를 쫓아다니며 놀고 있어요. 저 멀리 왼편에 호텔이 보여요. 문을 닫은 것 같아요. 한 커플이 해변을 따라 걷고 있어요. 파도가 밀려와 부서질 때마다 함께 폴짝 뛰며 물러서기도 하고요. 그들을 바라봐요. 특히 남자. 설마, 아빤가요.

모두 세 사람이에요. 휘몰아치는 파도를 마주 보고 세 사람이 앉아 있어요. 한 남자와 한 여자와 한 아이.

갑자기 눈물이 차올라요. 저 목, 저 등, 앉아 있는 저 실루엣, 왠지 익숙해요. 저녁마다 내 침대에 책상다리를 하고 앉아 〈헨젤과 그레텔〉을 읽어줄 때도 저 모습이었는데. 소리치고 싶어요. 달려가고 싶어요. 그런데 나도 모르게 손으로 입을 틀어막아요. 다리가 말을 듣지 않네요. 조용히 그들의 발걸음을 쫓아가요. 그들을 향해, 그 사람을 향해.

 그들은 서로 아무 말도 하지 않고 있어요. 아이는 가슴에 축구공을 꼭 안고 있고, 여자의 머리카락이 아빠의 뺨을 간질이고 있어요. 5미터도 채 되지 않아요. 바람 소리에 묻혀 내 발걸음 소리가 들리지 않아요. 이제 두 발짝만 더 가면 돼요. 아이가 구름을 보더니 아빠한테 고개를 돌리며 묻네요.

 아저씨, 비는 왜 내려요?

 그들 곁으로 다가가 아빠 옆에 앉았어요. 아빠는 놀라지 않네요. 그저 고개를 돌려 나를 바라봐요. 멋져요. 내게 미소를 지어 보여요. 세월이 흘렀죠. 아빠가 손을 들어 내 어깨에 올려놓더니 손가락으로 조심스레 어깨를 감싸요. 눈물을 흘리네요. 다시는 날 떠나보내지 않을 거라고.

 그러고는 랑기누이 이야기를 하고, 파파투아누쿠 이야기를 해요. 대지의 어머니 이야기를 하고, 하늘의 아버지 이야기를 해요. 우리의 눈물을 이야기하고 있어요.

그러니까 인생이란 결국
힘겹더라도 살아갈 만한 가치가 있는 것.